KB262346

고검무산

허담 新무협 판타지 소설

FANTASTIC ORIENTAL HEROES

고검추산 9

허담 新무협 판타지 소설

초판 1쇄 찍은 날 § 2008년 4월 23일
초판 1쇄 펴낸 날 § 2008년 4월 30일

지은이 § 허담
펴낸이 § 서경석

편집장 § 문혜영
편집책임 § 이재권

펴낸곳 § 도서출판 청어람
등록번호 § 제1081-1-89호
등록일자 § 1999. 5. 31
어람번호 § 제2-1471호

주소 § 경기도 부천시 원미구 심곡1동 350-1 남성B/D 3F (우) 420-011
전화 § 032-656-4452 팩스 § 032-656-4453
http://www.chungeoram.com
E-mail § eoram99@chollian.net

ⓒ 허담, 2007

ISBN 978-89-251-1289-3 04810
ISBN 978-89-251-0913-8 (세트)

고검춘산

9

마총(魔塚) 上

허담 新무협 판타지 소설
FANTASTIC ORIENTAL HEROES

도서출판 청어람

目次

第一章
과거의 상흔(傷痕)

　늦은 봄, 온 천지가 꽃과 초록으로 가득 찼다. 생명을 가진 모든 존재들에게 축복의 계절인 봄도 서서히 여름에 밀려나고 있었다. 한낮에는 더위를 피해 그늘을 찾아야 할 기온, 고검과 추산이 머물고 있는 무불장에도 계절은 어김없이 찾아들어 장원 곳곳에 초록의 나무들이 무성하게 자라나고 있었다.

　이런 계절이면 장원 중앙에 조성된 인공 연못이 그 가치를 발하게 마련이다. 고검과 추산은 연못 중앙에 세워진 정자에 올라 연못에 드리워진 계절을 바라보고 있었다.

　"청부가 없네요."

　추산이 연못 주변의 기화이초를 비추고 있는 수면을 들여다보고 있다가 문득 입을 열었다. 근자에 들어 무불장을 찾는 청부 고객의 숫자가 뚝 떨어진 것을 말하는 것이었다.

"천하가 무섭게 요동치니 모두들 몸을 움츠리고 있는 것이 아니겠느냐?"

고검이 담담한 표정으로 대답했다.

"이래서는 올해 수입이 뚝 떨어지겠는데요."

"청부도 장사와 마찬가지다. 잘될 때가 있으면 안 될 때도 있는 법이다. 조급하게 생각할 필요 없다."

"화맹에 금자를 보내는 것은 언제죠?"

"보통은 매년 정월에 보낸단다."

"그럼 시간은 아직 많이 남았네요."

"화맹에 금자를 보내는 것은 그리 신경 쓰지 않아도 된다. 처음에야 화맹이 조직을 만드는 과정이라 금자가 많이 필요했지만, 지금은 화맹에서 매년 벌어들이는 금자가 무불장에서 벌어들이는 금자의 몇 배에 이르니 사실대로 말하자면 사부께서 화맹에 계속 금자를 보낼 필요는 없는 일이지. 그럼에도 사부께서 계속 금자를 보내는 건 화맹의 필요에서라기보다 화중대모께 대한 사부의 인사 정도로 생각하면 될 거다."

"인사치레로 매년 금자 천 냥이라… 정말 엄청난 인사네요."

"만약 청부 일이 없어 본 장이 금자를 벌어들이지 못하게 된다면 화맹에 보내는 금자는 줄여도 상관없을 게다. 그로 인해 화맹이 곤란을 겪게 되는 일은 없을 것이고, 더더욱 화중대모께서 노하시는 일은 없을 거야. 내가 알고 있기로 이미 몇 년 전부터 화중대모께선 사부께 더 이상 금자를 보내지 말라 하셨다고 하더구나."

"그럼 결국 사부님의 고집 때문에 사형과 제가 황금충으로 살아야 되는 것이군요?"

"사부께서 우리를 강호의 청부사로 만든 것이 꼭 금자를 벌기 위해서가 아니라는 건 너도 알고 있겠지?"

"물론 알고 있죠. 사부는 청부를 수련의 일종이라고 하시잖아요."

"본시 명문대파의 자제들 중에 고수는 많아도 절정에 이른 초고수들이 적은 것은 그들이 지나치게 안온한 삶을 살아가기 때문이란 것이 사부님의 지론이시다. 고난을 겪지 않은 자는 결코 큰 성취를 얻기 어렵다는 것이지. 사부께서 우리에게 굳이 황금충이라는 손가락질을 받게 하면서 청부 일을 시키는 것은 다 그런 이유 때문이다. 더군다나 요즘처럼 강호가 한시도 조용할 날이 없을 때는 더더욱 잡초 같은 생명력이 필요하지."

고검의 말에 추산이 고개를 끄덕였다.

"그렇긴 해요. 수룡맹이 전면에 나서기 시작하면서부터 하루가 멀다 하고 싸움 소식이 들려오고 있으니까요. 그런데 수룡맹은 전략을 바꾼 모양이죠?"

"그런 모양이더구나. 그도 그럴 것이 여산 월하장을 포기하고 나선 서안을 도모할 근거지를 마련할 방법이 없었을 테니까. 서안을 잠시 접어두고 그들이 장악한 황하와 장강 그리고 대운하로 이어지는 천하 수로의 주변 중소문파들을 하나둘 제압해 나가며 내실을 다지기로 한 모양이다."

"덕분에 들리느니 온통 싸움 소식이군요."

"쉽게 끝날 일이 아니다. 비록 수룡맹의 힘이 강하다고는 하나 들리는 소문에 의하면 사패가 움직이기 시작했다고도 하고……."

"사패(四覇)가요?"

"수룡맹의 압박을 받는 중소문파들에게 은근한 지원을 하기 시작했다는 소식을 미 부인께서 전하더구나. 덕분에 초기에는 손쉽게 중소문파들을 정리해 나가던 수룡맹이 근자에 들어서는 여러 곳에서 난관에 부딪쳤다고 하는구나."

"사패의 시험이 시작된 건가요?"

"그렇다고 봐야겠지. 이 시험을 통과하지 못하면 수룡맹은 결코 오패의 지위에 오르지 못할 것이다. 더군다나 그들이 약세를 보이기 시작하면 그때는 사패의 절정고수들이 나서 수룡맹을 아예 강호에서 제거해 버리려 하겠지. 수룡맹으로서는 물러설 수 없는 싸움이 시작된 것이다."

"제길, 덕분에 우린 이렇게 장원에 틀어박혀 놀고 있군요."

"후후, 가끔은 이런 시간을 갖는 것도 좋지 않으냐? 본래 깊고 험한 강에서 큰 고기가 잡히는 법, 이런 시기에 누군가 청부를 한다면 제법 큰 건수를 들고 오기 마련이다. 기다려 보자꾸나."

그런데 말이 씨가 된 것일까. 고검의 말이 끝나자마자 연못

저쪽에 총관 한단이 나타나더니 돌다리를 건너 고검과 추산이 있는 정자로 빠르게 건너왔다.

"장주, 손님이 왔습니다."

"드디어 청부가 들어온 건가요?"

추산이 반가운 표정으로 물었다.

"아마도 그런 듯, 자세한 이야기는 장주께서 손님을 만나보셔야 알겠지요. 그런데……"

총관 한단이 말꼬리를 흐렸다.

"무슨 문제라도 있습니까?"

"동시에 두 사람이 온지라……"

"함께 온 사람들이 아니고요?"

"그렇습니다. 한쪽은 장주께서도 잘 아시는 분입니다."

"저와 안면이 있는 사람이라면?"

"북천무맹에서 풍도 어른이 오셨습니다."

"풍도 어른께서요? 혼자 말입니까?"

그러자 총관 한단도 고개를 갸웃하며 대답했다.

"그러고 보니 이상하군요. 혼자 강호로 나오실 분이 아닌데……"

풍도 가한은 무불장과 오랜 인연이 있는 사람이다. 아니, 어쩌면 무불장의 탄생에 가장 중요한 역할을 한 사람이라 하는 것이 옳았다. 천검 능운백이 홀로 강호를 주유하며 청부사로 일할 때 풍도 가한이 나서서 무불장을 설립할 것을 권했기에 오늘의 무불장이 존재할 수 있었으니까.

풍도 가한의 권유로 세워진 무불장이 천검 능운백의 명성과 청부사들의 탁월한 능력으로 강호제일 청부업체의 명성을 쌓아가고 있을 때 풍도 가한 또한 천하사패 북천무맹에서 승승장구했다.

고검이 천검의 제자로 들던 해에 고수 중의 고수들의 집단이라는 북천무맹 원로원의 장로가 되었고, 이후 원로원에서도 계속해서 지위가 올라가 지금은 원로원 삼십팔 인의 장로 중 원로원의 대소사를 결정하는 육 인의 대장로 중 한 자리를 맡고 있었다.

북천무맹의 원로원은 북천무맹의 실질적인 운영 조직인 이성(二星), 즉 묵천성, 청광성과는 또 다른 의미를 지닌 조직으로 오랫동안 북천무맹에 봉사한 노회한 노고수들에게만 문이 열려 있는 북천무맹 최고의 조직이었다.

따라서 원로원의 장로가 된다는 것은 북천무맹 무사들에게는 최고의 명예로 인식되어지고 있었다. 그런 원로원을 대표하는 육 인의 대장로 중 한 자리를 차지한 풍도 가한은 북천십이성 출신이 아닌 일반 무가 출신의 무인으로서 도달할 수 있는 최고의 신분에 도달한 입지전적인 인물이라 해도 과언이 아닌 인사였다.

그의 신분이 올라가면서 당연히 그의 행보도 무거워졌다. 그가 북천무맹의 총단을 나설 경우 적어도 십여 명의 수행무사가 따라붙는 것이 불문율, 그런데 그 풍도 가한이 홀로 무불장을 찾아온 것이다.

"무슨 일일까?"

고검이 홀로 무불장을 찾아온 풍도 가한의 행보에 의혹을 품는 사이 추산이 또 다른 손님에 대해 물었다.

"풍도 어른 말고 다른 손님은 누구죠?"

"글쎄요. 그의 신분은 아직 정확하게 모르겠군요. 사십대 중반의 사내인데 행동이 조심스러우면서도 진중해 명문가 출신이겠다 싶은 정도군요."

그러자 추산의 눈에 호기심이 생겨났다.

"무슨 청부를 하려고 왔을까?"

추산이 고개를 갸웃거리자 고검이 추산을 보며 말했다.

"궁금하면 네가 가서 한번 만나보거라."

"제가요?"

"손님이 둘이니 내가 모두 만날 수는 없지 않느냐? 더군다나 다른 분들은 모두 성내에 출타 중이니 네가 가서 만나보거라. 찾아온 손님을 내가 풍도 어른을 만난 이후까지 기다리게 할 수도 없고……."

그러자 추산이 얼른 고개를 끄덕였다.

"알았어요, 사형. 제가 만나볼게요."

"대신 총관 어른과 함께 만나거라. 청부에 대한 결정은 나와 상의한 후 하도록 하고……."

"알았어요, 사형. 그럴게요. 한 총관님, 어서 가시죠."

추산이 벌떡 자리에서 일어나며 한단을 재촉했다.

"그럼 가볼까요."

총관 한단이 추산의 재촉에 밀려 정자에서 내려갔다. 고검은 두 사람이 연못에 놓여진 돌다리를 반쯤 건너갔을 때 신형을 일으켜 정자를 벗어나기 시작했다.

"좀 걷겠나?"
풍도 가한이 고검을 보자 대뜸 물었다.
"그도 좋지요. 볕이 좋습니다."
고검은 순순히 풍도 가한의 제안을 수락했다. 그가 걷자고 하는 데는 그만한 이유가 있을 터, 어쩌면 자신이 하는 말을 타인이 듣지 않기를 바라서였을 수도 있었다.
고검은 풍도 가한을 무불장 뒤쪽으로 둘러선 야트막한 야산으로 이끌었다. 비록 작은 산이었지만 수림이 무성해 무불장 고수들에게는 수련의 장소로 쓰이기도 하고, 가끔 산책을 하기 위해서도 즐겨 찾는 산이기도 하였다. 덕분에 무불장으로부터 이어지는 산길이 자연스레 만들어져 있었다.
고검과 풍도 가한은 천천히 산길이 시작되는 곳까지 걸음을 옮겼다. 풍도 가한의 외모는 고검이 그를 처음 봤을 때와는 사뭇 달라져 있었다. 시간은 무림의 고수라 할지라도 비켜갈 수 없는 것, 어느덧 칠십을 넘어선 풍도 가한의 머리는 백발이 되어 있었고, 처음 고검을 만날 때 텁수룩하던 턱수염도 이제는 하얗게 변해 가슴 어림까지 길어져 있었다.
"벌써 봄이 다 갔군."
산길에 들어서자 풍도 가한이 먼저 입을 열었다.

"곧 장마가 시작되겠지요."

"끌끌, 장마통에 싸움질을 하려면 고생들 하겠구만……."

풍도 가한이 혀를 찼다.

"수룡맹의 기세가 한풀 꺾였다고 들었습니다만……."

고검의 말에 풍도 가한이 고개를 저었다.

"꼭 그런 것만은 아닐세. 오히려 그보다는 그들이 손에 넣기 쉬운 문파들은 모두 정리를 끝냈고 이제는 수룡맹의 공세를 버텨낼 만한 문파들만 남았다고 보는 게 좋겠지. 그러니 자연히 처음보다 그 기세가 꺾인 것처럼 보이는 것일세."

"사패가 수룡맹의 공세를 받는 문파들에게 암중으로 힘을 보태주어서가 아니고 말입니까?"

고검의 추궁에 가한이 피식 웃음을 흘려냈다.

"후후, 부인하진 않겠네. 하지만 수룡맹이 사패의 시대를 오패의 시대로 변화시키려 한다면 그 정도 난관은 극복해야겠지. 그나저나 월하장에서의 일 이후에 수룡맹에서 아무런 반응이 없었는가?"

월하장과 수룡맹의 신경전은 이미 강호에 널리 알려져 있었다. 수룡맹의 행보가 서안을 바로 앞에 두고 멈춰진 것도 큰 소식이기는 했지만 그보다도 그 싸움에 관여한 무불장의 존재 또한 세인의 큰 관심을 끌었다.

더군다나 이번 무불장의 출도에는 천검 능운백이 동행했고, 그의 전율적인 무공에 의해 수룡맹의 수백 고수들이 월하장을 포기하고 물러났다는 소식까지 전해지면서 강호는 다시금 천

하팔대고수 능운백과 그가 세운 천하제일 청부업체 무불장의
능력을 새삼 깨닫고 있었다.

"지금까지는 별다른 연락이 없었습니다."

"후후, 역시 천검인가? 귀왕 마천조차 별다른 반발을 하지
못하니 말이야. 허허허, 어쨌든 이번 일로 무불장의 명성은 또
한 단계 올라갔어. 본 맹에 도는 말을 들어보니 이제 무불장은
청부 조직을 넘어 무림의 중요한 일문으로 여겨지는 것 같더
군."

풍도 가한의 말에 고검의 얼굴에 그늘이 졌다. 그런 고검의
표정을 읽었는지 풍도 가한이 물었다.

"왜, 반갑지 않은가?"

"전 무불장이 오직 청부업체로만 여겨지길 바랍니다. 무불
장이 청부업체의 옷을 벗게 된다면 그 즉시 강호의 풍운 속으
로 빠져들게 될 겁니다. 지금처럼 사패와 균등한 거리를 유지
하기도 힘들어질 테고 말입니다."

"모든 사람들이 무림쟁패를 위해 목숨까지 거는 마당에 소
외된 존재로 남아 있고 싶다니, 자넨 역시 천검의 제자야. 천검
또한 그런 삶을 원했지."

"처음 사부님을 만날 때가 생각나는군요. 그때 어르신께선
천하에 군림할 권력을 주시겠다면서 제게 북천무맹에 들 것을
제안하셨지요."

"후후, 하지만 자넨 천하의 지배자가 아닌 자유로운 무인이
되길 바랐지. 그래서 천검의 제자가 된 것이고 말이야."

"그 생각은 지금도 변함이 없습니다. 그래서 무불장이 영원히 이대로 머물길 바라는 것이지요."

"휴, 세상사가 어디 사람 마음대로만 된다던가. 무불장의 청부사들이 수룡맹에게서 월하장을 지켜냈다는 소문이 돌자, 천하사패나 수룡맹에 속하지 않은 무림의 중견문파 중 일부가 천검을 만나고자 한다는 말이 심심찮게 돌고 있다네. 천검이 폭풍의 시대에 자신들을 지켜줄 대안이 될 수 있을 거란 믿음이 생겨난 것이야."

"그렇지 않아도 은밀히 그런 제안을 하는 곳이 몇몇 있었지요. 사부님을 중심으로 새로운 세력을 구성하면 무림의 한 축이 될 수 있을 거란 제안을 말입니다."

순간 풍도 가한의 얼굴빛이 심각하게 변했다. 천검 능운백을 중심으로 한 무림 세력, 결코 불가능한 일이 아니었다. 아니, 어쩌면 귀왕 마천이 만든 수룡맹보다도 더 강력한 힘을 지닌 세력이 될지도 몰랐다.

천하에서 천검 능운백과 가장 가까운 사람 중 한 명인 자신이 판단할 때 그간 수많은 청부를 통해 형성한 천검의 인맥은 귀왕 마천이 은밀히 끌어들인 세력과는 비견할 바가 아니었다. 더군다나 사패는 지난 수십 년간 이런저런 이유로 천검 능운백과 깊은 인연을 맺은 터라 천검의 행보를 무턱대고 가로막을 수도 없는 상황이었다.

"어느 곳에서 그런 제안이 왔던가?"

"그건 말씀드릴 수 없군요."

"후후, 그렇겠지. 내가 아무리 무불장과 가까운 사이라 해도 난 북천무맹 사람이니까. 그나저나 천검의 반응은 어떠하던가?"

그러자 고검이 잠시 말을 아끼다가 침착하게 입을 열었다.

"확실히 과거와는 조금 다르시더군요."

순간 가한의 눈에 이채가 서렸다.

"과거와 다르다?"

"그렇습니다. 예전 같으면 일언지하에 거절을 하셨을 텐데 이번에는 조금 고민을 하시더군요."

"천검이 고민을 했다라……."

가한의 표정이 심각하게 굳어졌다. 그가 예상했던 천검의 행동이 아니었던 것이다.

"하지만 결국 거절을 하시긴 했지요."

"음… 알 수 없는 일이군. 무엇이 천검으로 하여금 그 제안을 숙고하게 했을까?"

"사부께선 이런 말씀을 하셨습니다. 지금까지 사패는 이러니저러니 해도 강호무림의 균형을 잡아왔다고 말입니다. 사패의 시대가 시작된 이후 사패에 의해 행해진 일 중 비난을 받아 마땅한 일이 없는 것은 아니지만 어쨌든 사패는 강호의 중심으로 무림의 분란을 무리없이 해결해 왔다는 것이지요. 그런 사패의 힘에 의해 무림은 어느 때보다 평온했고 말입니다."

"그런데?"

"그런데 최근 몇 년간 상황이 바뀌었다고 하시더군요. 사패의 통제력은 알게 모르게 급격하게 떨어졌고, 새로운 세력들이 기지개를 켜기 시작했다고 말입니다. 사부께선 그걸 고민하신 모양입니다. 사패의 통제력이 없는 무림이라면 사부님과 무불장도 강호의 풍파에서 스스로를 지켜낼 방도를 찾아야 하니 말입니다.”

고검의 말에 풍도 가한이 한동안 묵묵히 침묵을 지켰다. 그리고 한참이 지난 후 한숨을 쉬며 말했다.

“휴, 천검까지 그런 생각을 했다니 과연 사패의 위상이 무척 떨어지긴 떨어진 모양이군. 어쩌다 천하가 이리되었을까?”

“사부께서는 사패의 통제력이 약해진 것은 타인이 아닌 사패 자신들 때문이라고 하시더군요.”

“그렇게 말씀하시던가?”

가한의 물음에 고검이 고개를 끄덕였다.

“맞는 말이야. 사패의 군림이 오래되자 외부의 적은 더 이상 존재하지 않게 되었지. 그러자 사패에 속한 대문파들은 사패 내에서 경쟁을 하기 시작했네. 사실대로 말하자면 사패의 내분은 강호에 알려진 것보다 훨씬 심각하다네.”

“그렇게 심각한가요?”

“그렇다네. 사실 사패가 내부에서 흔들리지 않는다면 어찌 수룡맹 같은 거대한 세력이 사패의 아성에 도전하는 것을 두고만 보았겠는가? 예전 같으면 벌써 토벌군을 일으키고도 남았을 것일세. 하지만 지금 사패의 각 문파들은 수룡맹을 제거하는 것보다 그들을 이용해 자파의 세력을 확장하려는 데 더

혈안이 되어 있지. 귀왕 마천 역시 그런 사패의 사정을 알고 수룡맹을 개파했을 걸세.”

“말씀대로라면 수룡맹이 오패의 일원이 되는 것은 시간문제겠군요.”

“그럴지도 모르지. 하지만 수룡맹이 사패를 넘어 오패의 일원이 되기에는 아직 넘어야 할 산이 많다네. 천하의 패자가 되는 것은 그리 쉬운 일이 아니니까.”

이런저런 이야기를 하는 동안 어느새 두 사람은 야산의 정상에 올라 있었다. 정상에 오르자 시원한 바람이 불어왔다. 고검과 가한은 무불장이 내려다보이는 곳에 걸음을 멈췄다.

“조금 골치 아픈 일이 생겼네.”

산 정상에서 잠시 늦봄의 정취를 음미하던 가한이 나직하게 입을 열었다. 고검이 가한을 바라보자 가한이 살짝 눈살을 찌푸리며 다시 말했다.

“이 일은 무척 사연이 오래된 일이라네. 정상대로라면 절대 맹 외부에 일을 맡기면 안 되는 일이지.”

고검은 여전히 풍도 가한의 말을 듣고만 있었다.

“자네 혹시 날 처음 봤을 때를 기억하나?”

그제야 고검이 입을 열었다.

“당연히 기억하고 있습니다. 그해는 제 평생 잊을 수 없는 해이지요.”

“흠, 그렇겠군. 미안하네. 고 장주에게 생각하기 싫은 기억을 떠올리게 해서 말일세. 그런데 이번 청부를 이야기하자면 어쩔 수 없이 그때의 이야기를 해야겠네. 괜찮겠나?"

그러자 고검이 의혹 어린 눈으로 가한을 바라봤다. 이미 이십여 년 가까이 되어가는 일이었다. 왜 그때의 일이 오늘 가한의 청부와 연관이 있는 것일까? 그러나 고검은 마음에 이는 의문을 묻어두고 고개를 끄덕였다.

"고맙군. 자네도 알겠지만 당시 칠마의 추격전에 본 맹에서는 이백 명의 일류고수를 투입했네. 내가 그 추격대를 이끌었지. 물론 결과적으로 보자면 자네의 사부인 천검에게 모든 공을 빼앗겼지만 말일세."

물론 고검은 당시의 상황을 단 하나도 잊지 않고 기억하고 있었다. 자신의 가문인 고가장의 멸문과 천검 능운백과의 인연이 시작된 그 당시의 일을 어찌 잊을 수 있을 것인가.

"당시 칠마의 추격에 나선 나에게 떨어진 무맹의 명 중 하나는 칠마를 사로잡든 죽이든 상관없이 그들의 시신과 소지품 일체를 맹으로 회수해 오라는 것이었네. 그래서 좀 과하다 싶은 이백 명의 고수를 내게 딸려 보냈던 것이고, 아무리 칠마가 무서운 자들이라 해도 사실 이백 명의 고수로 이뤄진 추격대는 조금 과한 것이었지. 어쨌든 그 당시 난 무사히 그 임무를 마칠 수 있었네. 물론 천검의 도움 때문이었지만 말일세. 하지만 정작 왜 무맹에서 칠마의 시신과 소지품의 회수를 그토록 중요하게 생각했는지 당시에는 알 수 없었네. 하지만 그때의 공을 인정받아 난 원로원에 들어갈 수 있었네. 이후 내가 원로원 대장로가 되면서 그동안 알지 못했던 사실을 알게 되었지.

왜 맹에서 그토록 칠마와 그들의 소지품 일체를 회수하려 했
는지 말일세."

말을 하는 가한도 듣고 있는 고검도 모두 심각한 표정을 짓
고 있었다. 가한으로서는 그가 알고 있는 몇 안 되는 절대비밀
중 하나를 털어놓으려 하고 있었고, 고검은 그의 일생을 좌우
한 비참한 과거의 기억을 떠올리고 있었기 때문이었다.

"자네 혹시 마총(魔塚)이란 말 들어봤나?"

가한이 고검에게 물었다. 질문을 받은 고검이 잠시 생각에
잠겼다 고개를 저었다.

"들어보지 못한 말이군요. 마총(魔塚)이라면 마인들의 무덤
이란 뜻인데……."

"모르나 보군. 자네도 청부사 생활을 십 년 넘게 했으니 어
디선가 듣지 않았을까 했네만… 천검도 마총에 대한 이야기는
해주질 않았나 보군."

"사부께서도 알고 계신 일입니까?"

"그야 모르지. 하지만 자네의 사부는 천하제일의 청부사로
수십 년간 강호를 종횡한 사람이 아닌가? 아마 마총이란 말 정
도는 알고 있을 거야. 뭐, 어쩌면 모를 수도 있고……."

도대체 가한이 말하고 있는 마총이란 뭘 말하는 것일까. 그
것이 이십여 년 전의 칠마와 무슨 상관이 있는 것일까.

"칠마를 추격할 때 그들의 시신과 물건을 온전히 맹으로 회
수하라고 명한 것은 무맹의 맹주께서 직접 내게 내린 명이었
네. 더불어 그 임무가 무척 중요하다고 몇 번씩이나 강조했었

지. 해서 난 칠마를 쫓으면서 누가 그들을 제압했던지 간에 그들의 시신과 소지품을 본 맹의 것으로 챙겼네. 물론 자네도 알다시피 그들을 제압한 사람이 천검이었고, 천검과 나는 적지 않은 친분이 있던 터라 수월했지만 말일세.”

“단 하나 챙기시지 못한 물건도 있으시지요.”

고검이 오랜만에 얼굴에 미소를 지었다. 그러자 가한 역시 긴장을 푸는 듯 웃음을 흘려냈다.

“허허, 그렇군. 자네의 그 검은 내가 미처 챙기지 못했지. 하지만 어쨌든 난 그 마검 이외의 물건들은 모두 회수해서 맹으로 귀환했네. 그리고 회수해 간 칠마의 시신과 소지품을 맹에 넘기고 당시의 임무를 종결했지. 그 이후 난 당시의 일을 잊고 살았네. 왜 맹에서 그토록 칠마의 시신과 소지품의 회수를 중하게 생각했는지 처음에는 궁금하기도 했지만 이후 그에 대한 별다른 이야기가 없었기에 시간이 지나면서 차츰 그 일을 잊어버리게 된 것일세. 그런데… 이십여 년이 다 돼가는 지금에 와서 난 당시 맹에서 칠마의 시신과 소지품을 그토록 중하게 여겼던 이유를 알게 되었네.”

가한이 잠시 말을 끊었다. 그의 표정은 어느새 다시 굳어져 있었다.

“당시 맹으로 회수된 아수마왕 음천기의 시신에서 한 장의 양피지가 나왔네. 아주 오래되어 그 안에 쓰여진 글씨들을 제대로 알아볼 수 없을 만큼 훼손된 양피지였지. 난 이곳에 오기 전 처음으로 그 양피지를 볼 수 있었네.”

고검이 가한에게로 시선을 돌렸다. 이십여 년 전 칠마의 우두머리 아수마왕 음천기의 품에서 나온 양피지에는 무엇이 담겨 있었을까. 그리고 강호의 몇 안 되는 고수로 손꼽히는 풍도 가한이 이렇게 긴장하는 이유는 뭘까.

"사패의 시대가 시작되기 전부터 전해온 강호의 비사가 하나 있네. 중원 어딘가에 만마의 조종이라 불렸던 천마(天魔) 묵화인(墨火印)과 그를 추종했던 삼십육 인 절대마인들의 무덤이 존재한다는 이야기가 그것이네."

"천마 묵화인이라면……?"

고검이 놀란 눈으로 가한을 바라봤다. 그러자 가한이 고개를 끄덕였다.

"자네가 생각하는 그 인물이 맞네. 바로 그의 무덤에 대한 전설이지. 강호의 전설에서는 그 무덤을 마총이라고 부르는데 그 무덤에는 천마와 그를 추종하던 삼십육 인 절대마인들의 유물이 들어 있다고 전해지지. 그 무공 중 하나만 얻어도 강호의 절대고수가 될 수 있는 유물 말일세."

"하지만 그는 단지 전설 속의 인물로 여겨지는 사람 아닙니까? 실존 자체가 불분명한……."

"맞네. 천마 묵화인이란 인물이 실재했던 인물인가에 대해선 아직도 의견이 분분하지. 그가 무림의 원류라 할 수 있는 소림과 무당의 무공을 꺾었다는 것도 풍문만 흘러 다닐 뿐 그를 증명한 적은 없으니까. 더군다나 그가 활동한 시기조차도 의견이 분분하니 그에 대한 이야기들이 실인지 허구인지는 누구도 단정 지을 수 없는 일일세. 하지만 어쨌든 천하의 마인들은 그를 마의 조종으로 보며 신처럼 떠받들었고, 세월이 흐르면서 그와 얽힌 확인되지 않은 이야기들이 전설처럼 만들어져 강호를 떠돌기 시작했네. 물론 그 대부분은 허황된 것이었지. 그런 허황된 이야기 중에 마총(魔塚)에 관한 이야기도 들어 있었네.”

“존재 자체도 불확실한 인물의 무덤이 왜 지금 문제가 되는 것입니까?”

“그건 다른 이야기들과 달리 마총에 대한 물적 단서들이 하나둘 강호에 나타났기 때문일세.”

“마총(魔塚)에 대한 단서가 나타났단 말입니까?”

고검이 놀란 눈으로 가한을 바라봤다. 애초에 천마 묵화인이라는 인물 자체의 실존이 의문시되는 상황에서 그와 그의 추종자들의 무덤에 대한 물적 단서들이 발견됐다는 것은 적어도 천마 묵화인의 실존이 증명되었다는 말과 같았다. 물론 그 단서들이 조작된 것이 아니라면 말이다.

고검의 물음에 가한이 고개를 끄덕이며 말을 이었다.

“사실대로 말하자면 천마의 실존은 이미 확인된 일일세.”

“북천무맹에서는 그가 실재한 인물이었다는 사실을 알고 있었나 보군요.”

“북천무맹만 알고 있었던 것은 아닐세. 사패는 물론이고 강호의 노고수들은 천마가 실존했던 인물이란 사실에 대해서는 이의를 달지 않는다네. 왜냐하면 천마의 존재에 대해 무림의 현문인 소림과 무당에서 이의를 제기하지 않기 때문이지. 만약 천마가 실존했던 인물이 아니라면 천마에 의해 그 무공이 파훼되었다고 소문이 난 소림과 무당에서 소문을 부인했을 것이 아니겠는가?"

"하지만 소림과 무당 등 현문의 경우 강호의 대소사에 관여치 않을 뿐 아니라 속세의 명망에 얽매이지 않는 곳이니 특별히 그에 대한 반박을 하지 않았을 수도 있지 않습니까?"

"물론 그럴 수도 있네만, 자네도 알다시피 천하의 명문들은 그 제자나 자제들을 현문에 보내 일정 기간 수련시키는 것을 관례로 하고 있네. 사패의 수뇌부 대부분은 젊은 시절 한 번쯤은 현문을 다녀온 사람들이지. 그런 그들조차 천마에 대해선 그 실존을 인정하고 있으니 역시 천마는 실존했던 자임이 분명하네. 본 맹의 맹주께서도 젊은 시절 소림에서 삼 년의 시간을 보냈고 지금도 간혹 머리가 어지러울 때는 은밀히 소림을 찾고 있는 모양인데, 그 양반도 천마의 존재를 인정하고 있으니 천마는 확실히 실존했던 인물이 분명한 것이지."

가한의 말에 고검이 고개를 끄덕였다. 북천무제 천강 정도의 인물이라면 현문 중의 현문, 소림의 비사라도 능히 들어 알고 있을 인물이었다.

"천마가 실존 인물이라면 결국 마총 또한 존재한다고 봐야겠군요."

"단언할 순 없지만 가능성이 있는 것은 사실일세. 내가 오늘 자넬 찾아온 것은 바로 그 마총의 실존 여부를 확인해 달라는 청부를 하기 위함일세."

순간 고검의 눈에 의아한 빛이 떠올랐다. 비록 그와 그의 동료들이 천하제일 청부사들로 불리고는 있지만 수백 년 전설처럼 떠도는 마총을 찾아내라는 것은 그야말로 모래사장에서 바늘을 찾으라는 것과 같은 청부였던 것이다.

"무척 어려운 일이군요. 수백 년 강호인들이 풀지 못한 수수께끼를 풀어달라는 것은 본 장으로서도 무리 같습니다만……."

그러자 가한의 눈빛이 반짝였다.

"물론 무턱대고 마총의 실존 여부를 확인해 달라는 것은 아니야. 말했지만 우린 마총에 대한 몇 가지 단서를 가지고 있네. 그중 하나가 바로 이십여 년 전 칠마의 수괴 아수마왕 음천기의 품에서 나온 양피지일세."

고검은 그제야 왜 애초에 가한이 칠마의 이야기를 꺼냈는지 이해했다. 그리고 이십여 년 전 북천무맹에서 왜 칠마와 그들의 소지품을 모두 회수하려 했는지도. 하지만 북천무맹에서 이미 이십 년 전에 입수한 양피지가 마총에 대한 단서라면 또 다른 의문이 남게 된다.

"왜 이십 년 전에 마총을 찾아 나서지 않은 것입니까?"

"왜 찾아 나서지 않았겠는가?"

"하면……."

"당시 아수마왕 음천기에게서 양피지를 획득한 후 본 맹은 은밀히 고수들을 움직여 마총을 찾아 나섰다네. 하지만 이내 포기할 수밖에 없었지. 그 양피지는 마총에 대한 단서이기는 했지만 그것 하나만으로는 도저히 마총의 실존 여부를 확인할 수 없었기 때문일세. 그리하여 결국 마총에 대한 조사는 중지되었고 양피지는 맹의 깊숙한 금고에 보관되었지.”

“그런데 왜 지금 다시 마총을 찾으려는 겁니까?”

그러자 가한이 심각한 표정으로 입을 열었다.

“그건 최근 들어 마총에 대한 또 하나의 단서가 무림에 나타났기 때문이라네. 그리고 마총을 찾아 움직이는 자들이 출현하기도 했고 말일세. 그래서 결국 본 맹은 묻어두었던 양피지를 다시 꺼내게 된 것일세. 마총을 그냥 모른 척할 수는 없으니까.”

“그런데 왜 무불장입니까?”

천마 묵화인이 실존 인물이라면, 그리고 마총에 대한 단서가 출몰하고 있다면 당연히 그 조사는 북천무맹에서 스스로 해야 한다. 마총에 천마 묵화인의 유물이 있다면 그건 강호무림을 뒤흔들 수 있는 엄청난 가치를 지니고 있기 때문이다.

무림 최고의 현문 소림과 무당의 무공을 능가하는 무공을 강호천하 어느 누가 욕심내지 않을 것인가? 마총의 전설이 사실이라면 마총이 열리는 순간 천하의 판세 또한 급변하고 말 것이다. 그런 마총을 조사하는 일을 왜 북천무맹에선 외부의 청부사에게 맡기려고 하는 것일까.

“솔직히 말하면 내가 자넬 찾아와 마총의 일을 의뢰한 것을 아는 인물은 무맹에서도 단 두 명에 지나지 않는다네.”

"비공식적인 청부란 말입니까?"

고검의 안색이 어두워졌다. 이런 청부는 위험하다. 사패로부터 청부를 받을 때는 언제나 사패의 공식적인 요청에 의해서 이루어져 온 것이 관례였다. 왜냐하면 사패의 인물로부터 비공식적인 청부를 받게 되면 자신도 모르게 사패 내부의 싸움에 휘말려 들 수 있기 때문이었다. 그리고 그건 곧 무불장의 존립에 큰 위협이 되는 일이기도 했다.

"자네가 뭘 걱정하는지 알고 있네. 하지만 그 걱정은 할 필요 없네. 내가 이곳에 온 것을 알고 있는 사람 둘은 무맹의 제갈 군사와 맹주시니까. 그 두 분의 부탁으로 내가 이곳에 온 것일세."

가한의 말에 고검의 표정이 조금 밝아졌다. 북천무맹주 천강과 무맹 대군사 제갈문이라면 북천무맹을 실질적으로 움직이는 쌍두라고 할 수 있다. 물론 원로원주인 전설적인 고수 도문의 노기인 도옹(刀翁) 상등(常燈)이 있기는 하지만 원로원은 맹의 대소사에서 한 걸음 뒤에 물러나 있는 것이 무맹의 관례였다.

그러니 천강과 제갈문의 지시로 이루어진 일이라면 그건 곧 북천무맹의 공식적인 청부라 할 수 있었다. 그렇지만 여전히 의문은 남는다. 왜 천강과 제갈문은 강호의 판세를 뒤흔들 수 있는 마총의 일을 외부인인 무불장에 맡기려 하는 것일까.

"왜 외부에 이 일을 맡기려 하는 겁니까?"

고검이 물었다.

“음, 솔직히 말한다면 본 맹에서도 이 일을 조사하기 위한 조사대가 꾸려질 예정이네.”

그러자 고검의 눈에 더더욱 깊은 의혹이 드러났다. 북천무맹 자체에 조사대가 꾸려지는데 왜 또다시 은밀하게 무불장에 청부를 넣는단 말인가?

“조사대에 무슨 문제라도 있습니까?”

고검의 물음에 가한이 살짝 안색을 흐렸다.

“흠… 요즘 맹의 사정이 예전 같지가 않다네. 천검의 지적은 정확하네. 북천무맹의 문제만은 아니겠지만, 사패 내부의 권력쟁투가 도를 넘어서고 있는 실정이라네. 수룡맹에 대한 대처조차도 각 문파의 이해득실을 따져 의견이 갈릴 만큼 말일세. 이런 상황에서라면 제대로 된 조사대를 꾸리기도 힘들지만 조사대를 꾸린다고 해도 각파의 알력 때문에 제대로 된 조사가 진행될지 의문일세. 그리고 그사이 마총을 향해 움직이는 자들이 먼저 마총의 유물을 확보할 수도 있네. 맹주와 제갈군사는 그걸 염려하고 있는 것이네.”

“문파 간의 경쟁이 그렇게 극심한 겁니까?”

“솔직히 말해 만약 마총의 존재가 사실로 밝혀진다면 마총의 유물을 놓고 조사대 내부에서 싸움이 일어나지 말라는 법이 없을 정도네. 마총의 유물을 손에 넣는 문파는 단번에 천하제일문의 지위에 오를 수도 있으니까.”

“심각하군요. 수룡맹과 같은 강력한 세력이 출몰한 마당에도 그런 경쟁을 하다니……”

"후후후, 어쩔 수 없는 일 아닌가? 고인 물은 썩는다는 게 세상 이치 아닌가? 사패의 시대가 지속된 지도 오십여 년이 되어가니 분란이 없다면 오히려 그게 이상한 거겠지."

"별반 걱정이 되시지 않나 보군요?"

"내 나이쯤 되면 세상의 풍파에 몸을 맡길 줄 알게 되지. 사패의 시대가 끝이 나더라도 나야 별 상관이 없는 사람이 아니던가. 애초부터 무맹의 주인이라는 북천십이룡 출신이 아니니 문파 간의 경쟁은 나완 상관없는 일일세."

"무맹 원로원의 대장로께서 그리 말씀하시다니 의외군요."

"허울뿐이야. 무맹의 모든 실권은 결국 북천십이룡의 수장들에게 있다네."

"그런 분이 뭐가 아쉬워서 마총(魔塚)의 일을 걱정하시는 겁니까? 손수 절 찾아오시기까지 하고……."

"끌끌, 말은 그래도 맹의 식구이니 맹주의 부탁을 거절할 수 없었지. 내가 아니면 자넬 설득할 수 없을 거란 제갈 군사의 말에 맹주가 특별히 날 불러 부탁을 하는데 어찌 거절할 수 있겠나. 그리고 맹주의 부탁도 부탁이지만… 기실은 현재 은밀히 마총을 찾고 있는 자들이 워낙 위험한 자들이라서 말이야. 사패의 시대가 끝나고 말고를 떠나서 그자들의 손에 마총의 유물이 들어가게 되면 강호는 아마도 유사 이래 최대의 혈란을 겪게 될 것일세. 해서 무맹의 대장로로서가 아닌 강호무림의 한 무인으로서 그냥 두고 볼 수만은 없었다네."

가한의 말에 고검의 눈빛이 깊어졌다. 가한의 말투로 보아 마총을 쫓고 있는 자들의 신분이 범상치 않은 것이 분명해 보였기 때문이었다.

"누가 마총을 쫓고 있습니까?"

"자네도 알고 있는 자들일세."

"수룡맹입니까?"

가능성이 가장 높은 집단은 수룡맹이다. 적어도 귀왕 마천은 천마 묵화인과 마총에 대한 정보를 가지고 있을 테니까. 더불어 마총이 실존한다면 그 마총의 유물을 손에 넣는 것은 수룡맹이 천하사패를 극복하고 오패의 시대를 열 수 있는 결정적인 기회가 될 터였다. 서안 도모와 같은 일과는 비교할 수 없이 좋은 기회가. 그런데 가한의 입에서 의외의 대답이 흘러나왔다.

"그들은 아닐세."

"그럼 누가?"

"벽산철가의 황금선 사건 때 노륙지에 모습을 나타낸 절대고수가 있다는 걸 알고 있나?"

순간 고검의 등에 소름이 돋았다. 노륙지에 나타났던 절대고수, 물론 고검은 너무도 확실히 그를 기억하고 있었다. 신비마인 신주마 악불위, 천하팔대고수의 일인이며 노륙지의 음모를 꾸민 조직의 수장, 그의 존재를 어찌 잊을 수 있을 것인가?

"알고 있습니다."

"그의 진실한 정체도 알고 있나?"

"그가 천하팔대고수라는 사실이라면 알고 있습니다."

순간 가한의 얼굴에 감탄의 기색이 떠올랐다.

"과연 알고 있었군. 역시 무불장이야."

"설마 그가 마총을 찾고 있는 겁니까?"

고검이 묻자 가한이 무겁게 고개를 끄덕였다.

"그렇다네. 그가 바로 마총을 찾고 있는 인물일세."

"그라면… 쉽지 않군요."

"쉽지 않은 일이지. 과하게 말하자면 목숨을 걸어야 할 걸세. 보통 사람이라면 그의 곁에 다가설 수도 없을 테고. 그래서 자넬 찾아온 걸세. 본래는 천검을 찾아가려 했었는데, 천검은 아무래도 이 일을 수락하지 않을 것 같아서 말이야."

"쉽게 결정할 문제가 아니군요. 또한 청부의 목표와 조건에 대해서도 상세한 계약이 이뤄져야 하는 일이고 말입니다."

"하루 묵어갈 생각으로 왔다네."

가한이 시간은 많다는 표정으로 대답했다.

"따로 숙소를 정하지 않으셨다면 본 장에서 묵어가도록 하시지요."

"알겠네. 그리고… 가능하면 자네가 이 청부를 맡아줬으면 좋겠어. 강호인의 한 사람으로서 신주마에게 마총의 유물이 들어가는 것은 꼭 막았으면 하는 생각이라서 말일세."

그러자 고검이 궁금한 표정을 지으며 물었다.

"그런데 그가 마총을 쫓고 있다는 것은 어떻게 아셨습니까? 노륙지에서 모습을 나타낸 이후 그가 강호에 출현했다는 소문은 듣지 못했습니다만……?"

"후후, 사패가 괜히 사패겠나? 그가 노륙지에 얼굴을 보이는 순간 사패는 그가 신주마 악불위라는 것을 금세 알아챘네. 사패는 그동안 천하팔대고수의 움직임을 파악하는 데 무척 많은 노력을 기울여 왔지. 그러니 어찌 그런 기회를 놓치겠는가? 그가 노륙지에 나타난 이후 본 맹의 묵천성에서 가장 뛰어난 추적자들이 그의 행적을 쫓고 있다네. 그 추적의 첫 번째 결과물이 그가 마총을 찾고 있다는 것을 알게 된 걸세."

고검의 얼굴에 작은 감탄의 기색이 떠올랐다. 과연 사패는 사패라는 생각이 들었다. 아무리 내분으로 어지러운 사패라지만 일단 강호에 모습을 드러낸 신주마 악불위의 종적을 놓치지 않고 있었던 것이다. 신주마 악불위는 수십 년간 자신의 행적을 숨겨온 고수, 그런 인물의 뒤를 쫓는다는 것이 얼마나 어려운 일인지 고검은 잘 알고 있었다.

"과연 북천무맹이군요. 그를 놓치지 않고 있다니……."

"음, 사실 그는 그 종적을 놓치기에 너무 위험한 인물일세. 그 위험성을 놓고 보자면 수룡맹보다도 그가 더 위험하다는 게 맹 수뇌부의 생각이더군."

그러자 고검이 고개를 갸웃했다.

"그의 세력이 수룡맹보다 더 크단 말인가요?"

"세력을 말하는 게 아닐세. 그가 이끄는 조직의 성격을 말하는 것이지. 수룡맹이 비록 일거에 거대한 세력을 드러내고, 그 성격을 놓고 정사양도로 나뉘어 말들이 많지만 맹의 판단으로는 아무리 나쁘게 봐도 강호의 패권을 노리는 패도 정도일세.

그런데 신주마 악불위는 조금 달라."

"어떤 면을 말씀하시는 건지?"

"그동안 살펴본 바로 그는 전형적인 마도의 냄새를 풍기고 있네. 그가 노륙지에서 벌였던 일도 그렇고, 또 마총을 찾아 움직이는 행보도 그렇고……. 조사된 바로 그 세력은 수룡맹에 비할 바 아니지만 그들이 일을 처리하는 방식은 너무 은밀하고 잔혹했네. 노륙지를 떠난 이후 그들의 손에 은밀히 죽어간 강호인의 숫자가 이미 오십 인을 넘었다는 게 그들을 추적해 온 맹의 결론일세."

"그렇다면 왜 무림의 힘을 모아 그들을 제압하지 않는 겁니까?"

"쉬운 일이 아닐세. 겨우 그 뒤를 쫓기도 바쁜 실정이라네. 그 추적의 거리 또한 오 일 안쪽으로는 좁히지 못하고 있는 실정일세. 그리고 누가 뭐래도 그들의 수장은 천하팔대고수 신주마 악불위, 그를 제압하기 위해선 또 다른 팔대고수가 나서든지 아니면 사패를 아우르는 대척살단이 조직되어야 할 걸세. 쉽지 않은 일이지. 그리고 우린 사실 그들에게서 확인하고 싶은 것이 있기도 하고……."

"그게 무엇입니까?"

그러자 가한이 잠시 침묵을 지켰다가 입을 열었다.

"우린 한 가지 문제에 대해 결론을 내리지 못하고 있네. 그건 바로 신주마 악불위가 이끄는 세력이 과거의 백마와 연관 있는가 하는 문제일세."

순간 좀체 침착함을 잃지 않는 고검의 눈이 커졌다. 가한의 입에서 흘러나온 말, 백마(百魔)라는 이 두 글자는 아무리 고검이라 해도 놀라지 않을 수 없는 명칭이었던 것이다.

第二章
두 개의 청부

孤劍秋山

고검과 가한이 무림의 전설 마총에 대해 심각한 대화를 나누고 있을 때 추산은 객청에서 총관 한단과 함께 담백한 모습의 중년 사내를 마주하고 있었다. 사내의 옷차림은 수수함이 지나쳐 조금 낡아 보였지만 그의 몸에서 묻어 나오는 정갈함이 보는 사람으로 하여금 자연스레 사내에 대해 호감을 갖게 만들었다.

"호위요?"

추산이 사내의 말을 듣고는 되물었다.

"그렇소이다. 제가 모시는 주인께서 멀고 험한 길을 가야 하는데 요즘 강호의 정세가 워낙 불안하여 믿을 만한 분을 호위로 모시고 싶어하십니다."

사내의 말에 추산이 조금 불만스런 표정으로 말했다.

"본 장의 청부대금이 비싸다는 것은 알고 계신가요?"

"물론 무불장의 청부대금이 강호제일이란 사실은 알고 왔소이다."

"가려고 하는 곳이 어딥니까?"

"감숙의 기련산이외다."

"기련산이오?"

"그렇소이다."

"음……."

사내의 말에 듣고 있던 한단의 입에서 나직한 신음성이 흘러나왔다. 기련산은 중원에서 보자면 서쪽의 끝 자락에 위치한 험지였다. 서둘러 길을 다녀와도 족히 몇 개월은 소요될 여행, 더군다나 수많은 이족들이 출몰하는 지역으로 위험하기 짝이 없는 길이었다. 그러고 보면 사내의 주인이 호위를 구하는 것도 이해가 가는 일이었다.

기련산으로의 청부행은 추산이나 한단으로서도 쉽게 결정을 내릴 수 없는 일이었다. 수개월간 무불장을 떠나 있어야 하는 일은 아무래도 장주인 고검의 결정을 필요로 하기 때문이었다.

"기련산에는 무슨 일로 가시는 겁니까?"

"제가 모시는 주인님의 개인적인 용무인지라 저도 정확히 그 내용을 말씀드리긴 어렵구려."

"여행의 목적도 모른 채 청부를 수락할 수는 없습니다. 아시다시피 어떤 목적으로 가는 것이냐에 따라 청부의 난이도가 결정되고 또 그에 따라 청부대금과 그 준비가 달라지기 때문입니다. 해서 청부를 하려면 반드시 그 여행의 목적을 알아야 하는 법이지요."

추산의 말에 사내가 고개를 끄덕였다.

"물론 그 점을 모르는 바는 아니오. 만약 청부를 수락하게 된다면 그때 주인님을 뵙고 상세한 이야기를 들을 수 있을 것이오."

그러자 추산이 고개를 저었다.

"그렇게는 어렵겠군요. 본시 무불장은 청부에 관한 모든 정보를 얻은 이후에 청부의 수락 여부를 결정하니까요. 서로의 입장이 다르니 청부를 받아들이기 어렵겠군요. 그리고 단지 신변 보호를 위한 호위를 구하려는 것이라면 비싼 청부대금을 쓰면서 본 장에 청부를 하실 필요는 없을 것 같군요. 이 개봉에서만도 찾아보면 뛰어난 호위를 훨씬 저렴한 값에 고용할 수 있을 겁니다."

추산이 정중하게 청부를 거절하자 사내가 잠시 생각에 잠겼다가 나직한 목소리로 입을 열었다.

"말씀드렸지만 이번 여행에 대한 상세한 내막은 주인께서만 알고 있소이다. 저는, 그저 여행의 최종 목적지가 감숙 기련산의 어느 곳이라는 것만 알 뿐이지요. 해서 지금 당장 무불장에 이번 여행의 목적을 설명할 수는 없군요. 그러니 오늘은 그만 물러가도록 하겠소이다. 마침 주인께서도 개봉에 머무시고 계시니 주인께 무불장의 의견을 전하도록 하겠소이다. 주인께서 무불장의 고수 분들을 반드시 모시고 싶어하시니 무불장의 의견을 전해 들으시면 뭔가 결정을 하시겠지요.”

그러자 추산이 고개를 끄덕였다.

“그렇게 하시지요. 하면 내일 다시 뵙는 것으로 할까요?”

“그렇게 하지요. 내일 다시 뵙겠소이다.”

사내를 장원의 정문까지 배웅한 추산이 개봉성 내의 시가지로 걸어가는 사내를 보다가 입을 열었다.

“알 수 없는 일이군. 분명 그의 일신에 지닌 무공만으로도 능히 강호를 주유할 만한데 굳이 본 장에 호위를 청부하려 하는 이유는 뭘까?”

사내의 기도로 보건대 그의 무공은 결코 만만치 않은 수준이었다. 얼마나 위험한 길을 가려는지 몰라도 타인에게 호위를 부탁할 정도로 약한 인물은 아니었다. 물론 그의 주인 곁에 그와 같은 인물이 몇이나 있는지 모르겠지만······.

추산은 사내가 사라질 때까지 장원의 문 앞에 서 있다 사내의 신형이 완전히 사라지자 천천히 발걸음을 돌려 고검의 거처로 향했다.

“내일 다시 온다 했다고?”

“예, 사형. 여행의 목적을 설명할 수 있을지 없을지는 그의 주인이 결정해야 한다고 하더군요.”

“기련산이라… 먼 길이구나.”

“힘든 길이기도 하고요. 여름이라 무척이나 더울 거예요.”

“그럼 일단 그 일은 내일 그의 주인이란 사람의 말을 들어보고 결정하자꾸나.”

“풍도께서는 무슨 일을 가져오셨나요?”

추산의 물음에 고검이 어두운 표정으로 말했다.

“이쪽 역시 쉽지 않구나. 풍도께서는 마총이란 곳의 실재 여부를 확인해 달라고 했다.”

“마총이라뇨?”

추산의 물음에 고검이 풍도에게서 들은 천마 묵화인과 그의 무덤에 대한 이야기를 해주었다. 그리고 그 마총을 쫓고 있는 신비마인 신주마 악불위와 마총에 대한 단서들, 사패 내부의 내분 등에 대한 이야기도 함께 전했다.

“좋지 않은데요.”

추산이 고검의 이야기를 듣더니 고개를 저었다.

“내가 생각해도 어려운 일인 것 같다. 결국 이 일을 하자면 마총의 존재를 확인하기 위해 신주마의 뒤를 쫓아야 하는데…….”

“그의 무공을 생각하면 아직도 소름이 끼쳐요.”

추산이 흠칫 몸을 떨며 말했다. 노륙지에서 보았던 신주마 악불위의 무공은 여전히 추산에게 공포감을 심어주는 것이었다.

“다른 때라면 이 청부를 수락지 않았을 것이다. 신주마의 뒤

를 쫓는 것도 그렇고, 북천무맹의 조사대 또한 불편한 존재이
다. 더군다나 북천무맹의 맹주와 제갈 군사 그리고 풍도 어른
을 제외하고는 내가 청부를 받았다는 걸 아는 사람도 없으니.
또한 북천무맹이 신주마의 행방을 놓치지 않고 있다면 다른
사패도 신주마를 쫓고 있을 가능성이 높다. 자칫하면 사패와
신주마가 벌이는 혈란에 깊이 빠져들 수 있는 일이지.”
“거절하면 되는 것 아닌가요?”
“그도 쉽지는 않구나.”
“왜요?”
“후후, 그야 당연히 청부를 하러 온 사람이 풍도 어른이기
때문이지. 그 어른은 비록 북천무맹의 대장로이시긴 하지만
나와 무불장에 특별한 인연을 가진 분이지 않더냐?”
“쩝, 그렇군요. 무맹에서도 그 사실을 알고 풍도 어른을 보
낸 모양이네요.”
“아마도 그럴 게다. 무맹의 대군사인 제갈문은 능히 그런 수
를 계산하고 움직이는 사람이니까.”
“그의 머리가 그렇게 좋다면서요?”
“후후, 천하제일이라고들 하지.”
“보통 계책을 즐겨 쓰는 사람들은 좀 음흉한 편인데… 이번
일도 우리가 모르는 위험이 도사리고 있지나 않을까 걱정이네
요.”
그러자 고검이 고개를 저었다.
“이번 일에 내포된 위험을 숨길 사람들은 아니다. 풍도 어른

도 그렇지만 무맹의 대군사 제갈문은 강호무림에 보기 드문 현사로 알려진 사람이다. 뛰어난 머리를 지니고 있으면서도 그 인격 또한 고고해 나이는 그리 많지 않지만 많은 사람들로부터 존경을 받는 사람이지. 그가 계교를 부려 본 장을 위험에 빠뜨리지는 않을 것이다. 다만 이번 일 자체가 누가 함정을 파지 않아도 무척 위험한 일이라는 것이지.”

“어떻게 하실 거예요?”

“오늘 밤에 고민을 좀 해야겠지.”

두 사람이 두 개의 청부를 가지고 온 날 밤이 지나갔다. 아침 일찍 일어나 장원의 주변을 한 바퀴 산책한 고검이 조금 이른 시간에 풍도 가한이 머물고 있는 숙소를 찾았다. 풍도 가한은 고검의 얼굴을 보는 순간 가벼운 미소를 떠올렸다. 어려서부터 고검을 보아온 그는 표정만 보고도 고검이 이번 청부를 수락할 것이란 걸 알아챘기 때문이었다.

“그래, 결심은 하셨는가?”

결과를 알고 있으면서도 풍도 가한이 조금 능청스런 표정으로 물었다. 그러자 고검이 가벼운 미소를 지으며 대답했다.

“이번에는 어르신께서 제게 빚을 지신 겁니다.”

“후후, 알겠네. 내 반드시 이 신세를 갚도록 하지.”

풍도가 고개를 끄덕였다.

“몇 가지 정해두어야 할 게 있습니다.”

“말하게.”

"먼저 청부대금은 최상으로 하겠습니다."

"금자 일천 냥으로 하지."

풍도가 망설이지 않고 대답했다.

"역시 무맹에는 돈이 많군요."

"후후. 마총의 가치에 비하면 그야말로 조족지혈일세."

"청부의 최종 목표를 말해주십시오."

"음… 사실 목표를 말해주기가 쉽지 않네만…….”

"그럼 제가 정하도록 하지요. 마총의 실제 존재 여부가 확인되면 그 순간 청부가 완료되는 것으로 하겠습니다. 분명한 것은 신주마 악불위를 쫓는 것이 목적이 아니라는 사실입니다. 마총의 존재 유무를 확인하는 것이 목적이지요. 또한 마총의 존재를 확인한 이후의 일은 무맹에서 알아서 하십시오. 즉, 마총의 정확한 위치를 추격하는 것은 제 일이 아니라는 말입니다. 또 하나, 신주마에 대한 정보는 따로 수집하거나 알려 드리지 않겠습니다. 오직 마총에 관한 정보만 전하도록 하겠습니다. 그리고 비선(秘線)을 만들어주십시오. 풍도 어르신과 직접 연결될 수 있는 비선으로…….”

"그리하겠네. 적어도 이틀 거리 안에 내가 있을 걸세."

"좋습니다. 이제 마지막으로… 무맹에서 얻은 단서들을 제게 보여주십시오."

그러자 풍도가 고개를 끄덕이며 품속에서 하나의 비단 주머니를 꺼냈다. 그리고는 주머니의 입구를 열어 두 장의 종이를 끄집어냈다.

"하나는 이십여 년 전에 얻은 양피지에 있는 글씨와 그림을 그대로 모사한 것이고, 다른 하나는 이번에 얻은 단서인 구리 동경을 탁본한 것일세. 전설에 따르면 마총의 위치와 마총으로 들어가는 방법이 담겨 있는 기물은 존재한다고 알려져 있네. 이 물건들은 그중 두 개에 지나지 않으니 이것들만으로 마총이 정말 존재하는 것인지 확인할 수는 없을 걸세. 혹은 이 두 가지 물건조차 누군가 고의로 만들어낸 물건일지도 모르지. 그러니 이 물건들에 큰 의미를 부여하는 것은 위험한 일일 수도 있네."

고검이 두 장의 종이를 건네받으며 살짝 얼굴을 찌푸렸다.

"원본을 볼 순 없습니까?"

"맹 외부로 진품을 가지고 나오기는 어렵네."

그러자 고검이 고개를 저었다.

"원본이 아니면 두 물건 안에 들어 있는 단서를 정확히 잡아낼 수가 없지요."

"알고 있네. 하지만 이렇게 두 물건의 사본을 전하는 것이 내가 할 수 있는 전부네."

그러자 고검이 정색을 한 얼굴로 말했다.

"조건을 조금 바꾸겠습니다. 금자 천 냥을 선불로 주십시오. 그리고 일의 성패에 상관없이 청부금은 돌려 드리지 않겠습니다."

"끙, 매정하군. 하지만 어쩔 수 없지. 그렇게 하겠네. 그 두 개의 물건을 실물로 보는 것이 자네에게 얼마나 중요한지 알고 있으니 그를 제공하지 못하는 대가를 치러야겠지."

"좋습니다. 그럼 이 청부는 성사되었습니다."

"현재 악불위의 흔적은 호북성 의창 인근에서 발견되었다고 하더군. 일단 시작은 악불위의 움직임을 따르는 것이 순서라고 생각하는데… 그들에게 마총에 대한 어떤 단서가 있는지 모르겠지만……. 오늘 바로 움직일 텐가?"

"오늘은 어렵겠군요. 새로운 청부의 수행 여부를 결정할 게 있어서……."

"마총을 찾는 일은 무불장의 전 고수가 투입되어도 힘든 일일세. 더군다나 신주마는 극히 위험한 인물이야. 다른 청부에 인원을 나누는 것은 말리고 싶군."

풍도 가한이 우려 섞인 표정으로 말했다.

"이번 청부는 저 혼자 움직일 생각입니다. 누군가와 싸움을 하는 것이 아니라 마총의 실존 여부를 확인하는 것은 사람의 숫자가 많아 좋을 게 없지요. 오히려 다른 사람들은 후방에 남아서 다른 방법으로 청부에 도움을 주게 될 겁니다. 그리고 아마도 신주마 악불위와 부딪치는 일은 없을 겁니다. 만약 그리된다면 최악의 경우가 아닌 이상 전 몸을 피할 테니까요."

"의외군. 천하의 무불장주가 몸을 피하겠다니……."

"적어도 그는 천하팔대고수니까요. 그리고 이번 청부의 목적은 그가 아닌 마총이니 굳이 그와 격돌할 필요는 없지 않겠습니까? 전 생각보다 현실적인 사람입니다."

"후후후, 알겠네. 그럼 내가 먼저 떠나도록 하지. 나도 나름대로 준비를 해야 하니까.”

가한은 아침 식사를 마친 후 곧바로 무불장을 떠나갔다. 그런데 가한이 무불장을 나설 때 그와 엇갈려 무불장으로 들어서는 일남일녀가 있었다.

“제가 모시고 있는 분입니다.”

사내가 추산과 고검에게 여인을 소개했다. 아침 일찍 무불장을 방문한 일남일녀 중 남자는 어제 무불장에 들러 추산에게 청부를 넣었던 인물이었다. 그가 소개한 여인은 수수한 차림을 하고 있었지만 어딘지 모르게 고고한 기품이 흘러나오고 있었다.

“무불장을 맡고 있는 고검이라고 합니다. 이쪽은 제 사제지요.”

“추산입니다.”

중년 사내와는 이미 통성명을 한 사이라 추산은 여인을 보며 자신의 이름을 밝혔다.

“강호에 명성이 자자한 두 분 대협을 만나뵙게 되어 영광입니다. 주하령이라고 합니다. 본래는 무한에 청록원이라는 거처를 두고 있습니다만 어제 여 대협께서 말씀드렸듯이 기련산으로 여행 중입니다.”

그러자 추산이 놀란 얼굴로 중년 사내를 보며 물었다.

“그럼 이미 기련행을 시작한 것인가요?”

“그렇습니다. 여행은 이미 시작되었지요. 그런데 무한을 떠나 물길을 타고 개봉으로 오는 도중에 보니 강호 곳곳에서 혈풍이 불고 있더군요. 해서 개봉에 도착하자마자 무불장에 호위를 부탁하게 된 것입니다.”

“그럼 애초에 여행을 시작할 때는 호위를 청부할 생각은 없었던 거군요?”

“그렇습니다. 호위를 부탁할 생각은 길을 떠난 이후에 하게 된 것이지요. 무한에서 이곳까지 오는 도중에 겪은 강호의 분쟁이 십여 차례나 되더군요.”

여인의 말은 거짓이 아니었다. 지금 장강과 대운하 그리고 황하를 잇는 천하의 물길 주변에선 수룡맹이 일으킨 군소문파들과의 분쟁이 하루가 멀다 하고 발생하고 있는 실정이었다.

“그런 사정이 있었군요. 그런데 어제도 말씀드렸지만 본 장에서 청부를 받아들이기 위해선 청부와 관련된 일들을 소상히 알아야 합니다. 만약 청부자가 청부에 대한 정보를 제공하지 않거나 그릇된 정보를 제공하면 그 순간 청부는 종결됩니다.”

“여 대협께 말씀 전해 들었습니다. 그래서 제가 이곳에 온 것이고요.”

“그럼 청부에 관한 상세한 내막을 말씀하실 결심을 하신 거군요?”

“그게 무불장의 규칙이라면 따라야겠지요. 저로서는 무불장 고수 분들의 도움이 절실히 필요한 상황이니까요.”

그녀의 표정에서 얼핏 간절함이 묻어났다. 그녀의 말대로 지금 그녀는 누군가의 도움이 절실히 필요한 것이 분명했다.

"그럼 일단 이야기를 듣기로 하지요."

고검이 감정이 드러나지 않는 어조로 말했다. 그러자 잠시 뜸을 들이던 여인이 천천히 입을 열었다.

"제가 기련산에 가는 이유는 제 부모님의 유해를 찾기 위해 섭니다."

고검과 추산의 눈에 이채가 서렸다. 부모의 유해를 찾아 강호로 나선 여인, 도대체 이 여인에겐 어떤 사연이 있는 것일까. 그녀의 부모는 왜 머나먼 서역의 험산, 기련에서 죽음을 당한 것일까?

"제 부모님께서는 제가 열두 살 되던 해에 기련산으로 떠나셨지요. 그리곤 영영 돌아오지 않으셨어요. 자식 된 도리로 부모님의 유해라도 찾아 모시는 것이 당연한 일이지만 당시에는 제 나이가 어려 감히 기련산에 갈 수 없었지요. 그렇게 기련행을 미루다가 더 이상 미루면 안 될 것 같아 이렇게 길을 나섰습니다만, 그 또한 강호의 사정이 어지러우니 쉽지가 않군요. 더군다나 듣기로 기련산 인근에는 이족 출신의 무림인들과 마교의 분파들이 적지 않게 활동하고 있다 하니 부디 무불장의 고수 분들께서 도움을 주시기 바랍니다."

여인이 하는 말을 곧이곧대로 믿기에는 분명 뭔가 석연찮은 구석이 있었다. 하지만 그렇다고 딱히 그녀의 말 중에 앞뒤가 맞지 않는 것도 없었다.

"본 장의 청부는 무척 비쌉니다."

"알고 있습니다. 비록 제 나이가 많지는 않지만 부모님께서 기련산으로 가시기 전에 남겨주신 재산이 적지 않았지요. 그 재산을 밑천으로 그동안 청록원 식솔들의 도움으로 꽤 많은 금자를 모았습니다. 제 짧은 생각으로 무불장의 고수 분들 한 분당 삼백 냥씩의 금자를 생각하고 있습니다. 제가 낼 수 있는 금자의 총액은 최대한 천 냥이고요.”

주하령의 말에 고검과 추산이 놀란 빛을 보였다. 두 사람이 보기에 주하령의 나이는 아무리 많아도 스물다섯을 넘지 않아 보였다. 아니, 오히려 이십대 초반으로 보이는 주하령의 외모였다. 그런데 그런 그녀가 여행 중에 금자 천 냥을 청부대금으로 내놓을 수 있다니 그녀의 재력이 얼마나 대단한지 알 수 있는 대목이었다.

“혹, 주 소저께서 기련산으로 가는 일을 방해하는 특정한 사람들이 있습니까?”

이 부분은 꼭 확인해야 할 문제였다. 누군가 처음부터 주하령의 기련행을 막고자 하는 자가 있다면 청부의 내용이 달라지기 때문이었다.

“그렇지는 않아요. 제가 걱정하는 것은 오로지 여행을 하는 중 예상치 못한 일에 부딪치게 될까 하는 것이에요. 그런 만약의 사태에 대비해 무불장에 청부를 넣는 것이고요.”

“결국 단순한 호위를 청부하는 것이군요. 그렇다면 지나치게 비싸게 청부를 하시는 것인데…….”

단순히 호위무사를 고용하는 것이라면 일 인당 금자 삼백 냥은 낭비라고 봐도 좋았다. 그녀의 수중에서 금자가 썩어나지 않는다면… 그런데 주하령이 정색을 하며 고검의 말을 반박했다.

"단순한 호위는 아니에요."

그러자 고검과 추산의 얼굴에 다시금 의아한 기색이 떠올랐다. 분명 주하령은 그녀의 기련행에 혹시 발생할지 모르는 만약의 사태에 대비해 무불장의 청부사들에게 호위를 부탁한다고 했는데 이제 와서 단순한 호위가 아니라고 말하고 있었다.

'이 여자가 누굴 놀리는 건가?

추산의 눈꼬리가 살짝 치켜 올라갔다. 그러자 그런 추산의 기색을 알아챘는지 주하령이 재빨리 말을 덧붙였다.

"제가 듣기로 추 대협께서는 진법에 능통하시다 들었습니다만……."

순간 고검과 추산의 눈빛이 번뜩였다.

'이 여자는 나에 대해 알고 왔군.'

불현듯 두 사람의 마음속에 여인에 대한 경계심이 솟구쳤다. 그저 무불장의 명성을 듣고 온 것이 아니라, 무불장의 청부사들에 대한 정보를 듣고 온 여인이 분명했다.

"청록원은 강호의 몇몇 대상들과 거래를 트고 있지요. 해서 최근 월하장에서 벌어졌던 수룡맹과 월하장의 분쟁에 대해서도 들을 수 있었습니다. 대부분의 이야기들은 천검 능운백 노대협의 무위에 관한 것이었지만 전 그중 여기 계신 추 대협의 이야기에 관심이 가더군요."

수룡맹과 월하장의 분쟁은 이미 강호에 널리 퍼져 있는 사

건이었다. 천검 능운백이 십여 년의 공백을 깨고 무림에 출도
했다는 사실부터가 조용히 넘어갈 사건이 아니었다. 더군다나
월하장 인근 사림에서 벌어졌던 비무는 사패의 고수들까지 참
관했던 터라 무척 상세하게 강호에 알려져 있었다.

소문의 주된 내용은 주하령이 말했듯 수룡맹의 팔변만화진
을 깨뜨린 천검 능운백의 무위에 대한 것이었지만 그 팔변만
화진에 대한 파훼법을 두 시진에 걸친 고민 끝에 찾아낸 청년
청부사 추산에 대한 소문도 은근히 많은 사람들의 관심을 끄
는 것 중 하나였다. 그러니 상인들과 거래를 하는 주하령이 추
산의 소문을 들었다는 것은 기실 그리 심각한 일이 아닐 수도
있었다.

'틀린 말은 아니군.'

추산이 내심 주하령의 말에 승복했다. 하지만 여전히 의문
은 남는다. 그 소문과 자신을 호위해 달라는 이번 청부가 무슨
연관이 있단 것인가?

고검과 추산의 얼굴에 여전히 의구심이 남아 있는 것을 본
주하령이 다시 입을 열었다.

"기실 제가 필요로 하는 것은 무불장 고수 분들의 무공만은
아닙니다. 정확하게 말하자면 전 절 호위해 주실 수 있는 무공
과 진법에 능한 조력자를 구하고자 하는 겁니다."

그제야 고검과 추산은 이 주하령이라는 여인이 무불장에 찾
아와 천금의 돈을 들여 무불장의 고수들을 고용하려는 나름대
로의 이유를 이해할 수 있었다.

“왜 진법에 능한 사람이 필요한 겁니까?”

추산이 물었다.

“그건 제 부모님의 유해를 찾기 위해선 반드시 탁월한 진법의 대가가 필요하기 때문입니다. 사실대로 말하자면 전 제 부모님의 유해가 있는 곳을 정확하게 모릅니다. 기련산 중의 한 곳이란 것은 확실하지만 그곳은… 진법을 알아야 찾을 수 있다고 알고 있어요.”

‘생각보다 복잡한 내막이 있군.’

고검과 추산의 안색이 조금 무거워졌다. 처음 그저 여행의 호위무사를 구하기 위해 왔다고 했던 주하령의 말은 조금씩 변해가고 있었다. 그리고 지금에 와서는 이 일의 배경에는 생각보다 복잡한 내막이 서려 있을 것이란 의심이 들지 않을 수 없었다. 어쩌면 그녀의 말과 달리 그녀의 기련행을 막으려는 자들이 존재할지도 몰랐다. 그녀의 부모가 그 먼 기련산에 가서 죽은 것에는 분명 사연이 있을 터였다.

“주 소저의 기련행을 방해할 적이 없다는 말은 확실한 겁니까?”

추산이 의심을 담은 어조로 물었다. 그러자 주하령이 단호하게 고개를 끄덕였다.

“장소를 찾는 것이 어려울 뿐입니다. 말씀드렸듯이 이번 기련행을 막으려는 사람은 없습니다.”

그러자 추산이 고검을 바라봤다. 청부의 수락 여부는 고검이 결정하는 것이기 때문이었다.

"잠시 자리를 비우겠습니다."

고검이 주하령에게 양해를 구하고 추산을 데리고 객청을 벗어났다. 객청을 벗어난 두 사람은 객청에서 조금 떨어진 곳에 걸음을 멈추었다.

"어떻게 생각하느냐?"

"생각보다 사연이 많은 여인인 것 같아요."

"기련산에 갈 생각은 있느냐?"

그러자 추산이 고검을 보며 물었다.

"마총의 일이 있는데 빠져도 될까요?"

"마총의 존재를 확인하는 일은 일단 나 혼자 움직일 생각이다. 인원이 많으면 오히려 사람들의 이목을 끌게 될 테니까. 물론 다른 사람들 중 몇은 후방에서 지원을 하게 될 테지만……."

"알겠어요. 사실 저 여인의 청부에 흥미가 동하긴 해요. 이번 기회에 서역을 여행해 보는 것도 괜찮을 것 같고… 또 저 여인이 어떤 사연을 지니고 있는지 궁금하기도 하고요."

"어쩌면 생각지 못한 변수가 있을 수도 있다. 주 소저의 부모가 왜 기련산까지 가서 죽었는지, 그리고 그 죽은 장소를 찾기 위해 왜 진법의 달인이 필요한지… 그런 것들을 생각해 보면 단순한 일이 아닐 수도 있다는 예감이 드는구나."

"그래서 가고 싶은 거예요."

"알겠다. 청부를 수락하는 것으로 하마. 대신 만 노사와 함께 가도록 하거라."

“만 노사께서 싫지만 않으시다면 저야 좋죠. 심심하지도 않고.”

추산이 고개를 끄덕였다.

“기련산?”

만불통이 자신의 거처에 있는 작은 툇마루에 누워 오수를 즐기고 있다가 자신을 찾아온 추산의 말에 눈을 번쩍 뜨며 벌떡 자리에서 일어났다.

“예, 기련산이요.”

“아니, 그 먼 곳까지는 왜?”

“부모님의 유해를 찾으러 간다는군요. 워낙 멀고 험한 길이라 뛰어난 무공을 지닌 호위가 필요한 모양이에요.”

“그래? 효녀군. 그 먼 곳까지 부모의 유해를 찾으러 가겠다니… 그래서 지금 나와 같이 가자는 건가?”

“사형께서 저 혼자 보내기는 불안하다면서 어르신을 뫼시고 가라고 해서요.”

“낄낄, 이 늙은이가 무슨 힘이 된다고, 짐만 되지. 하지만 어쨌든 재미는 있을 것 같군. 기련산이라… 내 중원의 이름난 산은 거의 다 다녀보았지만 기련이나 천산 근처에는 가보지 못했거든? 죽기 전에 서역을 여행해 보는 것도 좋겠지. 좋아, 가보자구.”

“출발은 내일이에요.”

“알겠네. 그리 준비하지.”

만불통이 추산의 말에 시원하게 답을 하고는 다시 마루 위
에 벌렁 드러누워 낮잠을 청했다.

"조심해라."

고검이 무불장을 떠나는 추산을 보며 걱정스런 눈빛으로 당
부했다. 추산은 이미 강호에서 일대기협으로 명성을 얻어가고
있었지만 고검이 보기에는 언제나 어린 사제로만 느껴지는 모
양이었다.

"걱정 마세요, 사형. 저는 오히려 저보다도 사형의 일이 걱
정이에요."

추산은 오히려 신주마 악불위의 뒤를 쫓아야 하는 고검을
걱정했다. 확실히 일의 경중으로 보았을 때 고검의 일이 몇 배
는 더 위험한 것이 사실이었다.

"내 걱정은 말거라. 홀로 움직일 테니 위험에 처할 일은 없
을 게다."

고검의 말에 추산이 고개를 끄덕였다. 당금 강호에서 고검
이 피하고자 한다면 그를 제압할 고수는 존재하지 않는다는
것을 알고 있기 때문이었다.

"그럼 가볼게요."

추산의 말에 고검이 고개를 한 번 끄덕여 보이고는 만불통
에게 부탁을 했다.

"어르신, 사제를 잘 부탁합니다."

"호호. 부탁은 무슨, 오히려 추 소협이 이 늙은이를 지켜줄

걸세. 그나저나 미안하군. 어려운 일을 맡았는데 이 늙은이는
유람이나 떠나게 되었으니 말이야.”

그러자 고검이 가벼운 미소를 머금었다.

“어느 쪽이 유람이 될지는 두고 봐야 알겠지요.”

“하하, 역시 고 장주야. 천하의 신주마를 추적하는 일을 유
람에 비유하다니. 껄껄, 그럼 수고하시게. 자, 추 소협. 어서 가
지. 그들이 어디에 있다고?”

“성내 운문객잔에 머물고 있다고 했어요.”

“운문객잔이라… 과연 수중에 금자가 많은가 보군. 운문객
잔이라면 만금의 부자가 아니면 들지 못하는 곳인데…….”

“그러니까 한 사람당 금자 삼백 냥을 내놓았겠지요.”

“좋아, 좋아. 금자도 벌고 유람도 하고, 꿩도 먹고 알도 먹
고. 가자구!”

만불통이 추산에 앞서 발걸음을 옮겼다. 그러자 추산이 고
검을 향해 눈을 깜빡여 보이고는 서둘러 만불통의 뒤를 따라
갔다.

“별 탈 없이 잘 다녀와야 할 텐데… 훗, 다른 사람 걱정할 게
아니군. 나도 슬슬 준비를 해야겠어.”

고검이 멀어지는 추산과 만불통을 한 번 바라보고는 이내
신형을 돌려 무불장 안으로 사라졌다.

주하령과 그를 수행하는 여씨 성을 가진 중년 무사 그리고
무불장에는 들르지 않았던 일남일녀의 수행원은 추산과 만불

통이 운문객잔에 도착했을 때 이미 길 떠날 준비를 마치고 객
잔 앞에서 두 사람을 기다리고 있었다.
　그들 네 사람은 한 대의 단단해 보이는 마차를 준비해 놓고
있었는데 마차 옆에는 세 마리의 말이 말굽으로 땅을 긁어대
고 있었다.
　"우리가 조금 늦은 건가요?"
　"아니에요. 저희가 조금 서둘렀어요."
　주하령이 추산의 말에 고개를 저으며 대답했다.
　"바로 떠나면 되는 건가요?"
　"특별히 준비하실 것이 없다면……."
　"그럼 떠나죠."
　추산이 고개를 끄덕였다. 그러자 주하령이 다른 한 여인과
함께 마차에 올랐다. 그리고 여씨 성의 사내는 세 필의 말 중
한 마리에 올랐고 다른 한 명의 사내는 주하령이 탄 마차의 마
부석에 올랐다. 나머지 두 필의 말은 추산과 만불통을 위한 것,
추산과 만불통도 망설이지 않고 말에 올랐다.
　그렇게 출발 준비를 마친 육 인의 여행객은 아침 공기를 뚫
고 개봉성을 벗어나기 시작했다.

*　　　*　　　*

　추산과 만불통이 기련산을 향해 떠난 날 아침 고검의 집무
실에는 두 사람을 제외한 무불장의 나머지 청부사들이 모여들

었다. 그들은 고검이 탁자에 올려놓은 두 장의 종이를 돌려가며 살펴봤다.

"단지 이 두 장의 종이 쪼가리로 마총의 존재를 확인하라는 건 너무 막연하지 않습니까?"

대웅산이 불만을 토해냈다.

"그러니 천금의 청부대금을 준 것이 아니겠나."

고검이 담담한 어조로 대답했다.

"하긴 마총의 실존 여부를 확인하지 못해도 청부금을 돌려주지는 않는다고 했죠? 그럼 아예 뒤로 물러나 있는 것도 괜찮겠네요. 그 신주마 악불위가 움직이는 조직과 북천무맹의 조사대 뒤를 따르면서 말이죠."

"아무리 성패에 상관없이 대금을 받는다고 해도 어찌 맡은 청부를 소홀히 할 수 있겠는가?"

고검이 나무라듯 말하자 대웅산이 머리를 긁적이며 변명했다.

"아, 뭐 말이 그렇다는 거죠. 워낙 단서가 빈약하니……."

그때 두 사람의 대화를 듣고 있던 왕민이 조용히 입을 열었다.

"무맹에서 발견했다는 첫 번째 단서, 그러니까 아수마왕 음천기에게서 회수했다는 이 양피지를 조사했던 무맹이 어떤 결론을 내렸는지는 들으셨습니까?"

"풍도 어른의 말로는 별다른 소득을 얻지 못했다고 하더군요. 이 필사본을 보면 어느 지역의 지형을 나타내는 지도와 흐릿한 글귀들이 적혀 있는데 무맹에서는 이것이 마총의 위치를 나타내는 지도일 거라 생각했던 모양입니다. 하지만 결국 이 지도가 나타내는 지역이 어디인지는 끝내 밝혀내지 못한 모양입니다. 그래서 어쩌면 그저 허황된 전설에 지나지 않을 일을 더 이상 붙들고 있지 않았던 것이지요.”

“그런데 이십여 년이 지나 또 다른 단서가 나타난 거군요.”

왕민이 북천무맹에서 확보한 또 다른 단서인 구리거울을 탁본해 온 종이를 들여다보며 말했다.

“전설에 따르면 천마 묵화인의 무덤인 마총을 찾기 위해서는 그가 강호에 남긴 일곱 개의 단서를 모두 모아야 한다고 했습니다. 그러니 단 두 개의 단서로 마총을 찾기란 쉽지 않은 일이지요. 마총이 실존한다는 가정하에 아마도 이 단서들은 일곱 개가 모두 모여야 그 가치를 발하게 될 겁니다.”

“그럼 결국 이 두 개의 단서는 아무 소용이 없다는 말이 되는 건가요?”

미심이 고검을 보며 물었다.

“물론 쓸모없는 물건이라고 할 수는 없지요. 혹여라도 강호를 주유하다 양피지에 그려진 지도와 흡사한 지형을 발견하게 된다면 거기서부터 마총을 조사할 수 있을 테니 말입니다.”

고검의 말에 대웅산이 두 팔을 들어 올려 기지개를 켜면서 말했다.

“하지만 어쨌든 지금으로선 이 두 개의 단서는 별로 도움이 되지 않는 것임이 확실하군요. 자! 그럼 이번 일의 시작을 어떻게 하실 생각이신지요, 장주!"

대웅산이 장난스런 표정으로 묻자 고검이 미소를 지으며 대답했다.

"웅산 자네 말대로 시작은 역시 신주마 악불위와 무맹의 조사대를 뒤따르는 것으로부터 해야겠지. 신주마 쪽에서 마총을 쫓고 있다면 그들에게 일곱 개의 단서 중 몇 개가 있던지, 아니면 마총에 대해 우리보다 더 많은 정보를 알고 있을 게 분명하니까 일단은 그들의 뒤를 쫓는 것이 우선이겠지."

"시작부터 살벌하군요. 신비마인 신주마 악불위의 뒤를 쫓는다라."

대웅산이 흠칫 몸을 떨었다.

"그를 쫓는 것은 나 혼자 할 생각이야."

"혼자서 그들을 뒤쫓는다구요?"

대웅산이 놀란 눈으로 고검을 바라봤다.

"장주, 위험한 일입니다."

왕민 역시 고검의 생각에 동의할 수 없다는 듯 고개를 저었다.

"장주, 다시 한 번 생각해 보시우. 내 장주의 무공을 모르는 것은 아니지만 그자, 악불위란 위인은 장주 홀로 상대할 수 없어요."

대웅산이 고검을 말렸다. 그러자 고검이 미소를 지었다.

"물론 나도 내가 그와 겨뤄 승리할 수 있다고 생각지는 않는다. 다만 비록 그와 마주친다 해도 죽지 않을 자신은 있다. 비록 그를 피해 도주해야 할 테지만 말이야. 그런데 도주를 하자면 역시 나 혼자가 낫지 않을까?"

고검의 말에 다른 청부사들이 잠시 생각에 잠겼다. 그러다가 왕민이 먼저 입을 열었다.

"듣고 보니 장주의 말도 일리가 있군요. 그와 겨룰 것이 아니라면 인원이 많을수록 불리할 수도 있겠지요."

대웅산도 얼른 입을 열었다.

"뭐, 장주의 생각이 옳다고 치고. 그럼 우린 뭘 하우? 그냥 이곳에서 장주의 소식을 기다리기만 하면 되는 건가요?"

대웅산의 질문에 고검이 고개를 저었다.

"그렇지 않다. 비록 그를 쫓는 것은 나 혼자지만 다른 사람들도 각자 뒤에서 해줄 일이 있어."

"뭘 어떻게 하면 되겠수?"

대웅산의 질문에 고검이 먼저 미심을 바라봤다.

"미 부인께서는 이 두 개의 단서에 대해 좀 더 조사해 주십시오. 지금까지 드러나지 않은 뭔가가 나타날 수도 있으니 말입니다."

"알겠어요."

"그리고 또 하나 이 두 개의 단서 중 동경이 북천무맹의 손에 들어온 것은 최근의 일입니다. 풍도 어른께 듣기로 안휘의 합비 인근에 호씨 성을 쓰는 가문에서 얻은 것이라는데 더 자세한 이야기는 하지 않으시더군요. 미 부인께서 그 호씨 가문에 최근 어떤 일이 일어났는지, 그리고 그 호씨 가문의 과거는 어뗘했는지를 조사해 주십시오. 마총의 단서 중 하나를 가지고 있었던 가문이라면 그 과거를 조사해 볼 필요가 있으니 말입니다."

"알겠어요. 그렇게 하지요."

미심이 고개를 끄덕였다. 고검이 이번에는 왕민에게 말을 건넸다.

"왕 선생께서는 사패의 움직임을 감시해 주시기 바랍니다."

그러자 왕민이 의아한 눈으로 되물었다.

"사패라면 무맹 말고 나머지 삼패도 움직였다는 것입니까?"

"확실치는 않지만 북천무맹이 신주마 악불위의 행방을 쫓고 있다면 나머지 삼패 역시 그를 따르고 있을 가능성이 큽니다. 또한 만약의 경우 그들에게도 마총에 대한 정보가 있을 수도 있지요. 그렇다면 그들은 분명 신주마 근처에 출몰할 테지요."

"알겠습니다, 장주. 삼패를 감시하는 것은 제가 맡지요."

왕민이 고개를 끄덕였다.

"그럼 난 뭘 하우?"

마지막으로 남은 대웅산이 고검을 보며 물었다.

"넌 장원에 남아 신혼 재미를 만끽하려무나. 지난번 월하장의 일로 혼인을 하자마자 청부를 떠날 때 내가 지화 처제에게 청부가 끝나면 몇 달 동안 널 강호로 내보내지 않겠다고 약속했었으니 그 약속을 지켜야겠지."

그러자 대웅산이 얼른 고개를 저었다.

"아아, 그럴 필요 없어요. 이미 월하장에서 돌아온 지 두 달이나 지났으니 시간은 충분히 준 거죠."

"아니, 벌써 혼인 생활에 싫증이 난 건가? 이건 너무 빠른데?"

왕민이 놀리듯 묻자 대웅산이 손을 내저으며 말했다.

"아니, 누가 싫증났다고 했습니까? 그런 소리 하지 마세요. 괜히 능 매의 귀에 그 소리가 들어가면 이 대웅산은 뼈도 못 추린단 말입니다."

"하하하, 이것 참 놀라운 일이군. 그토록 호쾌하고 천하에 무서운 적이 없는 대 대협께서 능 부인께는 이토록 꼼짝하지 못하다니."

왕민의 말에 대웅산이 입맛을 다시며 말했다.

"그게 말입니다. 혼인을 하고 보니 이 능씨 집안 여인들의 성정은 쉽게 감당할 수가 없더라구요. 안 그러우, 장주?"

대웅산이 은근한 목소리로 고검에게 동의를 구했다.

"글쎄 그건 자네 생각이지."

"쳇, 그럼 장주 부인께서는 나긋나긋하시단 말이우?"

대웅산이 콧방귀를 뀌며 퉁명스럽게 말했다. 사실대로 말하자면 능천화의 성정은 능지화에 비해 훨씬 까탈스런 편이라고 할 수 있었다. 대웅산은 바로 그 점을 비꼰 것이다.

"본시 사람의 성정이란 그 상대에 따라 달라지는 법이네. 특히나 여인네들은 말이야. 아마도 자네가 지화 사매에게 너무 가볍게 보인 모양이지."

"어이구, 알았습니다. 장주께서야 온 무림의 주목을 받는 무불장주시니 부인께도 존경을 받으시겠지요. 어쨌거나 나에게도 뭔가 일을 맡겨주시우. 좀이 쑤셔 죽겠어요. 차라리 추 아우를 따라갈 걸 그랬나?"

"훗, 걱정 말게. 설마하니 자넬 정말로 놀릴 거라 생각한 건 아닐 테지?"

그러자 대웅산의 눈이 반짝였다.

"내가 할 일은 뭡니까?"

그러자 고검이 심각한 표정으로 말했다.

"내가 신주마 악불위의 뒤를 쫓게 되면 풍도 어른께서 일정한 간격을 두고 내 뒤를 따를 걸세. 물론 북천무맹의 조사대와는 별개로 말일세. 기실 이번 청부는 무맹의 다른 사람들에게는 철저히 비밀로 붙여진 일일세."

"그건 이미 알고 있는 일이지요."

대웅산이 고개를 끄덕였다.

"난 자네가 나의 구명줄이 되어주었으면 하네."

"구명줄이라뇨?"

대웅산이 고검의 말을 이해하지 못한 듯 되물었다.

"만약 내가 몸을 피해야 할 경우 퇴로를 준비해 달란 말일세. 이번 일은 언제 어느 때 몸을 피해야 할지 모르는 일이야. 물론 내 뒤에 풍도 어른이 따르고 있겠지만 자네도 알다시피 아무리 풍도 어른께서 무불장과 인연이 깊은 분이라 하더라도 최악의 경우 맹의 이익을 먼저 생각하게 될 거란 말일세. 나도 믿을 만한 우군이 뒤를 받치고 있어야 하지 않겠는가?”

대웅산이 그제야 알겠다는 듯 고개를 끄덕였다.

“알겠수. 하긴 무림에 믿을 사람이 없지. 걱정 마시우. 내 뒤에서 만반의 준비를 하고 있을 테니.”

“자, 그럼 모두 말씀드린 대로 움직여 주십시오. 이번 일은 서로 떨어져서 일을 진행해야 하니 서로 간의 연락이 중요합니다. 전서구를 충분히 준비해 주십시오.”

“언제 장원을 나설 생각이신지?”

“풍도 어른에게서 연락이 오는 즉시 장원을 나설 생각입니다.”

그날 정오 무렵 한 마리 전서구가 무불장에 날아들었다. 그리고 전서구가 날아든 지 이각이 지나기 전에 고검은 무불장을 나섰다.

第三章

서로행(西路行)

　개봉을 떠난 추산 일행은 서안을 거쳐 난주로 길을 잡았다. 개봉에서 서안까지의 길은 도처에서 흉험한 사건들이 일어나 당금 강호의 혼란을 여실히 보여주고 있었다.

　수룡맹의 출현 이후 강호무림에 대한 사패의 통제력은 현저하게 떨어지고 있었다. 본시 큰 싸움이 벌어지면 강자들의 관심은 당연히 그 큰 싸움에 쏠리기 마련이다. 수십 년 무림을 지배해 온 사패 역시 그들에 맞서 도전장을 던진 수룡맹의 행보에 관심을 집중하고 있었기에 여타의 강호 문제에 대해선 소홀할 수밖에 없었다.

　힘의 공백은 곧바로 혼란으로 이어졌다. 사패의 통제력이 허술해지자 강호 곳곳에서 크고 작은 분쟁들이 터져 나오기 시작했다. 예전 같으면 사패의 눈이 무서워서, 혹은 사패의 중재로 끝났을 분쟁들이 현재는 어김없이 피를 부르는 싸움으로 발전하고 있었던 것이다.

그런 강호의 혼란을 목도하면서 길을 가는 추산의 속내도 썩 좋은 것은 아니었다. 신주마를 쫓아 마총의 실재 여부를 추적해야 하는 고검과 다른 무불장 고수들의 안위가 새삼스레 걱정됐기 때문이었다. 그에 비하면 주하령을 호위하는 그와 만불통의 청부는 그야말로 누워서 떡 먹는 수준이라고 할 수 있었다.

어지러운 강호의 혼란은 추산과 그 일행이 서안을 벗어나 감숙의 난주를 향해 길을 떠난 이후 점차 수그러들었다. 본시 감숙의 중북부는 예로부터 중원의 통제에서 벗어난 지역이었다.

북방 초원을 무대로 살아가는 수많은 유목 종족들이 세월을 바꿔가며 지배했던 곳이고 역사상 중원의 왕조가 감숙 이북을 통제한 것은 손에 꼽을 정도에 지나지 않았다. 당연히 중원무림에 뿌리를 둔 무림문파들도 그 숫자가 극히 적어 수룡맹의 등장으로 야기된 무림의 혼란도 감숙에서는 남의 나라 이야기처럼 여겨지는 상황이었다.

어쨌든 감숙으로 들어서 중원의 혼란에서 벗어난 추산과 그 일행은 감숙에 들어선 지 십여 일의 여행 끝에 감숙 최대의 도읍지라는 난주에 도착했다.

황하의 상류를 끼고 형성된 난주는 예로부터 황하에 의해 형성된 비옥한 토지와 서역과 중원 교역의 중심지로 문물이 크게 발달한 곳이다.

서역에서 온 대상(隊商)들은 이 난주를 거쳐 서안으로 가거나, 중원에서 온 상인들과 교역을 마치고 다시 서역으로 길을 떠난다. 해서 난주에서는 중원의 여느 도읍과 달리 생김새와 언어가 다른 수많은 이민족들을 흔히 볼 수 있었다.

난주에 들어선 일행은 성의 서쪽 외곽에 위치한 장원에서 말을 멈췄다. 마차를 몰던 젊은 사내가 난주에 도착하자 망설이지 않고 서쪽의 장원을 찾아 마차를 몬 것으로 보아 처음 오는 길이 아닌 것이 분명해 보였다. 그렇게 일행이 도착하자 장원에서 몇 명의 사람들이 부리나케 달려나와 주하령을 맞았다.

"어서 오십시오, 아가씨. 오신다는 연락을 받고 기다리고 있었습니다."

장원에서 나온 인물들 중 육십대 초로의 노인이 공손하게 허리를 숙여 주하령을 맞이했다.

"잘 지내셨지요?"

주하령이 미소를 보이며 노인에게 물었다.

"이 늙은이야 별일이 있을 수 있나요? 자, 안으로 드시지요."

노인이 주하령과 그 일행을 서둘러 장원 안으로 이끌었다. 노인을 따라 장원에 들어선 일행은 아담하면서도 고풍스런 분위기가 풍기는 한 채의 건물로 들어섰다.

'이 장원은 제법 오래된 모양이군.'

추산이 자신이 들어선 건물에서 묻어 나오는 세월의 깊이를 느끼며 생각했다.

'그런데 주 소저는 저 노인과 어떤 관계일까? 보아하니 노인은 주 소저의 아랫사람처럼 행동하는 것 같은데……'

추산이 주하령과 노인의 관계를 궁금해하는 사이 일행은 제법 널찍한 대청에 자리를 잡고 앉았다.

"중원의 소식을 들으니 강호의 움직임이 심상치 않다던데 청록원에 별일은 없는지요?"

자리를 잡고 앉자 노인이 부드러운 표정으로 주하령에게 물었다.

"수룡맹의 등장으로 강호가 혼란한 것은 사실이에요. 이곳으로 오는 도중에도 도처에서 크고 작은 싸움들이 벌어지고 있더군요. 하지만 청록원이야 그저 작은 거래를 하는 상가일 뿐이니 별다른 일이 있을 리가 없지요."

"별일없다니 참으로 다행입니다. 비록 청록원이 중원에서는 그리 크게 알려지지 않았지만 어쨌든 상인이란 강호무림과 떼려야 뗄 수 없는 관계이니 이 늙은이는 적지 않게 걱정을 하고 있었습니다."

"상 노야께선 언제나 이 하령을 어린애로 생각하고 계시는 모양이군요."

"허허허, 제가 너무 걱정이 많은 건가요? 하긴 제게는 언제

나 아가씨가 어린 소녀로 보이는 것이 사실이긴 합니다
만……."

　노인이 너털웃음을 터뜨렸다. 노인의 말을 들어보면 두 사
람의 인연은 주하령이 어렸을 때부터 이어져 왔던 것이 분명
했다.

　"이곳 사정은 어떤가요?"

　한바탕 웃음이 지나간 후 주하령이 묻자 노인이 부드러운
목소리로 입을 열었다.

　"요즘 들어 장원의 사정은 더 좋아졌습니다. 변방이 안정되
어선지 서역에서 오는 대상들의 숫자가 부쩍 늘었고, 지난해
에는 난주 일대의 농사도 풍년이 들어 본 장도 적지 않은 수입
을 올렸습니다. 아가씨께서 난주로 오지 않으셨다면 그렇지
않아도 이 늙은이가 한 번 찾아뵈려던 참이었습니다."

　"본 가의 가업은 그 뿌리가 난주지요. 무엇이든 뿌리가 튼튼
해야 줄기와 잎이 무성한 법, 상 노야께서 난주의 가업을 지켜
주고 계시니 이 하령은 언제나 마음이 든든합니다."

　"허허허, 그렇게 말씀해 주시면 이 늙은이야 감사할 따름이
지요. 그나저나 손님을 모셔놓고 우리만 이야기를 나누고 있
으니 큰 결례가 아닌지……?"

　상 노야라 불린 노인이 탁자의 한쪽 모서리에 앉아 있는 추
산과 만불통을 보며 입을 열자 주하령이 그제야 아차 하는 표
정으로 서둘러 노인을 추산과 만불통에게 소개했다.

　"죄송해요. 제가 상 노야를 만난 기쁨에 잠시 결례를 했군

요. 이분은 본 가에서 운영하는 난주의 상가를 맡고 계신 분이
에요. 그리고 이쪽은 그 유명한 무불장의 고수 분들이세요.”

주하령이 얼른 양쪽을 소개하자 상 노야라 불린 노인이 자
리에서 일어나 공손하게 포권을 해 보였다.

“상문이라고 합니다. 오래전부터 아가씨 집안의 일을 해온
늙은이지요. 무불장의 명성은 이 먼 변방에서도 익히 들어 알
고 있습니다. 오늘 이렇게 무불장의 두 분 대협을 뵙게 되니
큰 영광입니다. 모쪼록 아가씨를 잘 부탁드립니다.”

노인의 당부는 마치 할아버지가 손녀딸을 부탁하는 것 같았
다. 그런 그의 말투와 행동만으로도 그가 주하령을 얼마나 아
끼고 있는지 알 수 있을 정도였다.

“만나서 반갑소이다. 만불통이라고 하오.”

“추산이라고 합니다. 주 소저의 안위를 지키는 일을 맡았으
니 최선을 다하도록 하겠습니다.”

추산과 만불통 역시 자리에서 일어나 상 노인에게 자신들을
소개하자 노인의 얼굴에 언뜻 놀란 기색이 스치고 지나갔다.

“만불통이라는 성함을 쓰시는 분이시라면……? 혹 과거 천
하제이청부사라 불리시던……?”

순간 추산과 만불통의 얼굴에 이채가 서렸다. 노인의 태도
로 보건대 그는 만불통에 대해 알고 있는 것이 분명했다.

‘무림의 사정을 잘 알고 있는 인물이군. 하긴 그녀를 수행하
는 사람들 모두 뛰어난 무공을 지니고 있으니 그가 무림의 정
세를 알고 있는 사람이라고 해서 놀랄 것이 없지. 그런데 주

소저의 가문은 생각보다 큰 상가인 모양이군. 난주에도 가문의 기업을 가지고 있다니……'

노인이 만불통의 이름을 알고 있는 것을 안 추산이 이런저런 생각을 하는 사이 만불통이 입을 열었다.

"허허, 이것 참, 일개 황금충의 이름을 알고 계신 분이 이 난주에 계실 줄은 몰랐구려."

그러자 노인 상문이 고개를 저었다.

"일개 황금충이시라뇨? 만 노사의 명성은 강호의 청부사들 중에 천검 어른과 더불어 쌍벽을 이루시는데 누가 감히 만 노사를 일개 황금충이라 부르겠습니까?"

"하하하, 이거 참 쑥스럽소이다. 어찌 내가 감히 천검 노형님과 비교가 될 수 있단 말이오. 손님을 접대하는 말씀이 너무 과한 듯하외다. 과례(過禮)는 오히려 비례(非禮)라 했으니 그만 이 늙은이를 놀리시지요."

말은 그리했으나 만불통은 기분이 가히 나쁘지 않은 듯 너털웃음을 터뜨렸다.

"오히려 만 노사께서 겸양이 지나치시군요. 어쨌든 오늘 이렇게 무불장의 두 고수 분들을 뵙게 되니 이 늙은이의 큰 영광입니다. 귀한 손님들이 오셨으니 마땅히 넉넉한 음식으로 접대하는 것이 도리, 잠시 쉬고 계십시오. 곧 난주의 별미를 맛보여 드리지요."

"기대하지요."

만불통이 유쾌한 목소리로 답을 했다.

"손님들께 머무실 숙소를 안내해 드려라."

노인 상문이 아랫사람에게 명을 하자 추산과 만불통이 자리
에서 일어나 안내하는 사람을 따라 장내에서 벗어났다. 상문
과 주하령은 그들끼리 할 이야기가 있는지 그 자리에서 두 사
람을 배웅했다.

추산과 만불통이 안내된 곳은 장원의 동남쪽에 위치한 작은
건물이었는데 창을 열면 동쪽으로 흘러가는 황하의 물결이 한
눈에 들어오는 곳이었다.

두 사람은 숙소에 여장을 풀고 편한 자세로 앉아 흘러가는
황하를 바라보며 휴식을 취하기 시작했다.

"생각할수록 이상한 사람들이란 말이야."

만불통이 창밖으로 시선을 주고 있다가 문득 중얼거렸다.

"누가요?"

"주 소저와 그 주변 사람들 말이야. 처음에는 그저 무한에
기반을 둔 한미한 가문의 사람들인 줄 알았는데 주 소저를 수
행하는 사람들의 무공도 그렇고, 또 이 난주에 이런 큰 장원을
가지고 있는 것도 그렇고, 처음 생각했던 것과는 많이 다른 모
습이야."

만불통의 말에 추산도 고개를 끄덕였다. 주하령을 수행하는
세 사람은 모두 특출한 무공을 지니고 있었다. 지난 며칠간 여
행을 하면서 추산과 만불통은 자연히 그들과 가까워진 상태였
다.

처음 무불장을 찾아왔던 중년 사내는 여송이란 이름을 가지고 있었다. 추산이 그를 보고 느꼈던 것처럼 여송은 강호에 나가면 누구에게도 뒤지지 않을 무공을 지니고 있었다. 하지만 그는 그런 무공을 지니고 있음에도 연약해 보이는 주하령을 주인으로 모심에 있어서 한 치의 불손함이 없었다. 마치 신하가 왕을 대하듯, 그런데 그런 행동은 여송만 그런 것이 아니었다.

주하령을 수행하는 다른 두 명의 남녀, 여행을 하면서 알게 된 남자의 이름은 막문위라 했고 여인의 이름은 묘실이라고 했다. 그 두 사람 또한 주하령에게 철저하게 복종하는 태도를 보였다. 두 사람 또한 만만치 않은 무공을 지니고 있는 것 역시 여송과 다를 바 없었다.

그런데 이상한 것은 그렇게 주하령에게는 수하로서의 최대한의 복종을 하면서도 타인에 대해서는 한 치의 비굴함도 보이지 않는 세 사람이었다. 여행을 하며 살펴본 바로는 세 사람의 자존감은 무척 강해서 그들이 누군가에 온전히 복종하는 수하라는 사실이 믿어지지 않을 정도였던 것이다.

"더군다나 주 소저를 모시고 있는 사람들은 하나같이 범상치 않구요."

추산이 거들었다.

"맞는 말일세. 여송, 막문위 그리고 묘실 그 세 사람의 무공은 강호에 나가 능히 일류고수 소릴 들을 만한 것 같고, 방금 전 보았던 그 상문이라는 노인도 세 사람에 비해 강하면 강했지 약할 것 같지는 않더군."

"상인이 무공을 익히고 있다라… 역시 평범한 상인의 가문은 아니란 건가요?"

"그런 것 같네. 하긴 그러니까 그 부모가 기련산에 가서 죽음을 맞이했겠지. 그런 행동이야 본시 무림인들이나 하는 행동 아닌가?"

"어쨌든 일은 생각보다 점점 더 흥미로워지는 것 같아요."

"글쎄, 추 소협은 흥미롭다고 했지만 난 왠지 뭔가 불안한 느낌이 드는구만……."

농담이 아닌 듯 만불통의 안색은 생각보다 어두웠다. 하지만 이미 청부는 시작된 것이고, 불안함은 근거가 없었다. 좋으나 싫으나 기련산으로 주하령을 수행해 갈 수밖에 없는 상황이었다.

추산과 만불통은 저녁이 될 때까지 숙소에서 머물렀다. 그러다 해가 질 무렵 상문이 보낸 사람을 따라 상문이 두 사람과 주하령을 위해 준비한 저녁상을 받으러 나갔다.

서역과 중원의 물산이 모두 집결하는 곳이라 그런지 상문은 기이한 요리들로 긴 여행에 지친 추산 일행을 대접했다. 추산과 만불통은 그렇게 상문의 극진한 대접 속에 난주에서의 첫날을 보냈다.

"아가씨께서 찾아 계십니다."

난주에서 하룻밤을 보낸 다음날 이른 아침, 추산과 만불통이 다시 길 떠날 준비를 주섬주섬하고 있을 때 막문위가 두 사람을 찾아왔다.

"알겠습니다. 잠시만 기다려 주십시오. 아직 떠날 준비가 끝나지 않아서… 곧 가지요."

추산이 짐을 챙기는 손길을 빨리하며 말하자 막문위가 고개를 저으며 말했다.

"짐을 싸실 필요는 없을 것 같습니다. 아가씨께서는 이곳에서 삼 일 정도 묵어가실 생각이신 모양입니다."

"이곳에서 삼 일을 묵어간다고요?"

추산이 의아한 표정으로 물었다. 난주까지 오는 도중 주하령은 한 번도 여행을 지체한 적이 없었다.

"그렇습니다."

"무슨 일이 있는 겁니까?"

"제가 말씀드릴 문제가 아닌 것 같군요."

막문위가 추산의 질문에 대답을 피했다. 이미 예상했던 막문위의 반응이었다. 함께 여행을 하면서도 막문위가 입을 여는 경우는 거의 없었다. 입을 열어도 꼭 필요한 몇 마디 말만 할 뿐이었다. 그의 나이를 생각하자면 지나치게 과묵한 편인 그는 말 그대로 주하령의 충실한 수하일 뿐이었다.

"가보죠."

추산이 고개를 끄덕이고는 챙기던 짐을 내버려 두고 막무위를 따라 거처를 나섰다. 만불통 역시 손에 들었던 간단한 짐들을 던져 버리고는 시적거리며 두 사람의 뒤를 따랐다.

"개봉을 떠난 후 쉬지 않고 달려왔으니 모두들 피곤하실 터입니다. 해서 이곳에서 며칠 쉬어가려 합니다. 난주를 떠나면 기련산까지 쉬지 않고 이동할 터이니 두 분께서도 며칠간 충분히 휴식을 취하세요."

주하령이 자신을 찾아온 추산과 만불통에게 말했다.

'다른 할 말이 있었던 게 아니었나?'

추산이 고개를 갸웃거렸다. 이곳에서 며칠 쉬어간다는 이야기를 굳이 이른 아침 시간에 두 사람을 불러 전할 필요는 없었기 때문이었다. 그런 추산의 내심을 읽었음인지 주하령이 흔히 보이지 않는 미소를 지으며 재차 입을 열었다.

"혹시 난주에 와보신 적이 있으신지요?"

그러자 추산이 고개를 저었다.

"전 처음입니다만……."

"만 어르신께서는?"

"나야, 한참 청부사로 활동할 당시 몇 번 들러본 적이 있지요. 하지만 오래 머문 적은 없소이다."

"그럼 잘되었네요. 계속 장원에 머무시는 것도 무료하실 테니 정오쯤 난주 성내를 한 번 둘러보는 것은 어떠실는지요?"

"주 소저와 함께 말입니까?"

"그렇습니다. 마침 청록원에서 운영하는 기업이 난주성 내에 몇 군데 있어 그곳도 둘러볼 겸 오늘 낮에 성내로 나가볼 생각입니다."

주하령의 말에 추산이 망설이지 않고 고개를 끄덕였다.

"알겠습니다. 비록 쉬어가는 곳이지만 어차피 여행이 끝날 때까지는 주 소저의 곁을 지키는 것이 우리의 일이니 당연히 함께 가야지요."

"호호호, 그런 뜻으로 말씀드린 것은 아니었습니다. 말 그대로 잠시 나들이 삼아 다녀오자는 것이었어요."

"알겠습니다. 그럼 출발하실 때 연락을 주십시오."

추산이 입가에 가벼운 웃음을 지어 보이고는 만불통과 함께 주하령의 거처를 벗어났다.

추산과 만불통이 주하령을 호위해 상문의 장원을 벗어난 것은 정오가 조금 지나서였다. 주하령은 다른 수하들은 놓아두고 여송 한 명만을 대동한 채 장원을 나섰다.

"참으로 이상한 일이야. 서둘러 달려올 때는 언제고 한가하게 시전 구경이나 하면서 시간을 보내는 건 또 뭐란 말인가?"

만불통이 앞서 가는 주하령과 여송의 뒷모습을 흘낏 바라보면서 추산의 귀에 대고 나지막이 속삭였다.

"말 그대로 앞으로 남은 여정이 험하니 쉬어갈 요량인가 보지요. 그리고 이 성내에 청록원의 가업이 여러 곳 있다니 주인 된 자로 가업을 돌아보는 것도 당연한 일이고요."

"듣고 보니 그도 그렇군."

"이 난주는 생각보다 대단히 번화한 곳이네요."

"당연한 일이지. 난주는 중원인들이 생각하기엔 그저 변방

의 한 도읍이지만 천하의 상인들에게는 교역의 중심지라고 할
수 있네. 서역을 통해 들어오는 대상들과 북쪽 초원에 사는 유
목민, 그리고 해동의 상인들까지 모여드는 곳이 이 난주네. 한
마디로 천하의 물자와 상인들이 모여드는 곳이란 말이지."

"그렇군요. 그럼 이 기회에 실컷 구경해야겠네요. 이곳을
떠나면 황량한 서역에서 제대로 쉴 곳이 있겠어요?"

"후후, 모르는 소리 하지 말게. 중원 사람들은 중원만이 세
상의 전부라고 생각하고 중원을 벗어나면 온통 야만스런 민족
과 황무지뿐일 거라 생각하지만 사실은 전혀 다르다네. 다시
말해 이 난주를 떠나도 기련산에 도달할 때까지 쉬어갈 곳은
많다는 말이야. 쉴 곳이 없어서 이곳에서 삼 일씩 쉬어가야 할
이유는 없다는 말이지."

"그런가요? 제가 듣기로는 난주 북서쪽의 하서회랑은 온통
불모지뿐이라고 하던데……?"

"물론 그 기후나 지형이 중원 같지는 않다네. 하지만 그렇다
고 사람들이 살지 못할 곳은 아니야. 유사 이래 하서회랑은 서
역과 중원의 유일한 교역로로 발전해 왔네. 그래서 그 교역로
를 따라 곳곳에 제법 많은 도읍들이 들어서 있다네. 어찌 보면
중원의 풍습과 다른 색다른 맛을 느낄 수 있으니 오히려 여행
자들에게는 중원보다 나을 수도 있겠지."

만불통의 말에 추산이 고개를 돌려 성의 북서쪽으로 시선을
돌렸다. 그의 눈에 길게 이어진 황량한 관도가 들어왔다. 저
황량한 길 중간에 만불통의 말대로 이국적인 도읍들이 자리

잡고 있을 것이라 생각하니 문득 미지의 세계에 대한 호기심
이 불쑥 솟구쳐 오르는 추산이었다.

"이번 청부를 수락하길 잘한 것 같군요. 서역을 돌아볼 기회
란 쉽지 않은데……."

"좋은 경험이 될 걸세. 하지만 청부는 청부, 지금은 주 소저
의 호위에 신경 써야 할 때인 것 같군."

만불통의 말에 추산이 고개를 돌려 주하령을 찾았다. 주하
령은 여전히 여송과 함께 두 사람의 오 장여 앞에서 걸음을 옮
기고 있었다. 그런데 추산이 만불통과 대화를 나누느라 잠시
관심을 두지 않은 사이 그들이 걷고 있던 시전의 분위기가 조
금 바뀌어 있었다.

"뭐죠?"

추산이 눈을 가늘게 뜨며 물었다.

"변방의 무인들인 모양이군."

만불통도 조금 긴장한 표정으로 대답했다. 주하령이 향하는
시전의 한쪽 공터에 수십 명의 사람들이 몰려 있었던 것이다.
개중에는 호기심 많은 민간인들도 보였지만 그들 중 대부분은
도검을 착용하고 있었다.

"싸움이라도 벌어진 건가요?"

"그런 것 같군."

"백주 대낮에 성내의 시전에서 벌이는 싸움이라. 보통 배포
를 지닌 자들이 아닌 모양이군요."

추산이 호기심을 담은 눈으로 사람들이 모여 있는 곳을 기

웃거리는데 무슨 생각인지 주하령과 여송이 사람들이 몰려 있는 곳으로 방향을 틀어 걸음을 옮기는 것이었다.

"쓸데없는 일에 관심을 두는 것은 좋지 않은데……."

만불통이 주하령의 행보가 못마땅한지 얼굴색이 변했다.

"무슨 일이 있겠어요? 변방 무인들이 무공을 구경하는 것도 흥미로운 일이지요."

추산은 오히려 주하령이 사람들이 모여 있는 곳으로 향한 것이 다행이라는 듯 서둘러 주하령과 여송의 곁으로 걸음을 옮겼다.

"에구, 역시 젊은 사람들은 조심성이 없어. 본시 변방의 무인들이 더 거칠고 위험하다는 걸 왜 모를까."

만불통이 혀를 차며 추산의 뒤를 따랐다.

수십 명의 사람들이 둘러선 시전의 한 모퉁이 공터, 두 사람의 중년 사내가 서로를 노려보고 서 있었다. 둘 다 험악한 몰골을 하고 있었는데 그중 한 명은 장승 같은 거대한 체구를 지니고 칼끝이 넓은 청룡도를 들고 있었고, 다른 한쪽은 조금 작은 몸집에 날카로운 눈을 가진 인물이었다. 몸집이 작은 쪽은 초승달 모양으로 휘어진 월아도를 들고 있었는데 이 또한 중원의 무인들이 사용하지 않는 도였다.

"그인가요?"

추산과 만불통이 주하령과 여송의 뒤쪽으로 다가섰을 때 마침 주하령이 여송에게 질문을 던지고 있었다.

"맞습니다, 원주님. 그가 바로 하서회랑의 여우라고 불리는 마연철입니다."

둘 중 누구를 보고 하는 말인지 몰랐지만 아마 두 사람은 마주 선 자들 중 누군가를 알고 있는 눈치였다.

'이제 보니 그저 싸움 구경하려고 발길을 돌린 것이 아닌 모양이군. 저들 중 누군가를 알고 있었던 모양이구나.'

추산이 내심 생각하는 사이 다시 주하령이 입을 열었다.

"상대는 누구죠?"

"방숙이라고 철용문의 고수입니다. 사람들의 말로는 사천에서 흘러온 자라고 하더군요."

주하령의 물음에 여송이 대답했다.

"이제 보니 여 대협은 이 난주의 사정에 대해 잘 알고 있는 모양이구려?"

두 사람의 대화를 듣고 있던 만불통이 뜻밖이라는 듯 여송을 보며 물었다.

"그간 제 대신 난주의 가업을 돌보기 위해 무한의 청록원과 난주를 오가며 일을 보신 분이 바로 여 대협이세요."

주하령이 만불통의 질문에 대한 답을 대신했다.

"그랬군요. 그런데 저 두 사람은 유명한 사람들인가요?"

이번에는 추산이 공터에서 서로를 노려보고 있는 두 사람을 가리키며 물었다. 그러자 여송이 고개를 끄덕였다.

"모두 유명한 자들이지요. 저들 중 체구가 크고 청룡도를 들고 있는 자는 방숙이라는 사람입니다. 지금 난주는 철용문이란 문파가 지배하고 있는데 그는 바로 그 철용문을 대표하는 열두 고수 중 하나지요."

"철용문은 어떤 문판가요?"

"철용문이 난주에 자리를 잡은 것은 십여 년 전부터지요. 그 문주는 남무성이란 자인데 검에 관한 한 일가를 이룬 인물로 알려졌지요. 애초에 이 난주는 한족뿐 아니라 회족이나 강족 그리고 수많은 종족의 무인들이 뒤섞여 패권을 다투고 있었는데 십여 년 전 남무성이 나타나 일거에 그들을 제압하고 철용문을 세웠지요. 그 이후론 줄곧 철용문이 난주의 주인을 자처하고 있는 실정입니다."

"철용문을 세운 남무성이란 자는 어떤 사람이지요?"

"그에 대해선 제대로 알려진 바가 없습니다. 단지 그의 검법은 소름 끼칠 정도로 무섭다고 알려져 있지요. 물론 과장이 섞여 있겠지만 난주와 하서 이북에서는 그의 무공을 중원의 천하팔대고수에 비견하는 사람도 있습니다."

그러자 추산의 얼굴에 비웃음이 떠올랐다.

"풋, 호랑이가 없는 산에선 여우가 왕 노릇을 한다더니, 변방의 무인이 아무리 강하다손 치더라도 어떻게 천하팔대고수에 비견할 수 있죠?"

추산은 자신의 스승 천검 능운백이 변방의 고수와 함께 거론되는 것이 못마땅한 듯했다. 그러자 곁에 있던 만불통이 정색을 하며 말했다.

"그건 추 소협 자네가 잘못 생각하고 있는 거네."

“잘못 생각하다뇨?”

“새외의 무공이 중원의 무공보다 약할 거란 생각은 잘못되었다는 말일세.”

만불통의 말에 추산이 놀란 눈으로 만불통을 바라봤다.

“그럼 새외에도 무공의 고수들이 존재한단 말인가요?”

“당연하네. 자넨 이걸 생각해 볼 필요가 있어. 무림의 역사를 볼 때 말이야, 과연 그 무공의 원류가 어디서 왔는지 말일세. 예를 들면 천하무공의 종주라는 소림만 해도 무공의 기원은 서역에서 온 달마에게서 찾는단 말씀이야. 그리고 소위 사람들이 마중마라 부르는 마교 또한 서역에서 전해진 종교에 기원을 두고 있단 말일세. 그뿐인가? 동북쪽의 고려와 몽고 그리고 여진인 중에도 중원의 고수들과 겨룰 만한 고수는 부지기수일세.”

“물론 그야 그렇지만…….”

추산이 만불통의 말이 틀리지 않음을 수긍하면서도 고개를 갸웃거렸다. 그러자 만불통이 다시 입을 열었다.

“그리고 역사적으로 봐도 말이야, 중원은 항상 북쪽의 세력들에게 공격을 당하는 쪽이었단 말씀이야. 솔직히 말해서 무(武)에 관한 한 북방의 민족들이 중원을 압도했다고 할 수 있지.”

“그렇긴 하지만 그건 일반적인 사람들의 성정 문제 아닌가요? 본래 북쪽의 이민족들이 광포한 면이 있잖아요.”

“후후, 좋을 대로 생각하시게. 하지만 어쨌든 새외에 중원의 고수들과 비견될 고수가 없다는 편견은 버리라는 말일세.”

만불통의 말이 끝나자 여송이 만불통의 말을 거들었다.

“만 노사께서 말씀하신 것이 틀리지 않습니다. 새외에도 이름난 고수들이 여럿 있지요. 그리고 그중 한 명이 바로 저 두 사람 중 하나인 마연철입니다.”

여송의 말에 추산의 시선이 대치하고 있는 두 사람 중 체구가 작은 사내에게로 향했다.

“유명한 인물인가요?”

“유명하죠. 하지만 그가 유명한 것은 그의 무공 때문만은 아닙니다.”

“그럼 뭐 다른 재주가 있나요?”

그러자 여송이 희미한 미소를 지으며 대답했다.

“그는 하서 최고의 말썽꾼이지요.”

“말썽꾼이요?”

“그렇습니다. 소문에 의하면 그는 천산에 뿌리를 둔 명교 출신이란 말이 있습니다만 그 소문이 확실한지는 아무도 모릅니다. 몇 년 전 하서회랑의 지배자랄 수 있는 흑산당(黑山黨)에 들어가 분란을 일으킨 것을 보면 마교 출신이 아닌 것도 같고……. 흑산당은 마교 분파로 알려진 문파입니다. 그러니 마연철이 마교와 인연이 있는 인물이라면 흑산당에 들어가 분탕질을 칠 이유가 없지요. 당시 흑산당의 당주인 등리모는 마연철의 행동에 크게 분노해 그를 제거하기 위한 척살대까지 출문시켰다는 소문이 나돌았으니까요.”

"그가 어떤 짓을 하고 돌아다니는 거죠?"

"뭐, 딱히 한 가지로 꼬집어 말할 수는 없습니다. 자기 기분 내키는 대로 행동하는 사람이니까요. 욕심나는 물건이 있으면 서슴지 않고 훔치고, 예쁜 여인이 있으면 그 출신에 상관치 않고 지분덕거리며, 마음에 들지 않는 자는 정사 막론하고 시비를 붙어 골탕을 먹이지요."

"정말 못된 놈이군요."

"그런데 세간의 평판은 꼭 그렇지는 않습니다."

"그렇지가 않다뇨? 도적질에 부녀자 희롱, 그것만도 강호의 비난을 받을 만한 것 아닌가요?"

"후후, 논리적으로야 그렇지만 실상은 그렇지가 않습니다. 오히려 일반인들은 그의 행보를 무척 즐겁게 받아들이지요. 그 이유는 그가 한 행동이 일정한 선을 넘어가지 않기 때문입니다. 예를 들면 아녀자를 희롱한다고 해서 여인을 겁탈하거나 하는 것은 아니지요. 그저 슬쩍 가슴이나 엉덩이를 만지고 도망가는 정도이고, 재물을 훔치는 것도 사람을 해치지 않고 훔쳐 낼뿐더러 일단 훔쳐 낸 재물의 대부분은 가난한 사람들에게 나눠 주는 식이지요. 해서 그의 행보는 일반 사람들에겐 두렵다기보다 흥미있는 이야깃거리가 되는 거지요."

"무척 흥미로운 인물이군요."

"그렇습니다. 재미있는 인물이지요. 하지만 결코 그저 재미있는 인물은 아닙니다. 그가 지금껏 여러 분란을 일으키고도 저렇게 무사한 것은 바로 그의 무공이 그가 일으킨 여러 가지 문제들을 감당할 수 있기 때문이었을 겁니다. 사람들은 그의 해학적인 행동에 관심을 갖지만 기실 그는 무서운 고수입니다."

여송이 마연철에게서 시선을 떼지 않고 말했다. 그러자 추산의 마음속에 마연철의 무공에 대한 호기심이 불쑥 일어났다.

"그럼 그의 무공을 보면 새외무림의 실력을 가늠할 수 있겠군요."

"그렇다고 볼 수 있지요. 마침 그 상대인 방숙이란 인물은 사천 출신으로 알려졌으니 좋은 비교가 될 겁니다."

여송의 말에 추산과 만불통이 시선을 돌려 여전히 팽팽한 기세 싸움을 벌이고 있는 두 사람을 바라봤다.

"마연철! 네가 아무리 하서 이북에서 이름난 자라 해도 감히 난주에서 본 철용문을 모욕 줄 수는 없는 일이다. 지금이라도 나와 함께 본 문으로 가 문주께 용서를 구하는 것이 네 목숨을 살리는 일이 될 것이다."

대웅산만큼이나 거한인 철용문의 고수 방숙이 굵은 목소리로 마연철을 위협했다.

"흥, 지난 수십 년간 이 마연철의 행보를 가로막은 자는 난주를 비롯해 하서에 존재하지 않았다. 그러니 너야말로 순순히 도를 거두고 물러나거라. 이 마연철은 무척 바쁜 사람이란 말이야."

"감히 본 문의 기업을 건드려 놓고 그냥 가겠다는 말이냐?"

"글쎄, 내가 뭘 잘못했는지 모르겠군. 난 그저 도방에 돈을 걸고 돈을 땄을 뿐인데 말이야."

"흥, 네가 속임수를 썼다는 것을 모를 줄 아느냐?"

"허허, 이런 어거지가 있나. 철용문이 난주의 패자인 것을 모르는 바는 아니지만 이렇게 죄없는 사람에게 누명을 씌워도 되는 것인가? 내가 속임수를 썼다는 증거라도 있느냐?"

"흥, 속임수를 쓰지 않았다면 어찌 스무 판 모두를 이길 수 있단 말이냐? 그건 설혹 신이라 하여도 나올 수 없는 결과다."

"껄껄껄, 이거 졸지에 내가 신보다 나은 인간이 되어버렸군. 기분이 나쁘지만은 않은걸? 이것 봐. 증거가 없다면 더 이상 시비를 걸지 말아. 돈 딴 사람에게 시비를 건다면 철용문의 도방은 문을 닫아야 할 거야."

"결국 뜨거운 맛을 봐야 입을 열겠단 말이군."

"후후, 지금까지 이 마연철에게 뜨거운 맛을 보여주겠다고 장담한 인간은 셀 수 없이 많았지만 정작 뜨거운 맛을 본 적은 한 번도 없지."

"그렇다면 넌 오늘 제대로 뜨거운 맛을 보게 될 것이다. 이젠 다시 그 간교한 머리로 사람들을 우롱하지 못하게 될 것이다."

"후후, 글쎄, 그게 그렇게 생각처럼 될까? 오히려 난주의 패자라 자처하는 철용문의 위신만 깎이지 않을까?"

"놈! 변방의 삼류무사들 틈에서 재주를 뽐냈다고 세상 무서운 줄을 모르는구나. 오늘 내가 너에게 더 넓은 세상이 있음을 알려주마."

우우웅!

노성을 토해낸 방숙이 거대한 도를 바람개비처럼 휘둘러 보였다. 그러자 마연철이 입가에 한줄기 비웃음을 흘리며 입을 열었다.

"땅 덩어리로 보자면 네가 살아온 사천보다 이 북방의 세계가 훨씬 넓단다. 너야말로 오늘 하늘 위에 하늘이 있음을 알게 될 것이다."

"오랑캐의 족속이 입만 살았구나. 받아라!"

방숙이 더 이상 말을 섞기도 귀찮다는 듯 단번에 허공을 격하고 마연철의 머리 위로 청룡도를 내려쳤다.

콰아앙!

그러자 막강한 도기가 방숙의 청룡도로부터 흘러나와 체구가 작은 마연철을 일거에 쓸어버릴 듯 밀려왔다.

"흥, 무식한 놈이 힘은 제법이구나."

상대의 움직임에서 눈을 떼지 않고 있던 마연철이 한마디 냉소를 내뱉고는 슬쩍 발을 옮겼다.

스스슥!

순간 장내에 마연철의 그림자 몇 개가 만들어지더니 순식간에 마연철이 방숙이 만들어낸 도기의 그물을 벗어나 상대의 뒤쪽으로 신형을 옮겨가는 것이었다.

"아!"

순간 두 사람의 격돌을 보고 있던 사람들의 입에서 감탄사가 흘러나왔다. 방숙의 도법은 놀라울 정도로 강력한 것이었

지만 그 공세를 미꾸라지처럼 빠져나오는 마연철의 보법은 더
더욱 놀라운 것이었다. 감탄사를 흘려내는 사람들 중에는 추
산도 포함되어 있었다.

 "정말 대단하군요. 저런 보법이란 것은… 저자는 상승무공
을 익혔군요."

 "말하지 않았던가? 무공의 시작은 중원보다 오히려 새외라
고. 새외의 드넓은 지역에는 수많은 고수들이 웅거하고 있다
네. 단지 그들이 중원의 무림세가들처럼 한 세력으로 조직되는
경우가 적어서 상대적으로 강호에 알려지지 않았을 뿐이네."

 만불통이 마연철의 무공을 보고야 새외무림의 고수들에 대
해 제대로 인식하기 시작한 추산에게 그것 보라는 듯한 표정
으로 말했다. 그사이 마연철과 방숙의 싸움은 점점 거칠어지
고 있었다.

 방숙의 도법에는 호쾌함을 넘어선 강력한 그 무엇인가가 있
었다. 그의 청룡도가 허공에 그어질 때마다 사람들은 그 도기
에서 흘러나오는 무형의 패기에 질려 자신도 모르게 몸을 움
찔거렸다. 하지만 마연철은 그런 방숙의 도법에 전혀 겁을 먹
지 않고 오히려 방숙이 만들어내는 도기의 세력권 안에서 표
홀한 신법을 자랑하고 있었다.

 손에는 유려하게 휜 도를 들고 있었지만 방숙에게 반격조차
하지 않는 마연철이었다. 그는 그저 놀라울 정도로 현묘한 신
법을 발휘해 상대의 공격을 피하고 가끔 도를 들어 자신의 곁
을 스쳐 지나는 방숙의 도를 슬쩍 밀어내는 정도로 적을 상대

하고 있었다.

그렇게 한 명은 무지막지한 공력을 바탕으로 폭풍처럼 적을 몰아치고 다른 한 명은 그런 폭풍 속에서 유유히 몸을 놀리는 사이 어느새 두 사람의 공수 교환은 백여 초를 넘어서고 있었다.

싸움이 길어지자 드디어 폭풍처럼 이어지던 두 사람의 싸움에도 서서히 변화가 생기기 시작했다. 아무리 강력한 공력을 지닌 자라도 끊임없이 최고의 절기를 뽑아낼 수는 없는 법, 백여 초에 이르게 전력을 다한 도객 방숙의 도법이 서서히 흔들리기 시작했다.

지나친 진기의 사용으로 방숙의 도법이 흔들리기 시작하자 그때까지 상대의 공격을 피하기만 하던 마연철이 서서히 수세에서 공세로 전환하기 시작했다. 활처럼 휘어진 마연철의 도가 공세로 전환하자 햇빛을 받아 한층 더 번쩍였다.

파아앙!

방숙의 도기가 공기를 부숴 버릴 듯한 파공음을 일으켰다면 서서히 속도를 높여가는 마연철의 도는 날카롭게 공기를 베어내는 음파를 만들어냈다.

그 파공음의 성격 그대로 서서히 속도를 올리던 마연철의 도가 어느 순간부터 눈에 보이지 않을 정도로 무수한 도기를 허공에 만들어내기 시작했다.

"저건!"

추산의 입에서 경탄의 소리가 흘러나왔다. 마연철이 펼쳐 내는 도법은 그가 지금까지 강호에서 보았던 그 어떤 도법보다도 뛰어났을뿐더러 일단 정식으로 자신의 도법을 펼쳐 내기 시작한 마연철의 신위는 지금껏 그가 마연철에 대해 가지고 있던 선입견, 그러니까 조금은 가볍고, 현묘한 보법을 중심으로 한 빠른 움직임으로 적을 상대하는 인물일 거란 생각을 완전히 뒤엎는 것이었다.

마연철의 도법은 중원의 그 어떤 도법보다도 현묘했고, 그 도초에 담긴 공력은 오히려 지금까지 그를 공격했던 방숙의 도에 담겼던 공력을 능가하는 힘을 지니고 있었던 것이다.

차차창!

"웃!"

빗살처럼 몰아치는 마연철의 공격에 방숙이 헛바람을 흘려 내며 뒤로 물러섰다. 그러나 한 번 시작된 마연철의 공세는 상대에게 전혀 여유를 주지 않았다.

방숙은 있는 힘껏 도를 휘둘러 마연철의 공격을 막아내려 했지만 마연철의 가느다란 도신은 강력한 진기를 머금은 채 방숙이 뻗어내는 도기 사이로 비집고 들어와서는 여지없이 상대의 급소를 찔러대는 것이었다.

차창!

다시 한차례의 충돌음이 일어났다. 마연철의 도에 비하면 몇 배나 무거운 방숙의 청룡도가 마연철의 도에 밀려 그 방향을 잃고 주인의 통제에서 벗어났다. 그리고 그 순간 도를 들지 않은 마연철의 왼쪽 손이 번개처럼 앞으로 뻗어 나오더니 방숙의 가슴 어림에 강력한 일장을 때려내는 것이었다.

"욱!"

마연철의 일장은 쾌속할뿐더러 강력해서 그에 비해 한 척이나 큰 방숙의 신형이 마연철의 일장에 삼 장여를 날아가 땅 위에 고꾸라졌다.

"크으윽!"

방숙은 땅 위를 한 바퀴 구른 후 재빨리 몸을 일으키려 했지만 마연철에게 허용한 일장의 충격을 이겨내지 못하고 풀썩 한쪽 무릎을 꿇으며 신음성을 흘려냈다.

"이제야 네 주제를 알겠느냐?"

마연철이 무릎을 꿇은 채 자신을 노려보고 있는 방숙을 향해 차가운 냉소를 흘려냈다.

"감히 철용문에 대적하고도 네가 무사할 것 같으냐?"

방숙이 싸움에서 패한 자의 오기를 내보이며 씹어뱉듯 말했다.

"흥, 지고도 큰소릴세. 이봐라, 네 목숨이 왜 살아 있는 줄 아느냐? 그건 바로 내가 난주의 패자라는 철용문의 체면을 생각해 주었기 때문이야. 감히 너 따위가 이 마 대협에게 대거리를 한 죄는 죽어 마땅하지만 철용문주 남 노사의 체면을 보아 네 목숨을 살려주었단 말이다. 그러니 복수를 하겠다고 내 뒤를 쫓는 짓거리는 하지 말거라. 만약 내 뒤를 밟거나 다시 한 번 나의 행보에 시비를 걸면 그때는 철용문의 체면이고 뭐고 네 목숨을 받아낼 테니까. 철용문주께도 반드시 내 말을 전하거라. 알았느냐?"

마연철의 말에 방숙이 대답을 하지 못하고 그저 노한 눈으로 그를 노려볼 뿐이었다. 그러자 마연철이 한 번 냉소를 흘리고는 주위를 돌아보며 소리쳤다.

"자자, 싸움 구경은 끝났으니 모두들 돌아가시오. 괜히 이곳에 남아 있다 철용문의 무사들에게 오해받지 마시고 말이오."

마연철의 외침에 두 사람의 싸움을 보기 위해 몰려들었던 사람들이 뿔뿔이 흩어지기 시작했다. 마연철의 경고대로 난주의 패자 철용문의 문도가 상했으니 이곳에 남아 있다가 자칫 곤욕을 치를 수도 있기 때문이었다.

사람들이 흩어지는 것을 보고 있던 마연철도 여전히 땅 위에 무릎을 꿇고 있는 방숙을 흘깃 한 번 보고는 훌쩍 몸을 날려 장내에서 사라졌다.

"우리도 가죠?"

마연철이 장내에서 사라지자 주하령이 추산과 만불통을 보며 말했다.

"그러지요. 구경 중에 싸움 구경이 최고라더니 오늘 좋은 구경을 했군요."

"호호, 하지만 덕분에 우리는 조금 시간을 지체했군요. 서둘러야겠어요."

주하령이 작은 웃음을 흘려내고는 서둘러 걸음을 옮기기 시작했다.

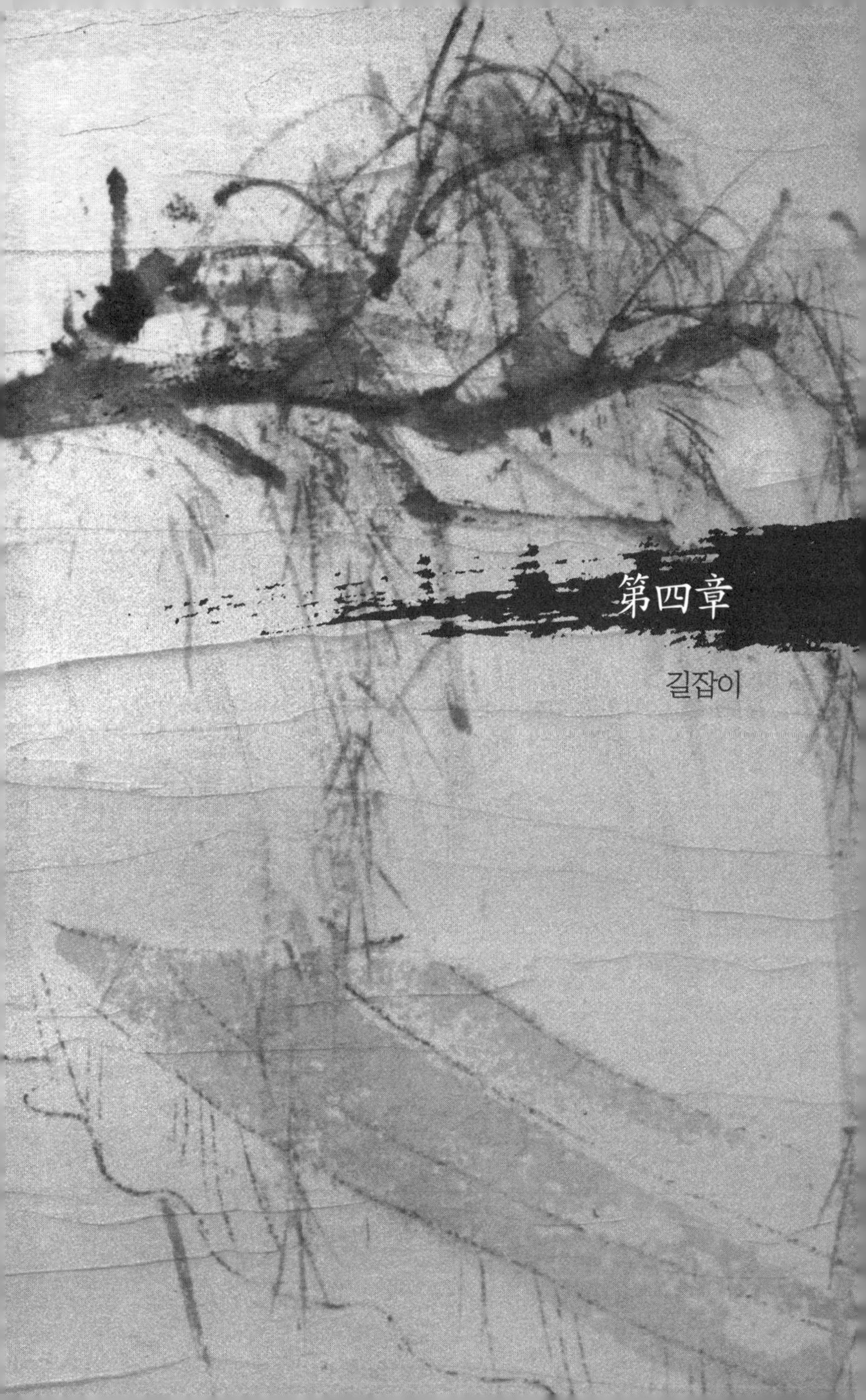
第四章
길잡이

　여송을 대동한 주하령은 추산과 만불통을 이끌고 낭주의 번화한 시전을 따라 이동하며 두 곳의 대형 상가를 들렀다. 두 곳 모두 주하령이 주인인 청록원의 소유로 한곳은 서역에서 오는 물품을 취급하는 곳이었고, 다른 한곳은 중원과 동북쪽의 여러 지역에서 몰려오는 물품들을 취급했다.

　추산은 그 두 곳의 상가를 경유하면서 주하령과 청록원을 다른 시선으로 볼 수밖에 없었다. 주하령을 따라 들른 그 두 곳의 가업은 추산이 상상했던 것 이상의 규모였고, 그런 거대한 상가를 운영한다는 것은 곧 무한에 있는 주하령의 본 가, 즉 청록원이 천하에 얼마나 더 많은 기업을 가지고 있을지 모른다는 생각을 들게 했다.

"청록원의 가업이 예상외로 대단하군요."

그래서 두 번째 상가를 벗어나 다시 상가들이 늘어선 시전을 걷기 시작했을 때 추산이 만불통에게 나직한 목소리로 말했다.

"그러게 말이야. 그저 제법 부유한 정도로 알았는데 두 상가를 보니 예상보다 훨씬 대단한 재력을 가지고 있는 것 같군. 더군다나 그 두 곳 말고도 또 들를 곳이 있다니 이 난주에 있는 청록원의 기업만 하더라도 그 규모가 중원의 웬만한 재력가를 능가할 것 같군."

만불통도 고개를 끄덕였다.

"청록원이 무한에 있다고 했죠?"

"그랬지."

"이상하군요. 난주에 이런 가업을 가지고 있다면 무한 본가의 재력 또한 만만치 않을 터, 그렇다면 청록원이라는 이름이 무한에서 제법 알려져 있어야 정상인데 미 부인의 정보에 의하면 청록원은 무한에서 거의 알려지지 않았다고 하더군요. 그저 조용하고 한적한 누군가의 장원 정도로밖에는……."

"음, 그것참 희한한 일이군. 어쩌면 아예 무한에서는 활동을 하지 않는 게 아닐까?"

"그럼 뭐 하러 무한에 본가를 두었겠어요?"

"그거야 모르지만 어쨌든 무한의 청록원 본가는 아예 사업을 하지 않을 가능성이 많을 것 같군. 그렇지 않다면 난주에 이런 대단한 가업을 가지고 있는 청록원이 사람들의 이목에 드러나지 않았을 리 없었을 테니까.”

“이치로 보자면 어르신 말씀이 맞긴 한데. 도대체 사업도 하지 않을 거면서 왜 본가를 무한에 두었을까요? 그렇다고 난주와 무한이 가까운 것도 아니고…….”

추산이 고개를 갸웃거리며 주하령의 가문, 청록원에 대한 의문에 잠겨 있을 때 주하령은 청록원이 난주성 내에 소유하고 있는 세 번째 건물에 도착하고 있었다.

“이곳은?”

추산이 주하령이 멈춰 선 곳을 보며 호기심을 드러냈다.

“객잔이에요.”

주하령이 대답했다. 주하령은 간단하게 대답했지만 사실 일행이 멈춰 선 객잔은 일반 객잔과는 격이 다른 곳이었다. 건물의 화려함은 밀할 것도 없고 객진의 입구에서 손님을 맞이하는 자들의 모습 또한 기품이 있어 뜨내기 여행객이라면 제풀에 기가 질려 들어서지 못할 만큼 고급스런 객잔이었던 것이다.

“아가씨를 뵙습니다.”

주하령이 나타나자 객잔의 출입문에서 손님을 접대하기 위해 대기하고 있던 네 명의 젊은 사내 중 한 명이 얼른 뛰어나와 주하령을 맞이했다.

“수고들 하시네요. 홍 대인께 제가 왔다고 알려주시겠어요?”

주하령이 객잔 안으로 들어서며 말하자 네 명의 사내 중 한 명이 부리나케 객잔 안으로 뛰어들어 갔다.

　일행은 출입문에서 그들을 맞이한 사내의 안내에 따라 객잔 안쪽으로 깊숙이 들어간 후 잘 꾸며진 정원을 지나쳐 객잔 가장 안쪽에 위치한 작은 별채로 이동했다.
　"오랜만에 와보네요."
　별채를 앞에 둔 주하령이 감개무량한 표정으로 말했다.
　"칠 년이 넘었지요."
　여송 역시 묘한 감정이 느껴지는 말투로 말했다.
　"변한 게 없군요."
　"아가씨께서 떠나시던 그 모습 그대로 관리해 왔습니다."
　여송의 말에 주하령의 입가에 작은 미소가 드리워졌다. 그때 별채와 본채 사이의 정원을 지나 한 명의 초로인이 빠르게 일행 앞으로 다가왔다.
　초로의 노인은 주하령 앞에서 걸음을 멈추더니 나이에 걸맞지 않는 공손함으로 깊이 허리를 숙였다.
　"아가씨……!"
　노인은 주하령을 대하자 감정이 복받쳐 말을 잇지 못했다. 그러자 주하령이 노인의 손을 두 손으로 잡았다.
　"홍노… 많이 늙으셨네요."
　"그, 그렇지요. 이젠 그만 늙은이가 되었습니다. 그런데 왜 이제야 오셨습니까? 이 늙은이는 아가씨를 못 뵙고 죽는 게 아닌가 항상 두려웠습니다."

노인이 원망이 섞인 말투로 말했다.

"죄송해요. 기회가 닿지 않더군요."

주하령은 홍노라 불린 노인의 불평을 미소로 받아넘겼다.

"자자, 이러고 있을 게 아니라 안으로 들어가시지요."

노인이 주하령과 일행을 서둘러 별채 안으로 이끌었다.

추산이 노인을 따라 별채 안으로 들어서자 은은한 꽃향기가 추산의 코를 간지럽혔다.

'대단한 정성이군. 방 안을 채운 물건들이 하나같이 진귀한 것들뿐이군.'

추산이 속으로 무척 감탄했다. 홍 노인에 이끌려 들어선 별채는 온통 진귀한 물건들로 장식되어 있었고, 은은한 향기를 흘려내는 기화이초들 역시 시중에선 흔히 볼 수 없는 것들이었다. 그러면서도 지나치게 화려하지 않은 실내의 모습은 이 별채를 관리하는 사람들의 정성을 단번에 느낄 수 있게 해주었다.

일행은 홍 노인의 안내에 따라 별채 중앙의 대청에 자리를 잡고 앉았다. 대청을 가운데 두고 세 개의 방이 좌우와 후면에 자리를 잡고 있었는데 주하령은 일행과 함께 자리에 앉지 않고 그 세 개의 방문을 하나씩 열어보는 것이었다. 주하령은 그렇게 천천히 별채의 구석구석을 둘러보고 나서야 추산 등이 앉아 있는 곳으로 다가와 자리를 잡고 앉았다.

"너무 신경을 많이 쓰신 것 같네요. 거처하는 사람도 없는 곳인데……."

"비록 아가씨가 떠나신 후 이 별채는 언제나 비어 있었지만 이 늙은이는 항상 아가씨가 있을 때와 똑같이 관리를 했지요. 왜냐하면 언제라도 아가씨께서 불쑥 모습을 나타내실 것 같았기 때문입니다."

"홍노께서는 너무 정이 많으세요."

"그야 아가씨께만 해당되는 일이지요. 난주에서 이 늙은이는 제법 매정한 늙은이로 통한다는 것을 아가씨도 아시지 않습니까?"

그러자 주하령이 미소를 지으며 대답했다.

"호호, 그건 그래요. 홍노께서는 언제나 냉정하게 일 처리를 하시는 분이지요. 그런데 그는 어찌 되었나요?"

주하령이 문득 홍 노인에게 질문을 던졌다.

'그? 누굴 말하는 거지?

추산이 주하령의 말에 고개를 갸웃했다. 상문의 장원을 나설 때 주하령은 그저 난주성 내를 구경하며 휴식을 취하자고 말했었는데 성내에 들어선 이후 주하령의 행보는 휴식을 취하는 사람치고는 지나치게 많은 일을 처리하고 있었고, 또 지나치게 많은 사람을 만나고 있었다.

'이번엔 또 누구를 만나려는 걸까?

추산이 주하령이 말한 '그'가 누구일까 궁금해하는 사이 홍 노인의 대답이 흘러나왔다.

"그는 이미 도착해 있습니다."

"그래요? 어디 있죠?"

"아가씨께서 조금 늦어지신다고 하니까 술상을 봐달라고 해서는 객방 하나를 차지하고 술을 마시고 있는 중입니다."

"술을요?"

주하령이 살짝 아미를 모았다.

"그를 탓하지 마십시오. 그나마 겨우 객방에 잡아놓은 것이니까요. 애초에는 기루에 가서 마시겠다는 것을 겨우 객방에 잡아놓았습니다."

"그런 사람과 거래를 할 수 있을까요?"

주하령이 걱정스런 표정으로 여송을 보며 물었다. 그러자 여송이 천천히 고개를 끄덕였다.

"그의 행동이 괴팍하기는 하나 일단 자신이 약속한 일은 충실하게 해내는 것으로 알려져 있습니다."

"그런가요? 그럼 한번 만나보죠."

주하령이 고개를 끄덕이자 홍 노인이 자리에서 일어났다.

"그럼 그를 데려오겠습니다."

홍 노인이 주하령에게 여전히 공손한 태도로 허리를 숙여 보이고는 별채를 벗어났다. 홍 노인이 별채를 벗어나기를 기다렸다는 듯 추산이 입을 열었다.

"누굴 만나시려는 겁니까?"

그러자 주하령이 가벼운 미소를 지었다.

"두 분도 만나보시면 아는 사람일 거예요."

"우리가 아는 사람이라면……?"

추산이 고개를 갸웃하며 만불통을 바라봤다. 그러나 만불통 역시 주하령이 만나려는 사람이 누구인지 전혀 예상치 못하겠다는 표정이었다.

"이 난주에서 우리가 아는 사람이라고는 청록원의 식구들밖에 없는데 우리가 아는 사람이라니 도저히 누군지 알 수가 없군요."

"호호호, 잠시만 기다려 보세요. 그의 얼굴을 보면 두 분도 제 말뜻을 이해하실 수 있을 거예요."

주하령은 그녀가 만나려는 인물에 대해 조급한 궁금증을 드러내는 추산의 모습이 재미있는지 입을 가리고 웃음을 터뜨렸다.

'제길, 지금 나하고 장난하자는 건가? 사람을 이렇게 답답하게 하다니.'

추산이 짜증이 솟구치려는 사이 어느새 별채 밖으로 나갔던 홍 노인의 목소리가 문밖에서 들려왔다.

"아가씨, 손님을 모셔왔습니다."

"안으로 모시세요."

주하령의 대답이 떨어지기 무섭게 별채의 문이 열리며 홍 노인이 한 명의 사내를 데리고 별채 안으로 들어섰다. 순간 추산과 만불통의 눈이 커졌다. 홍 노인이 별채로 데리고 들어온 사내는 주하령의 말처럼 그들도 익히 알고 있는 인물이었던 것이다.

'저자는……?'

마른 체구에 날카로운 눈매, 부드러운 곡선을 만들며 휘어진 허리의 월아도, 홍 노인이 데리고 온 손님은 바로 난주성 내에서 한바탕 싸움을 벌이던 새외의 고수 마연철이었다.

'어떻게 그가 주 소저의 손님이 된 것일까?'

추산이 풀리지 않은 수수께끼를 앞에 둔 사람처럼 이마에 주름살을 만드는 사이 홍 노인의 뒤를 따라온 마연철이 터벅터벅 일행이 앉아 있는 곳으로 다가섰다.

"어서 오세요, 마 대협. 초대에 응해주셔서 감사합니다."

마연철이 다가오자 주하령이 자리에서 일어나 마연철에게 고개를 숙여 보였다.

'그를 초대했다고? 도대체 이 여자가 무슨 일을 하고자 하는 건가? 그나저나 자신의 호위를 맡아달라더니 자신의 일에 대해선 정말 우리와는 전혀 상의를 하지 않는 건가?'

추산은 내심 주하령이 자신들에게 어떤 언급도 하지 않고 마연철을 만나고자 한 것에 기분이 상했지만 일단은 주하령이 무슨 일로 마연철을 만나고자 했는지 그게 더 궁금했기에 잠자코 두 사람의 모습을 지켜보기로 했다.

"흠, 홍 노야께서 기별을 주셔서 오기는 했지만 이렇게 젊은 소저께서 초청했을 줄은 몰랐소이다."

마연철이 반짝거리는 눈으로 주하령을 응시하며 말했다.

"제 소개를 하지요. 무한에서 온 주하령이라고 합니다."

"흠, 만나서 반갑소이다. 내 이름은 이미 알고 계실 테고. 그래, 왜 날 보자고 했소이까?"

마연철이 조금 퉁명스럽게 묻자 주하령이 웃는 얼굴로 다시 입을 열었다.

"일단 자리에 좌정하시지요. 차 한 잔 드시면서 천천히 이야기를 나누시는 것이 어떨는지?"

"흠. 뭐, 그렇게 하십시다. 나야 차보다 술이 더 좋기는 하지만……."

마연철이 주하령의 권유에 앞에 놓여 있는 의자에 털썩 엉덩이를 붙이고 눌러앉았다. 그 모습을 보고 있던 주하령이 입가에 희미한 미소를 머금고는 역시 자리에 앉았다. 그러자 기다렸다는 듯 별채의 문이 열리며 두 명의 시비가 차를 내왔다.

시비들이 차를 내려놓고 나가자 마연철이 자신 앞에 놓인 찻잔을 들어 단숨에 차를 들이켰다. 아직 식지 않은 차를 한입에 털어 넣고도 마연철은 전혀 표정이 변하지 않았다.

'역시 보통 인물이 아닌가?'

추산은 그가 뜨거운 차를 단숨에 들이켜고도 멀쩡한 이유를 그의 공력에서 찾았다.

탁!

단숨에 차를 들이켠 마연철이 모두가 들을 수 있을 만큼 큰 소리를 내며 찻잔을 내려놓고는 걸죽한 목소리로 입을 열었다.

"자, 차도 마셨고, 날 보자고 하신 이유를 말씀해 주시겠소? 이 몸이 좀 바빠서 말이지요."

"그러실 테지요. 철용문의 고수들이 마 대협을 찾고 있을 테니.”

주하령이 여전히 미소를 머금은 얼굴로 대답했다. 순간 마연철의 표정이 살짝 변했다.

“보았소이까?”

“마 대협의 뛰어난 무공에 우리 모두 감탄했지요.”

“허험, 뭘 그런 곰 같은 작자를 이긴 것 가지고. 하지만 역시 철용문의 고수가 제법 대단하긴 하더이다. 그자는 철용문 십이고수 중 한 자리를 차지하고 있는 방숙이란 잔데, 제법 그 내공이 튼실하더이다. 물론 이 마연철의 상대가 되지 못했지만 말이오.”

마연철의 말에서 자신의 무공에 대한 자신감이 묻어났다.

“하지만 조금 경술하셨던 게 아닐까요? 지금쯤 철용문의 고수들이 마 대협을 찾느라 난주성을 이 잡듯 뒤지고 있을 거예요.”

“홍, 하나도 겁나지 않소이다. 사람들은 철용문이 난주의 패자라고 말하지만, 이 마연철은 철용문이 난주에 자리를 잡기 전부터 하서 이북을 주유한 사람이란 말이오. 난주를 포함해 하서 이북에서 이 마연철을 핍박할 자들은 존재하지 않소.”

“하지만 조금 귀찮게 되신 것은 사실 아닌가요? 아무래도 마 대협은 혼자시고 철용문은 일류고수만 해도 근 일백에 이르는 것으로 알려졌는데…….”

그러자 마연철이 살짝 얼굴을 찌푸렸다.

"물론 조금 귀찮아진 것은 사실이지요. 해서 잠시 난주를 떠나 있을 생각이오. 물론 철용문이 무서워서가 아니라 귀찮아서 말이오. 그러니 주 소저께서도 하실 말씀이 있으면 얼른 하시오."

"난주를 떠나 계실 생각이라니 잘되었군요. 혹 저와 함께 기련산에 다녀오실 생각은 없으신지요? 사례는 충분히 해드리지요."

주하령의 말이 끝나자 마연철의 표정이 다시 한 번 바뀌었다. 그의 표정은 지금까지 보았던 마연철이라고 생각할 수 없을 만큼 차갑게 변해 있었다.

"지금 기련산이라고 했소?"

마연철의 입에서 착 가라앉은 목소리가 흘러나왔다.

'이자가 갑자기 왜 이렇게 변했지?

추산이 갑자기 변모한 기세에 놀라 마연철을 바라봤다. 마연철의 시선은 마치 일생의 적수를 만난 것처럼 주하령에게 고정되어 있었다.

"맞아요. 기련산까지 마 대협과 동행을 했으면 합니다."

"기련산에는 무슨 일로 가시는 것이오?"

"그건 개인적인 사정이 있어 지금 말씀드리기 곤란하군요."

그러자 마연철이 여전히 경계하는 눈빛으로 주하령을 바라보다가 불쑥 입을 열었다.

"거절하겠소. 그리고 무슨 사정으로 기련산에 가려는지 모르겠지만 지금 그곳으로 가는 것은 무척 위험한 일이오. 가급

적이면 주 소저도 다시 생각해 보시기 바라오."

마연철의 말은 마치 주하령을 향해 경고를 하는 듯했다.

"어려운 길이라는 건 알고 있어요. 그래서 마 대협의 도움이 필요한 것이고요."

그러자 마연철의 표정이 또다시 변했다. 주하령이 마치 자신을 잘 알고 있다는 듯 말하고 있기 때문이었다.

"나에 대해 얼마나 알고 계시오? 왜 내가 소저의 기련산행에 도움이 될 거라 생각하신 것이오?"

주하령이 마연철의 질문에 작게 웃으며 대답했다.

"당연히 일을 부탁하기 전에 마 대협에 대해 조금 알아봤지요. 소문에 의하면 하서회랑의 지형에 대해서라면 마 대협을 따라갈 사람이 없다고 하더군요. 더군다나 다년간 기련산 인근에서 활동하신 걸로 알고 있습니다만……."

"후후후, 모두 맞는 말이오. 하지만 감숙 북방의 지리에 밝은 사람이라면 꼭 내가 아니어도 상관이 없을 터인데……?"

"거기에 몇 가지 조건이 더 고려됐죠. 예를 들면 새외무림의 사정에 정통하고 그들과 분쟁없이 기련산에 들어갈 만한 능력 같은 것 말이에요."

그러자 이번에는 마연철이 고개를 저었다.

"그런 사람이라면 잘못 찾은 것 같소. 나로 말할 것 같으면 난주뿐 아니라 새외의 무림문파들이 하나같이 눈에 불을 켜고 찾으려는 사람이란 말이외다."

마연철의 말에 주하령이 정색을 하며 대답했다.

“하지만 단 한 번도 그들의 손에 붙잡힌 적이 없지요.”

순간 마연철의 표정이 묘하게 변했다.

“사람들의 눈을 피해야 하는 일이오?”

“가급적 사람들의 눈에 띄지 않았으면 합니다. 듣기로는 최근 하서회랑과 주천 그리고 돈황 인근에서 적지 않은 분란이 일어났다고 하더군요. 전 그런 분쟁에 휘말리고 싶지가 않습니다. 그래서 마 대협께서 동행해 주셨으면 하는 것이지요.”

“음… 도대체 무슨 일로 기련산엘 가려는 것이오?”

그러자 주하령이 잠시 뜸을 들였다 대답했다.

“부모님의 유해를 찾으려고 합니다.”

주하령의 말에 마연철이 화들짝 놀라며 되물었다.

“부모님의 유해라면?”

“십여 년 전 제 부모님께서 기련산에 가셨다가 돌아오지 못하셨습니다. 그때는 제가 어려 미처 부모님의 유해를 거둘 엄두를 내지 못하다가, 이제야 가문의 일이 조금 안정을 되찾았고, 저 또한 기련산을 다녀올 만큼 성장을 했기에 이렇게 길을 나서게 된 것입니다.”

“흠, 주 소저의 효성은 참으로 갸륵하오. 하지만 그런 일이라면 조금 뒤로 미루라고 말하고 싶구려.”

“무슨 이유가 있나요?”

“주 소저의 말대로 지금 하서 이북의 상황이 심상치가 않기 때문이오. 본래 감숙 북부와 신강은 명교, 그러니까 중원에서 마교로 불리는 자들이 왕성하게 활동하는 곳이외다. 대부분의 문파나 고수들 역시 명교와 크고 작은 연관을 가지고 있지요. 그런데 지금 하서 이북에선 바로 그 명교에서 파생된 세력들 간에 치열한 패권다툼이 벌어지고 있지요. 이들이 중원에 알려진 것처럼 무슨 지옥의 야차 같은 마인들은 아니지만 그 성정이 지극히 괴팍한 것은 사실이지요. 그런 자들과 시비가 붙는다면 결코 목숨을 장담할 수 없을 거외다. 더군다나 기련산이라면 백산당과 흑산당의 세력다툼이 한창인 곳이라 할 수있소이다. 지금은 기련산을 여행할 시기가 아니외다.”

마연철이 정색을 하며 주하령의 기련산행을 말렸다. 그러나 주하령은 전혀 물러날 기색을 보이지 않았다.

“이미 무한을 출발할 때부터 그런 사정은 알고 떠났습니다. 그래서 나름대로 준비를 했고요. 마 대협께 도움을 청하는 것은 그 준비 중 가장 마지막 일이라고 할 수 있지요.”

“어떤 준비를 하였소이까?”

“일단 본 가에서 가장 뛰어난 무공을 지닌 고수 삼 인을 데리고 왔고, 두 번째는 천하제일청부사라는 무불장의 고수 두 분을 호위로 모셨지요. 이제 마 대협께서만 도와주신다면 기련산에 다녀올 만한 준비를 했다고 할 수 있지 않을까요?”

“무불장의 황금충들이 왔단 말이오?”

마연철이 놀란 얼굴로 물었다. 그러자 주하령이 낭패한 얼굴로 슬쩍 추산과 만불통을 바라봤다. 마연철 자신은 추산과 만불통이 무불장의 고수들이란 사실을 모르고 한 말이겠지만, 두 사람을 앞에 두고 황금충 운운한 것은 큰 결례가 아닐 수 없었다.

"끙, 새외의 여우도 불려왔는데 황금충이 오지 못하란 법은 없지."

만불통이 퉁명스럽게 말했다. 순간 마연철의 시선이 만불통과 추산에게로 향했다. 마연철은 눈치 빠른 자다. 그는 금세 이 두 사람이 바로 주하령이 말한 무불장의 청부사들이란 걸 깨달았다.

"하하, 이제 보니 두 분이 바로 무불장에서 나오신 분들이시구려. 반갑소이다. 난 마연철이라고 합니다. 난주와 하서 이북에서는 제법 이름이 알려졌지요."

"우리도 귀가 있네."

만불통이 대뜸 마연철에게 하대를 했다. 본시 만불통은 무척 자존심이 강한 사람이었다. 그가 천검 능운백과 비무를 하기 위해 육십이 넘은 나이에 십 년간 폐관수련한 사실은 그가 얼마나 자존심이 강한 사람인가를 보여주는 일이었다. 그런 만불통이었으므로 비록 마연철의 무공이 보기 드물게 뛰어나긴 해도 일단 기분이 상한 이상 제대로 된 대접이 나올 리 만무였다.

"하하. 이것 참, 제가 비록 이 변방에 처박혀 있는 사람이지만 강호에 떠도는 소문은 모두 들어 알고 있지요. 듣기로 무불장의 청부사 분들은 하나같이 비범한 무공에 대인의 풍모를 지니고 있다고 하던데 이 마연철의 한 번 말실수를 탓하시지는 않으시겠지요?"

마연철이 은근히 자신을 냉대하는 만불통을 비꼬았다. 그러자 만불통 역시 지지 않고 대답했다.

"물론 그댈 탓할 생각은 없어. 본시 입이란 게 주인의 마음대로 움직이는 것이 아니라서 가끔 본심과 다른 말을 흘려내기도 하니까. 물론 난 입보다 손이 가끔 실수를 하네만……."

순간 마연철의 눈빛이 영활하게 움직였다. 조금은 오기가 치밀어 오른 것 같기도 했다. 하지만 다음 순간 마연철의 표정이 금세 웃는 낯으로 변하며 약간은 비굴한 목소리로 말했다.

"아이고, 죄송합니다. 제가 큰 실수를 했습니다. 그러니 그만 노여움을 푸세요. 더군다나 함께 여행할 사이이니 그저 너그럽게 봐주십시오, 어르신!"

마연철은 아마도 이 백발의 청부사가 보통 인물이 아니란 것을 금세 깨달은 모양이었다.

"함께 여행할 사이라… 그럼 주 소저의 청을 수락하겠단 말인가?"

만불통의 물음에 마연철이 고개를 좌우로 까딱이며 말했다.

"뭐, 어차피 한동안 난주를 떠나 있어야 할 것 같으니 이 기회에 기련산에 다녀오는 것도 나쁘지는 않지요. 더군다나 홍 노인께서 모시는 분이시니. 항시 난주에 오면 홍 노인께 신세를 지는 처지니 이 기회에 홍 노인께 진 빚도 갚고……."

"청을 들어주신다니 정말 고맙습니다."

주하령이 얼른 일어나서 마연철에게 고개를 숙여 보였다.

"아, 고맙기는 뭐… 그런데 보수는……?"

마연철이 슬쩍 돈 이야기를 꺼냈다. 그러자 주하령의 곁에 있던 여송이 품속에서 비단 전낭 하나를 꺼내 마연철에게 건넸다. 그러자 마연철이 재빨리 전낭을 집어 들더니 안의 내용물을 확인했다.

"금자 백 냥이라… 뭐 그런대로 후한 값이구려."

마연철이 썩 마음에 들지는 않지만 그렇다고 실망하지도 않은 표정으로 전낭을 품속에 넣었다.

"일이 끝나면 그만큼의 금자를 더 드리지요."

막 품속에 전낭을 넣으려다 주하령의 말을 들은 마연철의 표정이 환하게 밝아졌다.

"하하하, 역시 보통 분들이 아니시구만. 이렇게 화통들 하시니. 길 안내는 걱정 마시구려. 이 마연철이 기련산까지 빠르고 안전하게 모시겠소이다. 하하하!"

마연철의 입에서 연신 기분 좋은 웃음소리가 흘러나왔다.

"그런데 언제 떠나실 생각이신지?"

"이틀 뒤에 떠날 생각이에요."

"흠, 이틀 뒤라. 알겠소이다. 그럼 이틀 뒤에 난주성 북문에서 십여 리 떨어진 황사촌에서 만나기로 합시다. 아시겠지만 내가 지금 난주에서 드러내 놓고 다닐 수 없는 상황이라. 그리고 현재 하서회랑과 기련산 인근의 사정도 좀 알아봐야 할 것 같고……."

아마도 마연철에게는 그만의 소식통이 따로 있는 모양이었다.

"그렇게 하세요."

주하령이 고개를 끄덕이자 마연철이 벌떡 자리에서 일어났다.

"그럼 이틀 뒤에 봅시다. 난 이만!"

마연철이 살짝 고개를 까딱이고는 서둘러 별채를 벗어났다. 그러자 홍 노인이 재빨리 일어나 마연철의 뒤를 따랐다.

"믿을 만한 자인가요?"

추산이 마연철이 장내에서 사라지자 조금 걱정스런 얼굴로 주하령에게 물었다.

"그에 대해선 충분히 알아봤습니다. 또 홍 노야께서 오래전부터 인연을 맺어온 사람이지요. 그래서 그를 길잡이로 선택한 겁니다."

주하령 대신 여송이 대답했다.

"굳이 길잡이가 필요하겠소? 기련산까지 가는 길은 널리 알려져 있는데……?"

만불통이 묻자 이번에는 주하령이 대답했다.

"처음 무한을 떠날 때는 저도 안내인이 필요할 거란 생각은 하지 않았어요. 새외무림에는 언제나 불안한 요소가 있긴 하지만 두 분을 모실 수 있어서 크게 걱정하지 않았지요. 그런데 난주에 도착해 보니 상황이 그리 만만치 않더군요. 현재 주천과 기련산 인근 그리고 하서회랑 곳곳에서 크고 작은 싸움이 연일 벌어지고 있다 하더군요. 해서 그런 싸움이 벌어지는 곳을 피해 기련산까지 우리를 안내할 안내자가 필요하다고 판단

했어요. 마침 그런 일에 적합한 인물이 난주에 머물고 있기도
했고요."
"새외의 분란은 뭘 말하는 건가요?"
"상 노야께서 말씀하시기로는 마교의 여러 분파들이 하서
회랑의 주도권을 놓고 충돌하고 있다 하더군요. 특히나 그중
흑산당과 백산당은 그 세력이 중원의 명문대파에 못지않다고
하고요."
"마교라……."
추산이 말꼬리를 흐렸다.
마교에 대한 소문은 그 또한 오래전부터 들어 알고 있었다.
서역에서 넘어온 배화교를 근간으로 생겨난 이 종교 단체는
세인들로부터 극과 극의 평가를 받는 집단이었다.
혹자는 세상을 구원할 선인들이라고 했고, 혹자는 천하를
피로 물들일 마인들이라고도 했다. 전자의 경우는 그들을 명
교라 불렀고, 후자의 경우는 마교라 불렀는데 강호무림에서는
다분히 후자 쪽으로 그 의견이 기울어져 있었다. 그 이유는 여
러 가지가 있겠지만 기본적으로 그들을 마인으로 보는 무림의
평가는 마교에 속한 고수들의 무공에 대한 두려움에 기인하는
면이 컸다.
마교 고수들 중 강호에서 무명을 떨친 인물들이 적지 않았
고, 그들 대부분은 듣도 보도 못한 괴이한 무공을 선보였기에
강호의 무인들에게 까닭 모를 두려움을 안겨주는 존재가 되어
있는 마교였다.

"마교라면 조심해야겠지. 소문처럼 그들이 인육을 뜯어먹는 마인들은 아니지만, 그래도 워낙 그 행보가 은밀하고 또 무공들이 기이하면서도 고강해 자칫 그들과 마찰이 생기면 큰 문제가 될 수도 있으니……."

만불통이 고개를 끄덕였다.

"그래서 마 대협이 필요했던 것이에요. 알려진 바로는 마 대협 역시 그 무공의 뿌리를 마교에 두고 있다고 하더군요."

주하령의 말에 추산이 놀란 표정으로 되물었다.

"그가 마교의 인물이란 말인가요?"

"마교의 인물이란 말은 아니에요. 그가 어떤 특정한 단체에 속해 있지는 않은 것 같아요. 다만 그 무공이 마교에서 흘러나온 것이란 소문이 있을 뿐이지요."

"흠… 그런 일이 있었군요."

"어쨌든 마 대협은 하서 이북의 지리에 대해서는 통달한 사람이죠. 그가 일으킨 수많은 크고 작은 일들로 그를 쫓는 문파나 무인이 적지 않은데도 불구하고 여전히 새외를 종횡하고 있으니 새외의 분란을 피해 조용히 기련산에 다녀오려면 그만한 안내자도 없다는 게 제 생각이에요."

주하령의 말에 추산과 만불통이 고개를 끄덕였다.

"하긴, 수십 년 요리조리 도망을 다녔으니 기련산에 이르는 비도를 알고 있을 가능성이 많겠군요. 아무튼 길잡이를 고용했으니 우리 일은 조금 더 편해지겠군요."

추산이 미소를 지으며 말하자 주하령 역시 가벼운 웃음으로 응대했다.

"하지만 역시 제가 믿는 분들은 두 분이세요. 이제 볼일은 모두 보았으니 정말 난주성 내를 구경하러 가시겠어요?"

주하령이 추산을 보며 묻자 추산이 얼른 고개를 끄덕였다.

"그러지요. 언제 다시 올지 모르는 곳이니……."

왁자지껄한 소란이 사방에서 흘러나왔다. 어깨를 부딪쳐야 지나갈 수 있을 만큼 많은 사람들이 오가는 시전, 추산 일행은 시전의 이곳저곳을 구경하며 천천히 걸음을 옮기고 있었다.

난주의 시전은 중원의 시전과는 또 달라서 평소 보지 못한 이국의 온갖 물건들이 널려 있었다. 멀리 서역에서 온 기이한 물건들부터 중원과 동방에서 온 물건들까지 천하에 존재하는 물건이란 물건은 모두 모여 있는 것 같은 난주의 시전이었다.

"사저와 사매들이 왔으면 아주 난리가 났겠군."

추산이 진귀한 물건들로 넘쳐 나는 시전을 둘러보며 중얼거렸다. 그러자 곁에 있던 주하령이 말을 걸었다.

"듣기에 천검 어른의 부인 되시는 분과 따님들의 씀씀이가 세인들을 놀라게 할 정도라던데 정말 그런가 보죠?"

그러자 추산이 고개를 끄덕였다.

"뭐, 결코 작다고는 말할 수 없죠."

"그러시다면 선물이라도 몇 개 사 가시는 것이 어떨까요?"

그러자 추산이 고개를 갸웃하다가 이내 고개를 끄덕였다. 그의 손이 자연스럽게 자신의 허리로 이동했는데 그의 허리에는 능인화가 선물한 고급스런 요대가 둘러져 있었다.

'선물을 받았으니 답례를 하는 게 좋겠지.'

추산이 미소를 머금으며 여인들의 장신구를 파는 점포 쪽으로 걸음을 옮겼다.

"정말 선물이라도 사려는가?"

만불통이 추산을 보며 묻자 추산이 고개를 끄덕였다.

"선물을 받았으니 나도 하나 사줘야죠."

"별일일세. 흐흐, 이제 보니 추 소협도 능 소저에게 마음이 있군."

"능 소저라면 누굴 말하는 건가요?"

주하령이 호기심 어린 표정으로 만불통에게 물었다.

"천검 노형의 셋째 따님이신 능인화 소저를 말하는 것이오."

"추 대협과는 어떤 관계죠?"

"뭐, 젊은 남녀가 무슨 관계이겠소이까? 그렇고 그런 관계지."

만불통이 주하령의 물음에 씽긋 눈웃음을 지으며 대답을 하고는 추산이 향한 점포로 걸음을 옮겼다.

"손님, 이걸 한 번 보시죠. 이건 정말 귀한 겁니다. 서역에서 나는 비취로 만든 노리개인데 여인네들이 무척 좋아하지요. 솔직히 오늘 오셨으니까 구경이라도 하실 수 있지 내일이면 당장 없어지는 물건이지요."

  추산이 들어선 점포 주인이 허리를 약간 숙이고 두 손을 모은 채 열심히 추산을 설득하고 있었다. 추산은 무덤덤한 표정으로 주인에게서 영롱한 푸른빛이 도는 노리개를 받아 들고 이리저리 살펴보았다. 그러나 이내 마음에 들지 않은 듯 노리개를 다시 주인에게 건넸다.

  "마음에 들지 않으시는 모양이군요. 그럼 이건 어떻습니까?"

  점포의 주인이 재빨리 다른 물건들을 추산에게 내밀었다. 본시 귀한 보석을 파는 점포는 하루에 제대로 된 손님 하나만 잡아도 그날 장사는 다 한 것이기 때문에 주인은 열심히 추산의 비위를 맞추고 있었다.

  점포 주인은 추산에게 물건을 내보이면서도 흘낏흘낏 주하령에게 시선을 주며 그녀의 표정을 살폈는데 추산이 주하령에게 줄 선물을 사려는 것으로 오해하고 있는 것이 분명했다.

  본시 선물이란 주는 사람보다 받는 사람의 마음에 들어야 하는 법, 점포 주인이 물건을 내보일 때마다 주하령의 눈치를 보는 것은 당연한 일이었다.

  추산은 여전히 주인이 내놓는 물건들이 못마땅한지 계속해서 다른 물건을 찾았다. 그러자 어느새 주인도 지쳤는지 이제는 추산 마음대로 골라보라는 듯 귀중품들을 통째로 추산 앞에 늘어놓고는 추산의 선택을 기다리기 시작했다.

  추산은 주인이 내어놓은 귀중품들을 하나하나 살피다가 영롱한 금강석이 박힌 간결한 모양의 비녀를 집어 들었다. 순간

점포 주인이 재빨리 추산의 표정을 살피고 다시 주하령의 표
정을 살핀 후 추산에게 다가서며 입을 열었다.

"역시 탁월한 안목이십니다. 그건 금강석을 박은 비녀인데
워낙 비싼 물건이고 또 단순하게 세공되어서 쉽게 어울리는
분을 찾기 힘든 물건입니다. 하지만 일단 주인만 잘 만나면 그
어떤 비녀보다도 가치있는 물건으로 변하지요. 함께 오신 미
인 분이시라면 충분히 그 비녀의 가치를 살릴 수 있으실 겁니
다. 워낙 미모가 뛰어난 분이시라……."

주인이 슬쩍 주하령의 눈치를 살피며 호들갑을 떨었다.

"어떤가요?"

추산이 주하령을 돌아보며 물었다. 역시 이런 물건은 남자
보다 여자의 눈이 더 정확한 법이다.

"글쎄요. 좋은 것 같기는 한데, 제가 받을 물건이 아니니 뭐
라 말하기 어렵겠군요."

주하령이 미소를 지으며 대답했다.

"한 번 해보실래요?"

추산이 금강석이 박힌 비녀를 주하령에게 내밀자 주하령이
거부하지 않고 비녀를 받아 자신의 머리에 꽂아보았다. 순간
그녀를 보고 있던 사람들의 눈이 화등잔처럼 커졌다. 일단 단
순한 모양의 비녀가 그녀의 머리에 꽂히자 조금 차갑고 약간은
어두운 인상이었던 주하령의 분위기가 순식간에 변하며 지금
껏 드러나지 않았던 그녀의 미모가 좌중을 압도했던 것이다.

'이렇게 미인이었나?'

추산이 한편으로는 주하령의 미모에 놀라면서도 또 왜 지금
까지 자신이 그녀가 이토록 뛰어난 미인이란 사실을 몰랐을까
하는 의문에 빠져들었다. 하지만 추산의 고민은 길지 않았다.
머리에 금강석이 박힌 비녀를 꽂은 주하령이 한줄기 미소를
흘려내며 추산에게 질문을 던졌기 때문이었다.

"괜찮나요?"

"아, 예… 좋군요."

추산의 입에서 얼떨결에 대답이 흘러나왔다. 하지만 솔직히
말하자면 금강석 비녀를 머리에 꽂은 주하령의 모습은 그저
보기 좋은 정도가 아니라 보는 사람들로 하여금 정신을 혼미
하게 만들 정도로 아름다웠던 것이다.

"다행이군요. 이걸로 하세요. 아마 능 소저께서 무척 좋아
하실 거예요."

주하령이 머리에 꽂았던 비녀를 빼내어 추산에게 건네며 말
했다. 그러자 그녀를 보고 있던 추산과 만불통 그리고 점포 주
인의 얼굴에 짙은 아쉬움이 깃들었다. 그녀가 머리에서 비녀
를 빼내자 그녀는 다시 예의 그 조금은 차가운 여인으로 되돌
아갔기 때문이다.

"이걸로 하죠."

추산이 점포 주인에게 말하자 점포 주인이 얼른 대답했다.

"정말 잘 선택하신 겁니다."

"얼마죠?"

"본래는 금자 삼십 냥은 받아야 하지만, 오늘 대단한 미인을

만나게 된 기념으로 금자 스물다섯 냥만 받겠습니다."

그러자 냉정하게 말했다.

"금자 이십 냥으로 하죠."

"그렇게는 안 됩니다. 그럼 너무 손해가 나서……."

그러자 추산이 주저없이 금강석이 박힌 비녀를 내려놓았다.

"그럼 어쩔 수 없군요. 다른 곳으로 가보는 수밖에."

추산은 더 이상 흥정이 필요없다는 듯 단호하게 신형을 돌렸
다. 그러자 점포 주인이 다급한 목소리로 추산을 불러 세웠다.

"자, 잠깐만 기다리십시오, 손님. 알겠습니다. 금자 이십 냥
에 드리겠습니다. 하, 참 성미도 급하시지……."

주인은 얼른 추산이 내려놓은 비녀를 집어 들어 질 좋은 비
단에 싸며 말했다. 그러자 추산이 득의한 미소를 지으며 품속
에서 금자 스무 냥을 꺼내 장신구들이 널려져 있는 매대 위에
올려놨나.

"자, 여기 있습니다. 어느 분이 선물을 받으실지 모르겠으나,
함께 오신 분만큼 이 물건에 어울리는 분은 없을 것 같군요."

비녀를 꽂았을 때의 주하령의 미모가 여전히 머릿속에 남아
있는지 점포 주인이 비단에 싼 비녀를 건네며 말했다.

"이 선물을 받을 사람도 만만치는 않죠."

추산이 주제넘은 말을 한 점포 주인에게 한마디 쏘아붙이고
는 이내 신형을 돌렸다.

"감사합니다. 안녕히 가십시오. 언제든 다시 들러주십시오."

며칠치 장사를 한순간에 끝낸 점포 주인의 과한 배웅을 받

으며 추산과 그 일행이 점포를 벗어났다.

추산과 주하령 등은 그날 오후를 제법 즐겁게 지냈다. 시전
에서 천하의 각지에서 모여든 진귀한 물건들을 구경하기도 하
고, 난주에서 이름난 주점에 들러 술잔을 기울이기도 했다. 그
러는 사이 개봉에서 만난 이후 휴식 없이 난주로 이동하느라
서로에 대해 거리감을 좁힐 수 없었던 일행은 조금씩 서로에
게 익숙해져 가고 있었다.
하루를 그렇게 난주의 시전에서 즐긴 그들은 난주의 동쪽
외곽까지 나아간 후 황하의 기슭을 따라 난 길을 걸어 노을을
보며 상문의 장원으로 돌아왔다.

성내로 나들이를 나갔던 다음 날은 일행 모두 상문의 장원
에 머물러 있었다. 그 다음날 길을 떠나야 했기 때문에 그들에
게 필요한 것은 푹 쉬는 것이기 때문이었다.
하루 나들이로 제법 가까워진 추산과 주하령은 오후 한때
주하령의 처소에서 함께 차를 마시기도 했다. 그렇게 주하령
과 함께 하는 시간이 많아질수록 추산은 이 신비한 여인에 대
해 좀 더 많은 것들을 알게 되었는데 그 정보들 중에는 애초에
그녀의 가문이 무한이 아닌 이 난주에 터전이 있었다는 것이
포함되어 있었다.
그녀는 어린 시절을 난주에서 보냈다. 그리고 그녀의 부모
가 기련산의 어느 깊은 계곡에서 죽음을 당한 후 삼사 년 뒤에

난주를 떠나 무한으로 갔다고 한다.

그녀가 왜 가문의 터전이 있는 난주를 떠나 무한으로 이주했는지는 자세히 알 수 없었다. 단지 아직도 그녀의 가문, 그러니까 청록원의 가업은 대부분 난주에 있다는 것 정도를 알 수 있었다.

그리고 또 한 가지, 그녀의 알 수 없는 어두움은 바로 그녀가 어린 시절 고아가 되면서 청록원의 가업을 떠맡아 힘겹게 가문을 지켜오는 동안 자연스레 형성된 것이라는 것도 짐작할 수 있었다.

어쨌든 그렇게 서로가 서로에 대해 알아가는 사이 또 하루가 지나고, 다음날 아침 일찍 일행은 다시 길을 떠났다. 상문은 조금 걱정된 눈빛으로 주하령을 배웅했다.

일행의 행장은 그들이 난주에 도착할 때와 같았다. 여전히 과묵한 젊은 무사 막문위가 마차를 몰았고, 주하령과 묘실은 마차를 타고 있었다. 추산과 만불통 그리고 여송은 개봉에서부터 타고 온 말에 올라 난주를 떠났다.

마연철은 정확하게 약속을 지켰다. 그는 자신이 말한 대로 난주성 북쪽으로 십여 리 떨어진 곳에 있는 작은 촌락 황사촌에서 일행을 기다리고 있었다. 그렇게 마연철까지 합류한 일행은 중원의 관문을 떠나 기련산을 향해 말을 몰아나갔다.

第五章

일곱 개의 신물(神物)

　한 장의 양피지, 고색창연한 구리거울, 검은색 부채, 보배로운 구슬, 한 두루마리의 흑죽간, 한 자루 동검, 그리고 황금열쇠…….

　고검이 굵은 나뭇가지에 앉아 깨알같이 쓰여진 글씨를 담은 종이를 달빛에 비춰보고 있었다. 미심으로부터 날아온 전서구에는 마총(魔塚)에 대한 좀 더 자세한 내용들이 들어 있었다.

　특히 마총을 열기 위해 필요한 일곱 가지 단서, 미심이 천마의 신물(神物)이라고 칭한, 그 일곱 가지 단서에 대한 상세한 내용들이 들어 있었다. 화맹의 정보력은 놀라워서 미심은 그 일곱 개의 신물들 중 몇 개에 대해서는 그 용도까지 자세히 조사해 보내왔다.

예상했던 대로 무맹이 이십여 년간 보관하고 있던 양피지, 그러니까 아수마왕 음천기에게서 회수한 양피지는 마총이 있는 곳의 세밀한 지형을 나타낸다고 했다. 물론 그 지도에 그려진 지역은 반경 십여 리 이내를 나타내기 때문에 그 지도가 가리키는 곳이 이 넓은 천하에서 어디인지를 알아야 쓸모가 있는 지도였다.

최근에 무맹이 얻은 동경(銅鏡)의 용도는 확인되지 않았다. 대신 천마의 일곱 개 신물 중 흑선(黑扇)과 구슬, 한 두루마리의 흑죽간의 용도는 밝혀졌다.

흑선에는 마총 주변에 설치된 기문이진의 파훼법이 적혀 있다고 했고, 구슬은 마총 주변에 흐르고 있는 천마(天魔) 묵화인(墨火印)과 그의 추종자 삼십육 인의 마기를 감당할 수 있는 기물(奇物)이며, 한 두루마리의 흑죽간에는 가장 중요한 마총의 위치, 그러니까 무맹이 얻은 양피지에 그려진 지형이 어디에 위치한 것인지를 풀 수 있는 한 편의 시가 적혀 있다고 했다.

"결국은 흑죽간이 문제군. 다시 말해 흑죽간은 대지도(大地圖)라 할 수 있고, 양피지는 소지도(小地圖)인 셈이군. 과연 악불위는 일곱 개의 신물 중 무엇을 가지고 있을까?"

고검이 미심이 보내온 전서에서 눈을 떼고는 굵은 나뭇가지가 뻗어 나온 기둥에 등을 기대며 혼잣말을 흘려냈다.

그가 북천무맹 원로원의 대장로 풍도 가한의 청부를 받고 무불장을 나선 지 열흘, 지속적으로 신주마 악불위를 쫓고 있던 북천무맹의 추적자들 덕에 오늘 드디어 신주마 악불위의 뒤를 따라붙을 수 있었다.

고검이 눈을 들어 멀리 산 아래로 내려다보이는 작은 성읍을 바라봤다. 밤이 깊어서인지 마을에서 흘러나오는 불빛은 거의 존재하지 않았다. 신주마 악불위의 흔적은 이 작은 성읍으로 이어져 있었다.

"지금으로서는 그의 손에 흑죽간이 들려 있기를 바라야겠군. 그래야 적어도 마총의 실존 여부를 확인할 수 있을 테니까. 그런데 그는 왜 이 작은 성읍에 은밀히 들어선 것일까? 그도 사패의 고수들이 자신을 추적하고 있다는 것을 알 텐데……?"

고검이 깊은 눈으로 신주마 악불위가 들어 있는 마을을 응시하며 중얼거렸다.

이틀 전 왕민이 전해온 소식에 의하면 신주마 악불위의 뒤를 쫓고 있는 세력은 예상대로 북천무맹만이 아니었다. 최소한 그를 중심으로 사오 일 거리 안쪽에는 북천무맹과 서패천 그리고 남련의 고수들이 은밀하게 움직이고 있다는 것이 왕민이 전해온 전갈이었다. 어쩌면 왕민의 눈에 띄지 않게 동궁의 고수들 또한 신주마의 뒤를 쫓고 있을 수도 있었다.

사패가 악불위를 향해 움직였다면 신주마 역시 사패의 추적을 모를 리 없었다. 그가 태호의 노륙지에서 벌인 그 치밀하고 냉혹한 일을 생각하면 적어도 그의 주변에는 뛰어난 수하들이 적지 않게 존재할 것이고, 천하무림의 움직임을 파악할 수 있는 정보력 또한 갖추고 있을 것이 분명했다.

'하긴 굳이 악불위가 자신의 수하들을 통해 사패의 추적을 알 필요도 없었겠지.'

고검이 이런 생각을 떠올린 것은 천마의 신물 중 북천무맹이 두 번째로 얻게 된 동경 때문이었다. 정확히 말하자면 무맹이 그 동경을 얻는 과정에서 악불위를 추적하는 묵천성의 존재가 분명 그에게 드러났을 것이기 때문이었다.

북천무맹에서 이십 년을 지나 천마의 신물을 또 하나 얻게 된 것은 묵천성이 은밀하게 신주마 악불위를 추적하는 과정에서 얻은 부산물이었다.

신주마 악불위는 삼 개월 전 안휘의 합비 인근에 있었다. 그곳에서 그와 그의 수하들은 전격적으로 한 가문을 공격했다. 대대로 합비에 터를 잡고 있던 상인 가문인 호씨세가를 공격한 그들은 단 한 시진 사이에 호씨세가의 식솔들을 전멸시켰다.

그들이 왜 호씨세가를 공격했는지는 그 혼란 중에 천우신조로 몸을 빼낸 호씨세가의 나이 어린 유일한 혈육 호의범에 의해 밝혀졌다. 호의범은 신주마 악불위와 그의 수하들에 의해 풍비박산난 가문의 은밀한 비처에 숨어 있다 그들이 잠시 방심한 사이 몸을 피해 달아났다.

하지만 악불위와 같은 고수의 눈을 피해 도주하는 것은 거의 불가능한 일, 곧 그의 도주를 눈치 챈 악불위의 수하들이 매섭게 호의범을 추격했다. 그런데 그때 도주하던 호의범을 구한 자들이 바로 은밀히 악불위의 뒤를 쫓고 있던 북천무맹 묵천성 고수들이었던 것이다.

묵천성의 고수들에 의해 천우신조로 목숨을 건진 호의범의 손에는 하나의 동경이 들려 있었다. 호의범조차도 그 물건이 어떤 의미를 지니고 있는지 모르는 구리거울. 호의범의 말에 따르면 악불위의 수하들은 호씨세가를 공격하던 날 호씨세가의 가주이자 호의범의 아비인 호상중에게 그 동경을 요구했던 것으로 드러났다.

물론 설마하니 자신에게 동경을 요구하는 자들이 천하팔대 고수이자 노륙지의 혈란을 일으킨 신주마 악불위의 수하들일 거란 생각을 하지 못했던 호상중은 그들의 요구를 거부했고, 신주마 악불위는 두말 않고 그날 밤 호씨세가를 피로 물들였던 것이다.

동경은 호의범의 손에서 묵천성의 고수들에게로 넘겨졌고, 다시 북천무맹주 천강의 손에 들어왔다. 그리하여 북천무맹에서는 노륙지의 혈란 이후 어둠 속으로 스며들었던 신주마 악불위가 마총을 쫓고 있다는 것을 알 수 있었던 것이다.

하지만 그 과정에서 북천무맹 묵천성의 고수들은 결국 자신들의 존재를 악불위에게 드러낼 수밖에 없었다.

풍도 가한이 굳이 천하에서 가장 뛰어난 추적자들이라는 북천무맹 묵천성 고수들이 있음에도 불구하고 고검에게 청부를 넣은 이유 중에는 호씨세가의 후예를 구하는 과정에서 자신들의 움직임을 신주마 악불위가 파악했을 거란 계산이 포함되어 있었던 것이다.

그런 면에서 신주마의 행적을 파악한 이상, 그를 추적하는 일은 고검이 다른 사패의 추적자들보다 훨씬 유리한 위치에 있다고 볼 수 있었다. 그의 시선은 사패의 추적자들에게 분산되어 있을 것이고, 더구나 고검이 홀로 움직이는 이상 아무리 신주마가 대단한 수하와 조직을 가지고 있다고 해도 고검의 은밀한 추적을 알아채기는 어려울 것이기 때문이었다.

호씨세가를 하룻밤 사이에 잿더미로 만든 악불위와 그의 수하들은 다시 어둠 속으로 몸을 숨겼다. 천하사패의 추적자들은 전력을 다해 그들을 추적했지만 언제나 악불위와의 거리는 사오 일 정도의 거리를 유지하고 있었다.

고검이 악불위의 추적에 뛰어든 것은 바로 그즈음이었다. 그리고 고검은 일단 풍도 가한으로부터 악불위의 행방에 대한 정보를 얻는 순간 다른 사패의 추적자들보다 훨씬 빠르게 악불위에게 접근하기 시작했다.

그리하여 무불장을 나선 지 열흘째 되는 오늘 그는 드디어 악불위와 한 시진의 거리까지 따라붙었던 것이다.

고검이 올라 있는 아름드리나무에서는 악불위와 그의 수하들이 진입해 들어간 성읍이 한눈에 내려다보였다. 고검은 이미 그들이 성읍의 어느 곳에 머물고 있는지 확인했으므로 이렇게 마을을 한눈에 내려다볼 수 있는 곳에서 그들이 움직이기를 기다리고 있었다.

그들이 들어간 곳은 마을 후미에 있는 허름한 객잔이었는데 일단 객잔에 들어간 그들은 이후 전혀 객잔 밖으로 모습을 드러내지 않았다. 어쩌면 오늘 하루는 객잔에 처박혀 잠을 청할지도 모르는 일이었다.

"오늘은 이 나무 위에서 잠을 자야겠군."

고검이 살짝 몸을 움직여 자세를 바로잡으며 중얼거렸다. 한 번 청부행에 나서면 이렇게 나무 위나 동굴에서 노숙을 하는 것이 다반사긴 하지만 동료들 없이 홀로 밤을 지내게 된 것은 실로 오랜만의 일이었다.

"사제라도 있으면 좋았을 텐데. 후후. 녀석, 잘하고 있겠지?"

고검이 문득 주하령을 호위해 기련산으로 떠난 추산을 떠올렸다. 나무 위에서 홀로 밤을 지낼 생각을 하니 새삼 추산의 존재가 그리워지는 고검이었다.

그런데 고검의 이런 쓸쓸함은 그리 오래가지 않았다. 갑자기 악불위와 그의 수하들이 들어 있던 객잔의 지붕 위로 악불위를 호위하는 자들 중 삼 인의 신형이 솟아올랐기 때문이었다.

"움직이는가?"

고검이 재빨리 나무기둥에서 등을 떼면서 긴장한 목소리를 흘려냈다. 그사이 객잔 지붕 위에 올라선 삼 인은 주위를 한 번 둘러본 후 훌쩍 몸을 날려 마을의 동쪽을 향해 촘촘히 들어선 초가의 지붕 위를 달려나가기 시작했다.

고검도 망설이지 않고 신형을 날렸다. 악불위를 곁에서 호위하고 있는 인물들은 모두 다섯이었는데 그들은 하나같이 무공이 출중해 아무리 고검이라 해도 잠시라도 방심하면 그들의 행적을 놓칠 가능성이 많았다.

스스슥.

고검의 신형이 야조처럼 은밀하고 빠르게 움직였다. 그의 시선은 앞서 초가의 지붕들을 날아 넘는 삼 인에게 고정되어 있었지만, 그의 신경은 오히려 후방에 가 있었다.

애초에 객잔에 들었던 육 인 중 셋이 움직였다면 나머지 세 명은 여전히 객잔에 남아 있다는 말이 된다. 그들 중 누군가가 다시 삼 인의 뒤를 받치기 위해 뒤따를 수 있었다. 그렇게 되면 오히려 뒤를 쫓는 자신이 그들에게 노출될 수 있었기 때문에 고검으로서는 자신의 뒤를 경계하지 않을 수 없었다.

그러나 고검의 우려와는 달리 객잔에 남은 삼 인은 객잔을 벗어나지 않았다. 그래서 객잔으로부터 백여 장 이상 멀어지자 고검은 후방을 신경 쓰지 않고 앞서 움직이는 삼 인의 뒤를 쫓는 데 정신을 집중하기 시작했다. 너무 멀어도, 그렇다고 너무 가까워도 안 되는 추격전, 고검은 최대한 신중하게 상대의 뒤를 쫓았다.

그렇게 이각여 동안 앞선 세 사람과 뒤쫓는 고검의 은밀한 추격전이 계속됐다. 그사이 그들은 작은 마을을 벗어나 마을 동남쪽에 있는 숲으로 들어서고 있었다. 숲에 들어서자 삼 인의 움직임은 더욱 빨라졌다. 사람들의 이목을 신경 쓰지 않아도 되는 곳에 도착한 그들이 자신들의 능력을 최대한 발휘하기 시작한 것이다.

고검 역시 좀 더 진기를 끌어올려 그들의 뒤를 따랐다. 귓가에 차가운 밤바람이 매서운 소리를 내며 지나갔다. 고검은 우거진 숲의 나무 그림자에 신형을 숨겨가며 조금씩 상대와의 거리를 좁혀갔다.

그렇게 고검이 상대와의 거리를 이십여 장 안쪽으로 좁혔을 때 갑자기 삼 인이 방향을 틀더니 숲과 맞닿아 있는 제법 너른 강 쪽으로 향했다. 강줄기의 양편은 평탄치 않은 지형을 이루고 있었다. 기암괴석과 중간중간 형성된 절벽 그리고 우거진 수풀들이 강을 따라 이어져 있었다. 삼 인은 강변에 도착하자 험한 지형을 날아 넘으며 강의 하류로 달려 내려갔다.

고검은 조금 지루함을 느끼기 시작했다. 상대는 지나치게 오랫동안 이동하고 있었다. 더군다나 그들이 이동하는 곳은 인적이라곤 찾아볼 수 없는 험지, 이런 곳에서 그들이 하려고 하는 일을 도저히 짐작할 수 없는 고검이었다.

'혹 내 존재를 눈치 채고 유인하는 것일까?'

추격이 길어지자 고검의 마음속에는 이런 경계심까지 생겨났다. 그러나 그들이 강변에 도착한 후 다시 이각 정도의 추격이 이어졌을 때 고검은 자신의 생각이 기우였다는 것을 깨달았다. 그들 삼 인은 과연 이 험지에서 만날 사람이 있었던 것이다.

강줄기가 크게 한 번 굴곡을 이루는 곳, 물길이 산허리 쪽을 깊이 파고들어 왔다 휘어져 나가는 계곡에 한 채의 작은 오두막이 있었다. 오두막 앞쪽에 만들어진 작은 마당은 돌계단을 따라 강으로 내려갈 수 있게 되어 있었고, 오두막 주변에는 기이한 모양의 나무들이 자라고 있었다.

한눈에 보아도 범상치 않아 보이는 오두막의 전경, 객잔을 떠난 삼 인의 발걸음은 바로 그 오두막에서 멎었다.

'누가 사는 곳일까?'

고검이 내심 오두막의 주인에 대해 호기심을 일으키며 오두막으로부터 이십여 장 떨어진 곳에 서 있는 거대한 나무 위에서 신형을 멈췄다. 고검이 올라 있는 나무에서는 달빛 아래 드러난 오두막과 그 앞마당의 전경이 한눈에 들어왔다.

'역시 그들이군.'

고검이 오두막 앞에 멈춰 선 삼 인의 모습을 보고는 자신의 짐작이 맞았음을 확인했다. 달빛 아래 드러난 삼 인의 모습은 고검에게도 익숙한 자들이었다. 특히 그중 한 명은 그 얼굴을 보지 않아도 능히 정체를 알 수 있는 인물이었다.

세상에서 좀체 보기 힘든 체구, 보통 사람보다 일 척은 더 큰 키를 가진 그 인물은, 노륙지에서 괴력과 함께 그 잔인한 손속을 자랑했던 천괴였고, 다른 두 명은 풍마와 환마라 불렸던 인물들이 분명했다. 노륙지에서 강호의 뭇 고수를 농락하고 태호를 불바다로 만들었던 괴인들 중 삼 인, 그들이 한밤중에 외딴 오두막을 찾은 이유는 무엇일까?

오두막 앞에 도착한 신주마 악불위의 세 수하들은 잠시 그 자리에 선 채 움직이지 않았다. 그것은 마치 누군가를 기다리는 듯한 태도였는데 과연 그들이 도착한 지 얼마 지나지 않아 오두막 안에 불이 켜지면서 한 명의 백발노인이 문을 열고 밖으로 나왔다.

"뉘시오?"

기력없는 노인의 목소리, 멀리서 보아도 단번에 알아볼 수 있을 만큼 늙어버린 노인이 마당으로 나오며 삼 인의 불청객에게 물었다.

"관산해?"

노인의 물음에 불청객 삼 인 중 한 명이 불쑥 입을 열었다. 순간 노인의 눈이 번뜩였다. 그건 도저히 처음 그가 내보였던 초라한 늙은이의 눈빛이라고 보기엔 너무도 강력한 것이었다.

'고수다!'

고검은 한 호흡을 깊이 들이마셨다. 이십여 장 밖에서 흘려낸 노인의 안광이 그를 긴장하게 만들었던 것이다. 이런 정도의 기도라면 적어도 그의 앞에 늘어선 삼 인의 불청객들에게 뒤지지 않는 무공을 지닌 자라고 할 수 있었다.

"누군가?"

다시 노인의 입에서 질문이 흘러나왔다. 그러나 이번에는 처음과 전혀 다른 음성이었다. 처음 그의 입에서 흘러나왔던 목소리가 늙고 지친 자의 것이었다면 지금 흘러나온 목소리는 상대를 위압하는 위협적인 기운이 느껴지는 것이었다.

"관산해가 맞군."

노인의 위협적인 기세에도 불구하고 삼 인의 불청객은 노인이 그들이 만나고자 한 자라는 사실에 안도하는 듯한 목소리를 흘려냈다.

"누구냐? 어떻게 내 이름을 알고 있느냐?"

노인이 다시 한 번 차갑고 날카로운 목소리로 물었다. 그러자 삼 인의 불청객 중 거대한 체구를 가진 천괴가 굵직한 목소리로 입을 열었다.

"우린 천주의 명을 받고 그대에게서 한 가지 물건을 회수하러 왔소."

"천주?"

노인이 여전히 날카로운 눈빛을 발하며 되물었다.

"마천(魔天)이 다시 열렸소."

천괴가 단호한 목소리로 말했다. 그러자 노인이 두 눈에서 시퍼런 안광을 흘려내며 노한 목소리로 일갈했다.

"감히 누가 마천을 입에 담는 것이냐!"

"신주마께서 마천을 다시 일으켜 세우셨소."

"훗, 악불위 그자가?"

노인의 입에서 한마디 비웃음이 흘러나왔다. 그러자 천괴의 목소리에 노기가 묻어났다.

"말조심하시오. 그대가 비록 마천 삼십육마종의 후예라 할지라도 천주께 불경하면 죽음을 면치 못할 것이오."

그러자 노인이 여전히 비웃음이 담긴 목소리로 응대했다.

"누가 천주란 말인가? 마천을 열고 천주의 자리에 앉으려면 마총을 열어 천마의 유산을 얻어야 한다. 그런데 어찌 감히 악불위 그자가 사사로이 마천을 열고 천주 운운할 수 있단 말이냐? 설마 그 또한 삼십여 년 전의 백마의 전철을 밟으려 하는 것인가?"

노인의 눈에서 서릿발 같은 노기가 흘러나온다. 그러자 천괴가 역시 노한 음성으로 말했다.

"천을 위해 죽어가신 선대의 고인들을 비웃으려는 것이오? 백마의 봉기가 실패한 것은 바로 그대와 같은 나약한 자들의 배신 때문이 아니었소?"

"천을 위해 죽어갔다고? 누가 그들이 천을 위해 죽어갔다고 하던가? 그들은 천을 위해 죽어간 것이 아니라 자신들의 욕망을 위해 죽어간 것이다. 마천은 아직 열리지도 않았어. 마천이 열리기 전까지는 천마의 종자 그 누구도 강호로 나가지 못한다는 천마의 유훈을 감히 어긴 것은 바로 그자들 백마다! 감히 누구에게 같잖은 훈계를 하려는 것이냐? 애송이 녀석!"

노인의 눈에서 시퍼런 분노의 빛이 쏟아져 나왔다. 늙어 찌그러진 그의 신형은 거대하게 일어났으며 그의 전신에서는 거역할 수 없는 기운이 흘러나오기 시작했다.

그의 기세 때문인지 천괴를 비롯한 삼 인의 고수가 한두 걸음 뒤로 물러났다. 하지만 그렇다고 상대에게 겁을 먹은 것 같지는 않았다.

"관 선배, 당신과 말싸움이나 하려고 찾아온 것은 아니오. 또 천에 대한 당신의 생각이 어떤가는 관심 밖의 일이오. 우린 당신에게서 신물만 얻으면 그뿐이오. 신물을 내주시오."

"신물? 누가 내게 신물이 있다고 하더냐? 신물 같은 것은 보지도 못했다."

"후후, 마천 삼십육마종 중 현마(賢魔)의 후손인 당신에게 천마칠보 중 흑죽간이 있다는 것을 알고 있소. 당신의 말대로 마천을 다시 열기 위해서라도 칠보는 천주께 모여야 하오. 그러니 어서 흑죽간을 내주시구려."

"흥, 감히 천마의 유훈을 어긴 자의 후손에게 신보를 내줄 수는 없다. 가서 악불위에게 전하거라. 그 아비의 죄를 알고 있다면 자중하고, 또 자중하라고. 세상의 권력을 탐하는 자는 절대 천마의 후계자가 될 수 없다."

순간 천괴 등 삼 인의 몸에서 짙은 살기가 흘러나오기 시작했다.

"그대가 그 어떤 말을 해도 상관없다. 하지만 단 하나, 천주께 불경을 저지르는 것만은 용서할 수 없다. 감히 천주를 거부하고도 살아남을 수 있다고 생각하는가?"

"후후, 말했지만 그는 결코 천주가 아니야. 그는 단지 나와 같은 마천 삼십육마종 중 한 명의 후예일 뿐이야. 그러니 그의 이름으로 날 겁박할 생각은 말거라. 그리고 나야 죽어도 서러울 것 없는 나이, 목숨이 아까워 할 말을 하지 못하겠느냐?"

"정 그리 나온다면 어쩔 수 없지. 말로 해결될 일이 아님은 애초에 예상한 일, 천주를 따르지 않겠다면 죽음을 선물할 밖에!"

"홍, 어디 악불위의 개들이 얼마나 잘 훈련되었는지 한 번 두들겨 볼까?"

관산해라 불린 노인이 슬쩍 한 걸음 뒤로 물러났다. 그러자 그의 신형이 순식간에 희미한 그림자로 변하며 삼 인의 불청객으로부터 오 장여 간격을 벌리며 뒤로 물러났다.

'대단하다!'

고목 위에서 마당에서 벌어지는 일련의 신경전을 보고 있던 고검이 관산해의 움직임에 속으로 감탄사를 흘려냈다. 지금 관산해가 보인 일보의 신법은 그야말로 보법의 극의를 깨달은 자만이 선보일 수 있는 절기였다. 고검조차도 관산해와 같은 신법을 펼칠 수 있을지 자신할 수 없었다.

관산해의 신법을 본 삼 인의 불청객 역시 놀란 기색이 역력했다. 하지만 그들은 곧 평상심을 되찾고 재빨리 관산해를 포위했다.

"후후, 하는 짓이 역시 치졸하구나. 이 늙은이 하나를 상대하기 위해 마천의 후예를 자칭하는 자들이 합공을 하려 하다니."

"그대가 현마의 절기를 익히고 있는 것을 알고 있소. 현마의 신법은 천하에 따라올 자가 없는 절기, 그대가 꽁무니를 빼게 뇌둘 수는 없는 일이오. 물건을 내놓지 않는 이상은……."

"글쎄, 내겐 천마의 신물이 없다니까 그러는군."

“그대의 말이 맞는지는 그댈 제압한 후 그대의 품속을 뒤져 보면 알겠지.”

말이 끝나자마자 천괴의 거대한 신형이 대붕처럼 허공을 숏구쳤다. 그리곤 번개처럼 대도를 뽑아 올려 관산해를 향해 내리그었다. 하지만 천괴의 대도는 결코 관산해를 벨 수 없었다. 그의 도기가 관산해의 면전에 닥쳐드는 순간 어느새 관산해는 자신의 그림자만 남기고 그 자리에서 사라졌기 때문이었다.

콰쾅!

관산해를 향했던 천괴의 막강한 도기가 관산해 대신 애꿎은 오두막에 꽂혀들며 거대한 파열음을 만들어냈다. 천괴는 자신의 도기가 오두막의 한쪽 면을 박살 내는 순간 재빨리 신형을 회전했다. 그런데 돌아선 천괴의 면전에 어느새 사라졌던 관산해가 나타나며 희미한 수장을 떨쳐 내는 것이었다.

팡!

“훗!”

관산해의 수장이 천괴의 가슴을 스치고 지나갔다. 순간 천괴의 옷자락이 불에 데인 듯 검게 변하며 찢어져 나갔다. 우람한 천괴의 가슴에도 한 줄기 상흔이 만들어졌다.

천괴가 다급성을 발하며 신형을 뒤로 물리는 사이 관산해는 부상을 입은 천괴를 쫓지 않고 재빨리 그 자리에서 다시 사라져 버렸다. 그 순간 그가 있던 자리로 날카로운 살검이 비집고 들어왔다. 노류지에서 귀신같은 움직임으로 숱한 고수들을 살상한 풍마의 검이었다.

　기습을 가한 풍마의 움직임도 놀라웠지만 보지 않고도 풍마의 공격을 알아채고 몸을 피한 관산해의 무공은 노륙지에서 뭇 고수들을 농락한 이들 삼 인의 무공을 능가하는 것이었다.

　'볼수록 놀라운 고수구나. 저런 고수를 만나게 될 줄은 몰랐군.'

　고검이 관산해의 무공에 계속 감탄을 하는 사이 장내의 싸움은 새로운 양상을 띠기 시작했다.

　개개인의 무공으로는 관산해를 감당할 수 없음을 깨달은 삼 인은 이제 세 방향에서 관산해를 에워싼 채 일정한 거리를 두고 관산해를 공격하기 시작했다. 특히 노륙지에서 뛰어난 은잠술을 선보였던 환마와 경공의 달인 풍마의 경우 그 빠름이 관산해에 못지않을 정도였기에 관산해는 세 사람이 형성한 진세를 벗어나지 못하고 그 진세의 안쪽에서 삼 인의 합공을 상대하고 있었다.

　어쩌면 애초에 악불위가 환마와 풍마를 선택해 보낸 것은 이런 관산해의 무공을 알고 있었기 때문인지도 몰랐다.

　일단 관산해를 가운데에 가둬두자 처음 관산해에게 일격을 당했던 천괴 또한 자신의 장기인 무시무시한 괴력을 발휘하기 시작했다. 천괴의 대도는 끊임없는 도풍을 일으키면서 관산해를 압박해 갔고, 그런 천괴의 도기를 피해 몸을 날리는 관산해 앞에는 언제나 풍마와 환마의 도검이 기다리고 있었다.

　그러나 그렇다고 해서 관산해가 완전히 수세에 몰리는 것은 아니었다. 삼 인의 합공을 받으면서도 관산해는 상대의 허점을 귀신같이 찾아내 반격을 가했는데 그때마다 공격을 받은 상대는 몸에 크고 작은 상처를 입는 것이었다.

그리고 그중 가장 많은 상처를 입은 자는 미련스럽게 관산해를 압박해 들어가던 천괴였다. 하지만 천괴는 타고난 신력 때문인지 자신의 몸에 난 상처를 아랑곳하지 않고 앞장서서 관산해를 계속 공격했다.

'공력이 문제가 되겠군.'

고검은 면밀하게 이 한판의 싸움을 지켜보고 있었다. 무공으로 보자면 싸움을 벌이고 있는 사 인 중 관산해의 무공이 으뜸이었지만, 홀로 삼 인의 고수를 상대하다 보니 그 공력이 급격하게 소진되는 것은 어쩔 수 없는 일이었다.

그래서인지 홀로 삼 인의 절정고수를 상대하는 관산해의 놀라운 무위는 초식이 거듭될수록 서서히 그 날카로움을 잃어가기 시작했다. 놀라울 정도로 빠른 그의 신법도 어느새 그 속도가 떨어지기 시작해 서로의 충돌이 일백여 초가 지나가 관산해의 모습이 확연히 눈에 들어올 정도가 되었다.

"늙은이, 대단하다만 오늘 목숨을 내놔야겠다!"

온몸에 상처를 입은 천괴가 포효하듯 소리쳤다. 아마도 자신에게 이처럼 많은 상처를 입힌 상대에 대한 분노가 머리끝까지 올라 있는 모양이었다.

"겨우 이 정도 실력을 가지고 마천 운운했단 말인가? 가소롭구나."

관산해가 지지 않고 삼 인의 적을 질타했다.

"홍, 네 목숨 걱정이나 해라."

천괴가 한마디 조소를 내뱉으며 자신의 도로 다섯 개의 도기를 만들어내며 관산해를 육박했다.

'이 정도에서 끝이 나겠군.'

천괴의 공격을 보며 고검이 생각했다. 관산해의 공력은 이미 그 한계점에 도달해 있었다. 공력이 소진된 상태로 삼 인의 절대마인을 감당할 수는 없는 일, 순간 고검은 고민에 빠졌다.

'그대로 두고 볼 것인가?'

싸움에 관여해 관산해를 구해낸다면 아마도 마천이라는 조직과 천마의 전설 그리고 일곱 개의 신물에 대한 좀 더 정확한 정보를 얻을 수 있을지도 몰랐다. 하지만 그럴 경우 그는 필시 자신의 존재를 세 명의 마인들, 그리고 결국 악불위에게 들키게 될 터였다. 그의 무공이 아무리 뛰어나다고 해도 삼 인의 마인을 일거에 제거할 수는 없기 때문이었다.

'위험을 감수할 순 없다.'

고검이 내심 결론을 내렸다. 지금 관산해를 구하는 것은 모험이었다. 또 관산해가 그에게 필요한 정보를 줄 거란 확신도 할 수 없었다. 누가 뭐래도 관산해 역시 악불위가 움직이는 세력과 밀접한 연관이 있는 인물이 분명했으므로 그에게서 그들이 말한 마천에 대한 모든 비밀을 얻어낼 가능성은 그리 크지 않았다. 지금은 오히려 이대로 악불위의 뒤를 쫓아 그가 마총의 존재를 확인할 때까지 기다리는 것이 오히려 나은 선택이라고 할 수 있었다.

고검의 결심은 결국 관산해의 위기로 이어졌다. 무지막지한 도기를 뿜어내는 천괴의 공격을 관산해는 처음처럼 가볍게 피해내지 못했다.

서걱!

천괴가 만들어낸 다섯 개의 도기를 피해내는 와중에 관산해의 옷자락이 천괴의 도기에 잘려 나갔다. 관산해가 다급한 모습으로 훌쩍 뒤로 물러났다. 그러나 그가 물러난 자리에는 이미 환마가 자리 잡고 있었다.

환마는 관산해가 물러나자 순식간에 몸을 흔들더니 일곱 개의 신형을 만들어냈다. 누가 보아도 일곱 개 모두 실체인 듯 보이는 절묘한 환술, 그리고 그 일곱 개의 환영들이 동시에 관산해를 향해 검을 뻗어내는 것이었다.

쇄액!

환마의 일곱 개 환영이 찔러대는 검기를 관산해가 예의 그 신묘한 신법으로 피해내려 했지만 진기가 급격하게 고갈된 그는 결국 등에 환마의 일초를 허용하고 말았다.

그런데 그 순간 관산해의 움직임이 변했다. 진기의 고갈로 그 신묘하던 신법이 급격하게 흐트러지는 듯하던 그가 등에 환마의 일검을 허용한 직후 마치 거짓말처럼 처음 그가 보여주었던 경악스런 빠름을 회복한 것이었다.

팟!

순간 그의 신형이 상대의 약세에 방심하고 있던 삼 인의 포위망을 뚫었다.

"엇!"

천괴의 입에서 당혹스런 음성이 흘러나왔다. 일단 삼 인의 포위망을 벗어난 관산해는 빛처럼 빠른 속도로 날아올라 자신의 오두막 지붕으로 올라서더니 이내 그 오두막을 넘어 어두운 숲으로 사라져 버렸던 것이다.

"신물을 내놓기 전에는 결코 도주할 수 없다!"

천괴의 입에서 한마디 노성이 흘러나왔다. 동시에 삼 인의 신형 역시 바람처럼 관산해가 날아 넘은 오두막을 타고 넘어 오두막 뒤쪽의 어두운 숲으로 사라졌다.

"좋지 않군."

고목 위에서 네 명의 마인들이 펼치는 흉험한 싸움을 지켜보던 고검이 살짝 아미를 모으며 중얼거리고는 잠시 후 결심이 선 듯 고목에서 날아내려 네 명의 마인들이 움직인 쪽으로 몸을 날렸다.

관산해의 저력은 놀라웠다. 바닥까지 긁어냈을 것이 분명한 그의 공력이 또 어디서 샘솟았는지 그의 신형은 희미한 그림자만 남긴 채 달빛을 가린 어두운 숲 속을 바람처럼 질주했다.

미세한 소음조차 내지 않는 그의 신법은 그야말로 강호무림에서 볼 수 있는 최상의 움직임이었으므로 그를 추격하는 삼인의 마인들은 관산해와의 간격을 조금도 좁히지 못하고 있었다.

"이대로는 안 될 것 같소이다."

관산해를 추격하던 삼 인 중 천괴가 입을 열었다.

"그의 신법이 저리 뛰어나니 달리 방법이 없군요."

가장 앞서서 관산해를 추격하고 있는 풍마가 천괴의 말에 대답했다. 이 무채색의 여마인은 그의 동료들을 훨씬 능가하는 경공을 가지고 있었지만 다른 두 명의 동료를 떠나 홀로 관산해를 추격할 용기는 없는 듯 보였다. 아무리 지친 관산해라 해도 일 대 일로 겨루게 될 경우 승패를 장담할 수 없기 때문이었다.

"사냥감을 무조건 쫓을 수는 없소이다."

환마가 입을 열었다.

"하면?"

"한쪽으로 몰아야지요. 이대로는 그를 따라잡기가 요원할 것이오."

환마의 말에 천괴와 풍마가 나란히 고개를 끄덕였다.

"저기 산 중턱의 바위 아래에서 보지요."

풍마가 달리는 와중에도 어느새 주위의 지형을 살펴 적을 몰 장소를 정했다.

"그럽시다. 다행히 산의 흐름이 그쪽으로 이어지니 그도 의심치 않고 그리로 이동할 거요."

"그럼 먼저 가죠."

풍마의 말이 두 사람의 귀에 들려왔을 때는 이미 풍마의 신형이 관산해가 도주하는 방향에서 벗어나 좌측 숲으로 빠져

들어가고 있었다.

"그를 사냥하려면 좀 더 힘을 내야 할 것 같구려. 갑시다."

천괴가 속력을 높이며 말했다. 그러자 환마가 천괴의 오른쪽으로 빠른 속도로 벌려 나가기 시작했다.

고검은 갑자기 눈앞에서 세 명의 마인들이 사방으로 흩어지자 잠시 그 자리에 서서 그들의 움직임을 살폈다. 그리고는 잠시 후 고개를 끄덕이며 중얼거렸다.

"사냥을 하겠다는 말이군. 동쪽 바위 아래가 덫인가?"

고검의 시선이 풍마가 움직이는 방향으로 이백여 장 앞에 우뚝 서 있는 거대한 바위로 향했다. 그리고 잠시 후 그의 신형도 풍마의 뒤를 따라 이동하기 시작했다.

풍마의 뒤를 쫓던 고검은 산 중턱에 우뚝 솟아 있는 바위가 오십여 장 앞으로 다가오자 갑자기 방향을 틀어 바위를 벗어나 산 정상 쪽을 향해 달리기 시작했다. 그렇게 한참을 달려 올라가자 이제 바위는 고검의 한참 아래쪽에 위치했다. 고검은 천천히 속도를 줄여 이번에는 산 위에서 바위 쪽으로 은밀하게 다가서기 시작했다.

삼 인의 마인이 관산해를 바위 쪽으로 몰아 제압하려면 분명 바위 아래에서 그를 막으려 할 것이기에 고검은 풍마가 눈치 채지 못하게 크게 원을 그려 바위 위쪽으로 이동하려 한 것이었다. 그리고 고검의 예상대로 풍마는 바위 아래쪽에서 걸음을 멈추고 천괴와 환마가 몰아올 관산해를 기다리고 있었다. 고검은 십여 장 높이의 바위 위로 비호처럼 날아올라 자세를 낮췄다.

'다행히 아래쪽으로 시야가 트여 있군.'

고검의 시야에 바위 아래 너른 공터가 한눈에 들어왔다. 그러나 그 공터 어딘가에 있을 풍마의 모습은 보이지 않았다. 아마도 어딘가에 은신한 채 관산해가 오기만을 기다리고 있을 터였다.

그렇게 얼마간의 시간이 지났을까? 갑자기 어스름한 숲의 저쪽에서 진득한 마기가 느껴졌다.

'왔는가?'

고검이 마기가 흘러나오는 곳으로 시선을 주었다. 그러자 과연 어두운 숲을 뚫고 한 명의 신형이 불쑥 바위 아래 공터로 들어섰다. 관산해였다.

관산해는 바위 아래 공터에 도착하자 잠시 걸음을 멈추고 주위를 살폈다. 이미 그의 뒤쪽에서는 두 명의 마인이 다가오는 기운이 뚜렷하게 느껴지고 있었다.

그러자 잠시 망설이던 관산해가 바위 오른쪽을 향해 몸을 날렸다. 오른쪽 숲이 더 무성했고, 깊은 산으로 이어져 있기에 그의 선택은 당연한 것이었다. 그러나 그 당연한 선택은 그를 기다리고 있던 적에게 절호의 기회를 주었다.

팟!

한순간 한줄기 빛이 오른쪽 숲을 향해 몸을 날리려던 관산해를 향해 번개처럼 날아들었다.

“음……!”

순간 관산해가 급히 신형을 틀어 간신히 그 빛을 피해내며 신음성을 흘려냈다.

“더 이상 갈 곳은 없다.”

관산해가 풍마가 뻗어낸 매서운 살검을 피해내는 사이 순식간에 천괴와 환마가 장내에 도착하며 득의한 음성으로 소리쳤다. 관산해는 꼼짝없이 삼 인이 만든 덫에 걸려들었던 것이다.

“제법이군. 함정을 파다니.”

“후후, 늙은 여우를 잡자면 덫을 놓는 것이 가장 좋은 방법 아니겠소?”

“하하, 참으로 이 관산해의 처지가 비참해졌구나. 이 나이에 마도의 종자들로부터 늙은 여우란 소리를 듣다니… 마천 삼십육마종의 명예가 땅에 떨어져 버렸구나.”

“걱정 마시구려. 천주께서 마총의 문을 여는 순간 천마와 삼십육마종의 전설이 강호를 지배하게 될 터이니. 우리가 반드시 그렇게 만들 것이오.”

“후후후, 글쎄 과연 너희들의 장담대로 될까? 나 또한 언젠가는 마총의 문이 열려 천마의 무공이 다시 강호를 질타하는 시절이 오길 바란다. 하지만 너희들이 하는 짓을 보니 당대에는 그런 일이 가능치 않겠구나. 과거 천마께서는 너희들처럼 어둠에 숨어 음흉하게 일을 꾸미지 않았다. 천마와 마천 삼십육마종은 밝은 하늘 아래 당당히 천하 고수들의 무릎을 꿇렸던 것이다. 그런 당당함이 있었기에 감히 마의 하늘[魔天]을 자칭할 수 있었던 것이다. 그런데 너희들은 비록 그 재주는 비상하나 행사가 이토록 음흉하니 어찌 천마의 영광을 되살릴 수 있겠는가? 재주란 일을 꾸밀 때나 필요한 것이지, 일을 성사시키는 것은 그 재주를 넘어선 그 무엇이 있어야 하는 법이다. 악불위가 비록 천하팔대고수의 반열에 올랐다고는 하나 그것은 일신의 재주일 뿐, 그에게 천하를 상대로 당당히 겨룰 큰 그릇이 없는 이상 그는 결코 천마의 영광을 얻지 못하리라.”

관산해의 입에서 준엄한 질타가 흘러나왔다. 천괴 등 삼 인은 관산해의 질타에 압도되어 감히 그의 말에 반발하지 못했다. 하지만 그렇다고 그들이 자신들이 해야 할 일을 중지할 위인들은 아니었다.

“어쨌든 오늘 우리 삼 인은 그대에게서 흑죽간을 가져갈 것이오.”

천괴가 어두운 음성으로 말했다.

“좋아. 어디 재주가 있으면 가져가 보아라!”

관산해가 일갈하며 먼저 신형을 움직여 가장 가까이에 있던 풍마를 공격해 들어갔다.

스슥!

잠깐의 휴식 때문인지 어느 정도 기력을 회복한 관산해의 움직임이 예의 그 현묘함을 되찾아 날카롭게 풍마의 어깨를 잡아갔다. 풍마 역시 빠르기라면 누구에게도 양보하지 않을 여인이었지만 이 노마인의 무시무시한 속도에는 그만 자신의 어깨 한 부분을 내어줄 수밖에 없었다.

지직!

풍마의 어깨 부위 옷자락이 관산해의 손에 거칠게 찢어져 나갔다. 동시에 관산해의 조공(爪功)에 의해 상처를 입은 풍마의 어깨에서 붉은 피가 솟구쳤다. 아마도 적지 않은 살점이 떨어져 나간 듯. 하지만 풍마를 향한 관산해의 공격은 계속될 수 없었다. 어느새 천괴의 대도가 관산해의 허리를 두 동강 낼 듯 쓸어가고 있었던 것이다.

풍마를 향하던 관산해의 신형이 허공에서 뒤쪽으로 한 바퀴 회전했다. 그의 신형 아래로 천괴의 대도가 바람 소리를 일으키며 스쳐 지나갔다. 그런데 그렇게 허공에서 제비를 돌아 천괴의 대도를 피해낸 관산해를 향해 세 개의 암기가 무서운 속도로 날아들었다.

"흡!"

노련한 노마인 관산해조차 입에서 다급성이 흘러나왔다. 동시에 그의 신형이 무리한 각도로 틀어졌다.

퍽!

두 개의 암기는 허공을 갈랐으나 하나의 암기는 그대로 관산해의 허벅지에 적중했다.

"음……!"

관산해의 입에서 나직한 신음성이 흘러나왔다. 그의 신형이 거대한 바위를 등지고 주춤 뒤로 물러났다. 그러자 상대의 약세를 본 삼 인의 마인이 여유를 주지 않고 관산해를 향해 닥쳐들었다.

애초에 풍마에게 선공을 가할 때 회복했던 관산해의 공력은 임시변통에 지나지 않았다. 단 한 번 전력을 다한 움직임으로 관산해의 공력은 다시금 최악의 수준으로 떨어져 버렸다. 그리고 그는 한쪽 다리에 환마가 던져 낸 흉험한 암기까지 맞은 상태였다. 그런 상태로 그가 절정의 무공을 지닌 세 마인의 공격을 버텨낼 수는 없는 일, 풍마가 자신의 어깨에 상처를 입힌 것에 대한 복수를 하기라도 하듯 관산해의 어깨에 날카로운 일검을 찔러 넣었다.

"큭!"

관산해의 입에서 한마디 신음성이 흘러나왔다. 그러자 이번에는 천괴가 거대한 대도를 휘둘러 관산해의 옆구리를 길게 베어냈다. 관산해는 이제 신음조차 흘리지 못했다. 그의 눈에 짙은 죽음의 그림자가 드리워졌다.

꽝!

마지막으로 환마가 최후의 일격을 관산해의 가슴에 적중시켰다. 가슴에 환마의 일장을 허용한 관산해가 실 끊어진 연처럼 허공을 날아 거대한 바위에 부딪쳤다가 땅바닥에 나뒹굴었다.

"크륵크륵……."

관산해의 입에서 검은 피가 흘러나오며 그와 함께 괴이한 신음성이 흘러나왔다.

"위대한 마천 삼십육마종의 후인이자 마도의 대선배임을 고려해 우리 손으로 목을 베지는 않겠소. 신물을 내어놓고 스스로 삶을 마감하시오."

천괴가 종잇장처럼 구겨져 버린 관산해를 보며 말했다.

"크크, 그래도 날 선배로 인정한다는 건가?"

"누가 뭐래도 그대는 마천의 정통 후인이었소. 그대가 우리와 뜻을 같이하지 않고 신물을 거둬 종적을 감췄던 것이 아쉬웠을 뿐……."

"후후… 고맙군. 날 그렇게 생각해 주다니. 좋아. 이 지경이 되었는데 어찌 신물에 욕심을 낼까. 가져가라."

관산해가 힘없는 손길로 품속에 손을 넣어 한 두루마리의 검은 죽간을 꺼내 천괴 앞에 던졌다.

"진즉에 내어놓았다면 그대의 목숨을 취하는 일은 없었을 것이오."

"내 목숨을 취하지 않고는 그 물건을 손에 넣지 못했을 것이다. 어쨌든 이미 시작된 행보, 악불위에게 전하라. 이 관산해, 그와 뜻은 달라도 그가 진정한 마천의 주인이 되길 바란다고……."

관산해가 마지막 말을 끝내는 순간 스스로 손을 들어 올려 자신의 천령개를 내려쳤다. 그러자 순간 그의 눈에서 급속하게 생기가 사라지더니 이내 그의 고개가 앞으로 떨어졌다.

"결국 죽었군."

환마가 씁쓸한 어조로 말했다.

"마천의 일대 영웅이라 할 수 있는 인물이었소."

천괴 역시 짙은 회한이 배인 목소리로 말을 내뱉고는 천천

히 관산해에게로 다가가 그의 목덜미를 만져 완전히 숨이 끊
어졌는지를 확인했다. 관산해의 죽음이 확실한 것을 확인한
천괴가 단호한 태도로 신형을 돌렸다.

"돌아가십시다. 일이 지나치게 길어졌소. 천주께서 무척 기
다리실 것이오."

그러자 환마가 고개를 끄덕였다.

"그럽시다. 지형을 보니 제법 명당이구려. 그는 스스로 명
당자리를 찾아들었으니 죽어 좋은 곳으로 갈 게요."

환마의 말에 나머지 두 사람이 잠시 관산해의 시신을 바라
보고는 이내 신형을 날려 장내에서 사라졌다.

第六章

마공(魔功)

孤劍秋山

　강호에는 소위 마공(魔功)이라 일컬어지는 무공들이 있다. 대부분은 마인(魔人)들이 익힌 무공을 마공이라 부르지만 엄밀히 따지자면 마인과 마공은 구분하는 것이 옳다. 명문정파의 정공을 익히고도 마도에 빠져 마인의 길을 가는 고수가 있는 반면에, 마공을 익히고도 정도를 걸어 천하의 대협사가 된 무인 또한 적지 않기 때문이다.

　그렇다면 무엇으로 마공과 정공을 나눌 수 있을까. 무공의 세계란 워낙 오묘하여 누구도 마공과 정공을 특징지어 나눌 수 없지만 아주 단순하게 생각하자면 보통 사람들의 눈에 괴이하게 보이는 사술을 쓰는 무공을 곧 마공이라 할 수 있을 것이다.

고검은 지금 자신의 눈으로 바로 그 마공이라 불려도 좋을 무공을 바라보고 있었다.

관산해를 공격하고 한 두루마리 흑죽간을 탈취한 삼 인의 마인이 어두운 숲 속으로 사라진 후, 고검은 숨어 있던 거대한 바위에서 내려와 죽은 관산해의 앞에 섰다. 고검 스스로 자신이 대단한 협사라고는 생각지는 않지만 적어도 들판에 쓰러져 죽은 자의 시신을 묻어줄 정도의 협의는 가지고 있었다.

그런데 고검이 죽은 관산해의 시신에 손을 대려는 순간 고검은 흠칫 놀라며 뒤로 물러났다.

죽은 자가 다시 살아날 수 있을까? 만약 그런 일이 정말 일어난다면 그런 자는 둘 중 하나일 것이다. 신이거나, 혹은 신을 거역한 악마이거나. 하지만 지금 고검의 눈앞에서 죽음으로부터 살아나고 있는 자는 신도 아니고 악마도 아니었다.

관산해, 스스로 마천 삼십육마종의 후인이라 말한 그는 분명 인간이었다. 그런데 지금 그가 죽음으로부터 깨어나고 있었다.

한 팔은 곧 떨어져 나갈 듯 깊은 검상을 입었고, 옆구리는 내장이 드러날 만큼 깊이 베어져 있었다. 그리고 가장 중요한 심장 부위는 움푹 파여 들어가 도저히 복귀될 수 없는 지경에 이른 관산해의 시신. 그런데 그 관산해의 멈춰졌던 심장은 미약하게나마 다시 뛰기 시작했던 것이다.

고검은 관산해로부터 두세 걸음 뒤로 물러난 후 이 기이하고 사이한 광경을 묵묵히 지켜보고 있었다. 그러면서도 만약을 대비해 마검의 손잡이를 굳게 잡고 있었다. 언제라도 관산해의 목을 베어버릴 준비를 하며…….

미세한 숨소리가 관산해의 코에서 흘러나왔다. 심장이 뛰기 시작하자 드디어 호흡하기 시작하는 관산해의 시신. 그러던 어느 순간 갑자기 관산해의 상체가 한차례 요동쳤다.

"크헉!"

동시에 관산해의 입에서 격한 신음 소리가 흘러나오더니 한 사발쯤 되는 검은 피를 토해냈다.

"끄으으으!"

피를 토해낸 관산해의 입에서 죽어가는 짐승의 신음 소리가 흘러나왔다. 하지만 그 신음 소리는 결코 죽음을 향한 것이 아니었다. 관산해의 입에서 흘러나오는 신음 소리가 점점 커지기 시작하더니 한순간 감겨져 있던 그의 눈이 번쩍 뜨여졌다. 그러자 그의 눈에서 시뻘건 혈광이 쏟아져 나왔다.

그러나 그도 잠시, 이내 혈광이 잦아들더니 고통 가득 찬 보통 사람의 눈으로 돌아왔다.

"큭, 아직도 가지 않고 있었던 건가? 과연 영악하군."

관산해의 입에서 나직한 목소리가 흘러나왔다. 관산해는 깨어나는 순간 고검의 기척을 느꼈고, 고검을 자신을 공격했던 삼 인의 마인 중 한 명으로 착각하고 있는 듯했다.

관산해의 말에도 고검은 여전히 입을 다문 채 죽음으로부터 살아 돌아온 관산해를 지켜보고 있었다. 그러자 뭔가 이상한 느낌을 받은 관산해가 힘겹게 고개를 들어 고검을 바라봤다.

그리고 잠시 후 고검을 바라보던 관산해의 얼굴에 의혹이 떠올랐다.

"누군가?"

관산해의 입에서 의혹 어린 질문이 흘러나왔다. 드디어 관산해는 자신의 앞에 서 있는 인물이 자신을 공격했던 삼 인의 마인이 아님을 깨달았던 것이다.

"그댄 죽은 것이오, 산 것이오?"

관산해의 질문을 받은 고검이 그의 질문에 대답하는 대신 나직한 목소리로 물었다. 그러자 관산해가 이상하다는 듯한 눈초리로 고검을 바라보다 불쑥 대답했다.

"죽지도 살지도 않았네."

"그럼 귀신이란 말이오?"

"귀신이야 죽은 자들이지."

"그럼 살았다는 말이구려."

"흠, 일단 숨을 쉬고 있으니 살았다고 볼 수 있지. 하지만 이런 몸이라면 결국 죽지 않겠나?"

관산해가 자신의 몸을 둘러보며 말했다. 물론 그의 몸은 삼 인의 마인으로부터 받은 공격으로 도저히 회복할 수 없는 치명상을 입고 있었다. 하지만 어쨌든 그는 죽음으로부터 한 번 살아난 사람이 아닌가? 그러니 어찌 그가 죽는다고 확신할 수 있을까.

"이미 죽었던 사람이 살아났는데 아직 죽지 않은 사람이 반드시 죽을 거라고 누가 말할 수 있겠소이까?"

고검이 관산해가 죽었다가 살아난 것을 빗대어 말했다. 그러자 관산해의 입가에 한줄기 미소가 걸렸다.

"후후, 모두 보고 있었다는 말이군. 그리고 그 광경을 보고도 겁을 집어먹고 도망가지 않은 것은 자네가 무척 담대한 사람이거나 혹은 무척 고강한 무공을 지니고 있다는 말이겠지. 누구신가?"

관산해가 다시금 물었다. 하지만 고검은 여전히 대답하지 않았다. 그러자 관산해가 다시 입을 열었다.

"흠, 신분을 밝히고 싶지 않다면 어쩔 수 없지. 그런데 언제부터 보고 있었나?"

"오두막에서부터……."

"그렇다면 결국 그자들의 뒤를 따라왔다는 말이 되는군. 사패에서 나왔나?"

고검이 고개를 저었다.

"그것참 이상하군. 사패가 아니라면 누가 감히 신주마 악불위의 뒤를 밟을 수 있을까?"

관산해가 여전히 의혹 어린 눈으로 고검의 정체를 밝히려는 듯 고검의 모습을 살폈다. 하지만 무심한 얼굴의 고검에게서 관산해는 어떤 것도 알아낼 수 없었다.

"뭐, 자네가 누구든 상관없겠지. 그런데 자넨 날 어쩔 셈인가? 보아하니 고절한 무공을 지닌 듯하고, 그들을 쫓아왔으니 나에게 뭔가 원하는 것이 있을 텐데… 이 몸을 해 가지고 싸워볼 수도 없는 일이고……."

그러자 고검이 또 전혀 다른 질문을 던졌다.

"어떻게 살아난 것이오?"

"훗, 역시 무인인가? 이 와중에도 내가 어떻게 살아났는지를 먼저 묻다니. 말해주지. 이건 유령기환술이라는 비술일세."

"유령기환술… 어떤 수법이오?"

"훗, 그야 내 후인에게나 알려줄 비술 아니겠나? 다만, 절체절명의 순간 잠깐 심장의 위치를 바꿀 수 있을뿐더러 호흡과 심장의 움직임 또한 이각 정도는 멈출 수 있는 비술이라고 알아두면 될 걸세."

"그런 사술이 있다니 놀랍구려."

순간 관산해의 눈에서 노기 서린 한광이 흘러나왔다.

"사술? 흥, 정파 나부랭인가?"

"기분 상했다면 사과하겠소."

"신경 쓰지 말게. 곧 죽을 사람 기분까지 살필 이유가 없겠지. 그나저나 다시 묻네만, 날 어쩔 셈인가?"

"내가 없었다면 어쩔 생각이었소?"

고검이 되묻자 관산해가 혀를 찼다.

"쯧, 나이도 그리 많아 보이지 않는 사람이 참으로 예의가 없군. 어떻게 죽어가는 늙은이가 묻는 말에 제대로 한 번 대답을 안 해주나?"

"아직은 당신을 어찌해야 할지 나도 모르겠기 때문이오."

고검의 말에 관산해의 눈이 반짝였다. 어쩌면 이 젊은이는 자신의 적이 아닐지도 모른다는 생각이 들었던 것이다.

"날 어찌해야 할지 아직 결심이 서지 않았다는 것은 날 죽이지 않겠다는 말인가?"

"경우에 따라서는……."

"내게 원하는 게 있단 말이군."

"당신이 내가 묻는 말에 대한 답을 주면 난 당신이 죽음을 가장해 살아나고자 했던 일을 하게 해줄 수도 있소."

"클클, 제법 노련한 상술까지. 정말 그대가 누군지 궁금해지는군."

관산해가 나직하게 실소를 흘려댔다. 그러다가 정색을 한 얼굴로 입을 열었다.

"일단 날 내 집으로 좀 데려다 주겠나?"

고검은 관산해의 요구에 잠시 망설였다. 비록 그가 관산해를 묻어줄 생각이었지만 이곳에 오래 머물 생각은 아니었다. 그가 관산해와 시간을 보내는 동안 악불위가 어떻게 움직일지 예측할 수 없었다.

악불위가 그가 머물고 있는 마을에서 오늘 밤을 보낸다면 상관이 없겠지만 만약 그가 천괴 등이 돌아오길 기다려 마을을 떠난다면 고검은 다시 그들과 하루 밤의 거리가 벌어지게 될 터였다. 하지만 관산해를 포기하고 돌아서기에는 그에게 묻고 싶은 말이 너무 많았다.

"갑시다."

고검이 고개를 끄덕이고는 재빨리 관산해의 혈도를 짚었다.

"훗, 다 죽어가는 자의 혈도는 뭐 하러……?"

"죽었다가도 살아났는데 방심할 수야 없지 않겠소?"

대답을 하며 고검이 관산해를 등에 들쳐 업었다.

"철저하군. 도대체 뭘 하는 사람인지 모르겠어."

관산해가 고검의 등에 업힌 채 중얼거렸다. 청부사에게 가장 중요한 것은 자신의 주변 상황을 면밀히 살피고, 아무리 사소한 것일지라도 방심하지 않는 것이다. 그러니 고검의 행동은 청부사로서는 당연한 일, 그러나 관산해는 고검이 청부사임을 짐작할 수 없었다.

일단 관산해를 등에 업은 고검은 바람처럼 신형을 날리기 시작했다. 비록 등에 한 사람을 업고 있긴 했지만 고검이 움직이는 속도는 그 홀로 움직일 때와 별반 다르지 않았다. 고검의 무공도 무공이려니와 관산해의 몸이 지나치게 가볍다는 것도 그중 한 이유였다. 관산해는 정말 죽음을 앞둔 노인이었던 것이다.

관산해는 관산해대로 고검의 등에 업힌 채 이 젊은 무인의 무공에 감탄하고 있었다. 비록 자신의 몸이 늙어 가볍긴 해도 한 사람을 업고 이렇게 빠르면서도 유연하게 달릴 수 있다는 것은 곧 자신을 업은 젊은이의 무공이 얼마나 뛰어난가를 말해주고 있기 때문이었다.

고검은 거대한 숲을 이루는 아름드리나무 사이를 바람처럼 비집고 나는 듯이 달려 순식간에 관산해의 거처인 오두막에 도달했다. 오두막에 도착한 고검은 천괴의 도에 부서져 내린 문짝을 옆으로 밀치며 오두막 안으로 들어갔다.

다섯 평 남짓한 오두막 안에는 관산해가 처음 세 마인의 방문을 맞이했을 때 밝혀놓은 호롱불이 피어오르고 있었다. 고검은 아마도 관산해가 평소에 사용했음직한 나무 의자에 그를 내려놓았다. 그리고는 재빨리 관산해의 혈도를 풀었다.

“으으음……”

관산해의 입에서 오래 참은 듯한 신음성이 흘러나왔다.

‘대단한 인내심이군.’

고검은 내심 관산해의 인내력에 감탄사를 흘려냈다. 관산해의 어깨와 허리, 그리고 가슴에 입고 있는 부상은 보통 사람이라면 결코 버텨낼 수 없는 부상이었다. 더군다나 그 몸을 한채 고검의 등에 업혀 한동안 숲 속을 달렸으니 그 상처로부터 오는 고통은 말로 형언할 수 없이 극심할 것이었다. 그런데도 관산해는 작은 신음성을 흘릴 뿐, 묵묵히 그 고통을 견뎌내고 있었다. 그것은 숱한 고난을 겪어낸 자만이 보일 수 있는 행동이었다.

“불편하면 혈도를 짚어드리겠소.”

상처 부위에 혈도를 짚으면 고통은 사라질 것이다. 대신 피와 진기가 통하지 않으니 한층 빨리 수명이 단축될 것이다.

고검의 말에 관산해가 고개를 저었다.

“되었네. 이 정도쯤이야……”

관산해가 한 호흡을 깊게 들이쉬고는 천천히 나무 의자에 등을 기댔다. 그러자 그의 표정이 조금 편해졌다. 관산해가 천천히 나무 의자의 팔걸이를 쓰다듬었다.

"난 말이야, 이 의자에 앉아 죽는 것이 소원이었네. 그래서 유령기환술까지 펼치며 죽음을 조금 뒤로 미뤘던 것이지. 물론 운이 좋으면 완전히 회생할 수도 있었겠지만 내 운이 거기까지는 아니었던 모양이야. 어쨌든 이렇게 익숙한 의자에서 죽음을 기다리는 건 무척 즐거운 일이야. 물론 아침 햇살이나 저녁노을을 함께하면 더욱 좋겠지. 하지만 지금도 그런대로 괜찮군. 더군다나 내 최후를 지켜봐 줄 사람까지 있으니 말이야. 훗후후. 십중팔구는 혼자 죽음을 맞이할 줄 알았는데……."

고검은 감상에 젖어 혼잣말을 주절거리는 관산해를 잠자코 지켜보고 있었다. 그로서는 시간이 아까운 상황이었지만 그렇다고 죽어가는 자의 넋두리를 끊을 만큼 모진 고검이 아니었다.

"자, 내 조건을 들어줬으니 자네가 알고 싶은 것을 묻게나."

관산해의 입가에는 작은 미소마저 감돌았다.

"마총은 실재하는 곳이오?"

고검은 가장 묻고 싶은 말을 가장 먼저 물었다. 그리고 이 물음은 이번 청부의 목적이기도 했다. 고검의 질문에 관산해의 안색 또한 급변했다.

"마총을 찾고 있었나?"

"질문에 대한 답을 듣고 싶소."

고검이 완강한 표정으로 관산해의 답을 요구했다. 그런

고검을 관산해가 깊은 눈으로 보다가 천천히 고개를 끄덕였다.

"그렇다네. 마총은 실재하네."

전설은 전설이 아니라 현실이었다. 천마 묵화인과 그의 추종자 삼십육 인의 무덤은 강호 어딘가에 분명히 존재하는 장소였던 것이다.

"당신은 누구요?"

고검이 이번에는 관산해의 정체에 대해 물었다. 물론 그와 삼 인의 마인 간에 이루어진 대화로 어느 정도 추측은 할 수 있었지만 고검의 입장에서는 관산해의 정체를 확실히 해둘 필요가 있었다. 왜냐하면 적어도 풍도 가한에게 마총이 실재한다는 결론을 내주자면 자신에게 그런 확신을 가지게 한 자가 누군지 정도는 설명할 필요가 있기 때문이었다.

"마천 삼십육마종 중 현마의 후인이지."

"그게 어떤 의미를 지니고 있소?"

이 질문에는 많은 의미가 담겨 있다. 관산해가 말하는 마천과 삼십육마종의 내력을 이야기해야 답할 수 있는 질문이기 때문이었다. 그러자 관산해의 표정이 잠시 어두워졌다. 어쩌면 대답을 피하고 싶은 기색인 것도 같았다. 하지만 그는 이내 고개를 저었다.

"약속한 일이니 답을 해주지. 아마도 자넨 오늘 마도 최고의 비밀을 듣게 될 것일세."

관산해가 의미심장한 시선으로 고검을 바라보며 말했다. 고검은 묵묵히 관산해의 말이 이어지기를 기다렸다.

　마천(魔天), 마의 하늘이란 이 단체가 처음 생겨난 것은 삼백
오십 년 전의 일이었다. 사패의 씨앗조차 강호에 뿌려지기 이
전의 무림, 어느 날 그 무림에 묵화인이라는 고수가 등장했다.
　그가 무림에 등장했을 때 그는 혼자였다. 그러니 그에게 관
심을 갖는 인물이 있을 리 없었다. 하지만 얼마 지나지 않아
천하는 그의 이름에 주목하지 않을 수 없었다. 그의 이름과 연
관된 한 가지 소문이 뜬구름처럼 강호를 떠돌았기 때문이었
다. 물론 그 소문의 진위를 확인할 수는 없었지만.
　"그 소문이란 자네도 들었을지 모르겠지만 묵화인이라는
고수가 소림과 무당의 무공을 꺾었다는 것이었지. 그 당시만
해도 소림과 무당이 무림에서 차지하는 비중은 지금과는 무척
달랐네. 지금이야 세속의 무가에서도 절정고수가 흔하게 출현
하고 또 그 세속무가들의 모임인 사패가 천하무림을 휘어잡고
있지만, 당시만 해도 소림과 무당의 무공은 천외천의 것으로
인식되어져 있었네. 그런데 그 소림과 무당의 무공을 꺾은 인
물이 나왔다니 얼마나 경악스런 일이겠는가? 아마 당금 무림
에서도 그런 고수가 있다면 강호에 일대 소란이 일어날 것일
세. 당금 무림에 천하팔대고수가 있다고는 해도 그들이 운중
선이요 천외천이라 일컬어지는 불문과 도문의 정통무가인 소
림과 무당의 무공을 능가할지는 아무도 장담할 수 없는 일이
아닌가? 그러니 사패의 명문세가들도 그 자제들을 몇 년씩 운

중선의 정통무가들에 맡겨 수련을 시키는 것일 테지. 어쨌든 지금도 소림과 무당의 무공은 무인들에게 경원시되고 있으니 삼백오십 년 전에야 말할 바가 아니라 할 수 있겠지. 그런데 그런 소림과 무당의 무공이 꺾였단 말씀이야. 그러니 이 얼마나 놀라운 일이겠는가? 그런데 문제는 그 누구도 이 소문의 진위를 정확하게 확인하지 못했다는 것이었지. 묵화인을 보았다는 사람도 없고, 소림과 무당 역시 입을 꾹 닫고 있었으니 말이야. 더군다나 그 이후 더 이상 묵화인의 행적은 강호에 알려지지 않았단 말씀이야. 그야말로 잠시 나타났다 사라지는 신룡처럼 모습을 감추었던 것이지. 그러니 더더욱 묵화인에 대한 소문의 진위는 모호해졌고, 나중에는 한낱 강호의 풍문에 지나지 않는 일이 되어버린 것일세. 끄응!"

관산해가 말하기가 힘겨운지 살짝 몸을 틀며 신음성을 흘려냈다.

"하지만 누군가 지어낸 풍문에 지나지 않을지도 모른다고 알려진 이 일은 모두 진실일세. 천마 묵화인은 실존한 인물이었고, 그는 소림과 무당의 무공을 깨뜨렸네. 당시 천마 묵화인이 상대한 두 파의 무공은 소림과 무당 최고의 절기라고 알려진 소림십팔나한진, 그리고 무당의 칠성검진이었네. 한 명의 고수를 상대한 것이 아닌 소림과 무당이 가지고 있는 최고의 진세를 깨뜨렸다는 사실이 더 충격적인 일이라고 할 수 있었지. 그저 한 명의 고수를 꺾었다면 상대가 두 문파의 최고수가 아니었다고 변명할 수도 있지만 소림십팔나한진과 무당칠성검진은 그런 변명이 통하지 않는 패배라고 할 수 있지."

"그런 천마 묵화인이 어째서 사라진 것이오?"

"그가 무림에서 사라진 이유… 휴, 그것이 바로 오늘날까지 이어져 온 마천의 갈등의 이유라고 할 수 있지."

관산해가 작은 한숨을 내쉬었다. 고검은 말없이 기다리고 있었다. 관산해는 잠시 후 다시 입을 열었다.

"천마 묵화인… 그는 마공은 익혔으되 마인은 아니었네."

고검의 눈에 이채가 서렸다. 마공은 익혔으되 마인은 아니다. 그렇다면 천마 묵화인은 강호의 대협이었단 말인가?

"그가 정파의 인물이었소이까?"

"그렇지는 않네. 아니, 솔직히 말하자면 그가 어떻게 그런 가공할 마공을 익혔는지는 나도 잘 모르겠네. 아마 마천에 속한 삼십육마종 중에도 그의 과거를 아는 자는 없었던 듯하네."

"마천이란 뭘 말하는 겁니까?"

"마천은 천마 묵화인이 강호에서 활동하던 당시 최강의 마인이라 불리던 서른여섯 명의 마인이 그의 무공에 감복해 그를 따르면서 만들어진 단체일세. 그들은 마천을 만들고 그 천주로 천마 묵화인을 추대했지. 하지만 묵화인은 애당초 마공은 익혔으되 마인은 아니었으므로 절대마인들이 만든 마천의 천주가 되는 것을 거절했네. 하지만 마천을 만든 삼십육마종은 묵화인을 포기할 수 없었지. 왜냐하면 그를 마천의 천주로 세워야만 마천은 존재의 의미가 있었으니까. 아니, 좀 더 정확히 말하면 그를 마천의 천주로 세우는 순간 마천은 강호무림

위에 군림할 수 있는 조직이 되는 것이었지. 소림과 무당을 깨
뜨린 묵화인을 그 누가 막을 수 있었겠는가? 마천 삼십육마종
은 끈질기게 묵화인을 설득했네. 그러자 묵화인은 자신이 마
천의 천주가 되는 대신 한 가지 조건을 내걸었네."

"조건이라면?"

"후후, 참으로 기막힌 조건이었지. 즉, 마천은 오로지 무를
추구하는 조직이어야 한다는 것이었네. 다시 말해 무림의 패
권을 탐하지 말라는 것이었네. 하하, 마천 삼십육마종은 참으
로 난감한 지경에 빠졌네. 그들이 마천을 만들어 묵화인을 천
주로 떠받든 것은 군림천하 하기 위해서인데 묵화인의 조건은
바로 군림천하를 포기하라는 것이었으니 이 얼마나 난감한 일
인가 말일세. 하지만 결국 삼십육마종은 묵화인의 조건을 수
락했네. 왜냐하면 그 조건을 수락지 않으면 도저히 묵화인을
마천의 천주로 만들 수 없었으니까. 또한 묵화인을 천주로 만
들지 못하면 마천은 존재할 이유가 없는 조직이었네. 왜냐하
면 본시 마인들이란 결코 타인을 자기 위에 두려 하지 않는 자
들이기에 천마 묵화인 정도의 절대적인 강자가 아닌 이상 삼
십육 인의 마인들을 뭉치게 할 자는 존재하지 않았던 것일세.
그리고 삼십육 인의 마인들은 일단 묵화인을 천주로 만들고
나면 좋으나 싫으나 마천이 강호에 군림하게 될 거라 생각했
지. 자네도 알다시피 강호란 곳이 어디 피하려 한다고 피해지
는 곳이던가? 그래서 어쨌든 그렇게 마천은 탄생했네. 천마는
마천의 천주가 되고 삼십육 인의 마인은 마천 삼십육마종이

된 것이지."

고검은 마천의 탄생비화를 들으면서 천마 묵화인이라는 전설적인 마인에 대해 점점 호기심이 생겨나기 시작했다. 마공을 익혀서 천하제일인이 되었는데 마인이 아닌 사내, 천하에서 가장 강한 삼십육 인 절대마인의 발을 묶어버린 그는 어떤 사람이었을까.

"하지만 마천 삼십육마종의 예상은 완전히 빗나가 버렸네. 천마 묵화인은 정말로 마천을 세상의 욕망과 명리에서 벗어나 철저하게 무를 추구하는 집단으로 만들어 버렸던 것일세. 처음에는 시간이 지나면 변하리라 묵화인의 생각이 변하리라 생각했던 삼십육마종도 시간이 흐르면서 천마 묵화인이란 인간이 절대 변하지 않을 거란 걸 깨달았지. 그렇다고 마천을 깨고 묵화인을 떠날 수도 없었네. 왜냐하면 천마 묵화인은 비록 마인은 아니었지만 한 번 자신과 맺은 약속은 반드시 지켜야 한다고 생각하는 인물이었거든. 더군다나 천마 묵화인의 무공은 도저히 마천 삼십육마종이 대항할 수 없는 경지에 이르러 있었네. 후후, 그래서 결국 마천 삼십육마종은 스스로 만든 마천이라는 올가미에 걸려 평생을 무공을 연마하며 죽어간 것일세."

"천마 묵화인이 죽은 이후의 마천은 어찌 되었소? 분명 그가 죽은 이후 삼십육마종의 마인들은 강호로 나오려 했을 터인데……."

"우스운 것은 바로 그걸세. 마천 삼십육마종으로서는 천마 묵화인이 죽은 이후를 노릴 수도 없었네. 크크, 왜냐하면 그들 중 가장 오래 산 사람이 바로 천마 묵화인이었으니까. 그는 자그마치 백서른다섯 살까지 살아남았네. 클클클, 마천을 세운 삼십육마종 중 최후의 인물이 죽은 이후 이십 년을 더 산 것일세. 그러니 마천 삼십육마종은 애초에 천마 묵화인을 벗어나 강호로 나설 기회조차 잡지 못했던 것이지."

"그들의 후인이 있었을 것 아니오?"

"물론, 마천 삼십육마종은 각자 후인을 남겼지. 나 또한 그들 중 하나일세. 나의 선조는 삼십육마종의 일인인 현마 관령이란 분이네."

"후인들이 천마가 죽은 후 마천을 강호로 끌고 나오면 되었을 텐데……."

"후후, 물론 그럴 수도 있었지. 하지만 절대강자인 마천의 천주, 천마 묵화인이 죽은 이후 마천 삼십육마종의 후인들을 마천의 이름 아래 모을 인물은 등장하지 않았네. 왜냐하면 다른 삼십육 인의 마인들과 달리 천마 묵화인은 후인을 남기지 않았기 때문일세. 그러니 마천의 후인들은 결국 천마 묵화인이 등장하기 이전의 상태, 그러니까 마천이 생겨나기 이전의 상태로 되돌아간 것일세. 마천이란 천마가 있어서 존재할 수 있는 세력이었으니까. 그렇게 마천의 후예들은 뿔뿔이 흩어져 오늘에 이른 것일세."

"그럼 그의 무공은?"

"천마 묵화인은 백여 세가 넘으면서부터 강호의 은밀한 곳에 자신과 삼십육마종의 무덤을 만들기 시작했네. 바로 마총(魔塚)

이지. 그리곤 삼십육마종이 죽을 때마다 그 시신을 마총으로 옮겼네. 물론 그들이 마천에 들어 참구하여 이뤄낸 무공들과 함께……. 그렇게 삼십육 인이 마총에 들고 최후에는 천마 자신이 스스로 마총으로 향했네. 천마와 삼십육 인의 절대마경들은 그렇게 무림에서 사라진 것이지. 대신 천마는 일곱 개의 신물과 함께 마천 삼십육마종의 후인들에게 하나의 유훈을 남겼지."

고검의 눈빛이 반짝였다. 드디어 마총을 열 수 있다는 일곱 개의 신물에 대한 이야기가 나온 것이다.

"천마는 죽기 위해 스스로 자신이 만든 마총으로 향하기 전 마천을 해체시켰네. 당시의 마천은 그가 없어도 그 축적된 힘만으로 강호를 지배할 만한 힘을 가지고 있었다고 하네. 그걸 우려한 것일까. 마천을 해체시키면서 이런 유훈을 남겼네. 마총을 찾아 자신의 무공을 얻는 인물이 나오기 전에는 절대 마천을 다시 열지 말라고. 그러면서 마총을 찾을 수 있는 신물 일곱 개를 당시 삼십육마종의 후인 중 가장 뛰어난 일곱 사람의 손에 맡겼네."

"당장 그 일곱 사람이 힘을 합치면 마총을 열 수 있었을 것 아니오?"

"후후후. 천마는 마인들, 아니, 인간의 속성을 꿰뚫고 있었던 거야. 신물을 물려받은 칠 인의 마인은 그 누구도 다른 사람에게 마천 천주의 자리를 양보할 마음이 없었거든. 더군다나 그중에는 천마에게 마음으로부터 감복해 애초에 마천의 이름으로 강호의 패권을 노리는 것을 거부하는 인물도 있었으니 일곱 개의 신물이 하나로 모이는 것은 불가능한 일이었지. 결국 그 이후로 마천은 분열했네. 일곱 개의 신물을 물려받은 사람들을 중심으로 내분이 일어나기 시작했지. 무서운 기보쟁탈전이 벌어진 것이네. 어쩌면 천마는 그런 방식으로 마천을 완전히 파괴하려 했는지도 몰라. 어쨌든 그 일곱 개의 신물을 둔 싸움은 수백 년을 격해 오늘날까지 이어지고 있는 것일세. 그 와중에 몇몇 개는 행방이 묘연해지기도 했고……."

그렇게 관산해의 입을 통해 천마 묵화인과 마천의 역사가 고검에게로 전해졌다. 그러나 고검에게는 아직 몇 가지 의문이 남아 있었다.

"신주마 악불위는 어떤 잡니까?"

그러자 죽어가던 관산해의 눈에서 한줄기 살기가 흘러나왔다.

"신주마 악불위… 그자는 마천의 반역잘세. 천마 묵화인의 유훈을 어기고 마총을 열어 천마의 진전을 얻지도 않은 상태에서 마천을 되살려 스스로 천주의 자리에 오른 자일세."

"스스로 천주를 자칭한다고 마천의 천주가 되는 것은 아니지 않소이까?"

"물론 그렇지. 하지만 수백 년을 이어온 마천의 분열은 그 후예들에게 견딜 수 없는 일이었네. 결국 사십여 년 전부터 마천의 후예들은 하나둘 하나의 세력으로 모여들기 시작했네. 하지만 그때까지도 천마의 유훈은 엄격하게 지켜져 마천이라는 이름을 사용하진 못했지. 하지만 어쨌든 마천이란 명칭만 사용하지 못할 뿐 삼십육마종 중 이십오 인의 후예가 한자리에 모였지. 하나의 조직으로 모인 마천의 후예들은 이내 강호를 향해 그 욕망을 드러냈네. 그때 일어난 사건이 그 유명한 백마혈전이네."

순간 고검의 눈이 번뜩였다. 삼십여 년 전 강호에 일대 혈풍을 몰고 온 백마의 난이 바로 마천의 후예들에 의해 일어났다는 사실은 전혀 예상치 못한 일이었다. 그런데 그때 고검의 머리에 한 가지 의문이 떠올랐다.

"그런데 왜 그들은 스스로를 백마라 부른 것이오?"

"당시에 이십오 인 마천의 후예들이 끌어들인 마인들이 모두 일백 명이었기에 백마라 자칭한 걸세. 어쨌든 마천이라는 이름을 쓸 수는 없는 일이었으니까."

"나머지 후인들은 왜 백마의 난에 참여치 않은 것이오?"

"나머지 후예들은 굳이 말하자면 철저한 천마의 추종자들이라 할 수 있네. 그들은 마총이 열리지 않는 이상 절대 강호에 나서지 않겠다고 맹세한 인물들이었네. 어쨌든 폭풍처럼 일어난 백마의 난은 결국 사패의 반격으로 실패로 끝나게 되었지. 백마의 난에 참여했던 대부분의 마인들은 사패 고수들에 의해 제거되었네. 그러나 마천의 뿌리는 여전히 살아 있었네. 백마의 난을 일으킨 자들은 죽음을 당하거나 암옥에 갇혔지만 그들이 키운 후인들은 여전히 강호에 남아 있었으니까. 그리고 그들 중 천마 이후 마도 최고의 기재라는 인물이 탄생했네. 그자가 바로 신주마 악불위네."

고검이 천천히 고개를 끄덕였다. 관산해의 말은 이미 고검도 예상하고 있던 바였다.

"신주마 악불위(岳不爲)는 마천 삼십육마종 중 신마(神魔) 악종(岳種)의 후예일세. 신마 악종은 천마로부터 일곱 개의 신물 중 하나를 받은 인물이며 당시 마천에서 천마를 제외하고는 가장 강한 자 중 하나로 꼽히는 일대 마인이었지. 백마혈전이 일어날 당시 악불위는 이미 자신의 무공을 거의 완성했던 것 같네. 하지만 백마혈전에는 참여치 않았지. 왜냐하면 백마혈전에는 그의 아비인 악근(岳根)이 참여하고 있었기 때문이었네. 당시 악근의 나이는 거의 팔십에 이르렀었고, 악불위의 나이 또한 사십여 세였지. 아마도 악근은 무척 악불위를 아낀 모양이야. 충분히 백마혈전에서 일익을 담당할 수 있었음에도 불구하고 그를 뒤에 남겨둔 것을 보면 말이야. 하지만 어쨌든 그의 선택은 탁월한 것이었네. 백마혈전은 백마의 패배로 끝났으니까. 어쨌든 백마혈전 이후 악불위는 자신의 무공을 완벽하게 연성한 후 백마혈전에서 죽어간 자들의 후인들을 끌어 모으기 시작했다. 물론 그전에 그는 수어왕 이철극을 패배시킴으로 천하팔대고수의 자리에 올랐고, 그것을 통해 삼십육마종의 후인들에게 자신의 강함을 증명했던 것일세."

수어왕 이철극이 신주마 악불위에게 패해 암옥주 귀왕 마천에게 의탁한 사실은 고검도 익히 알고 있는 일이었다. 그때까지 무명에 가까웠던 악불위가 수어왕 이철극을 패퇴시킨 것은 바로 자신의 능력을 마천 삼십육마종의 후인들에게 보여주기 위함이었던 것이다.

"삼십육마종의 후인들, 그리고 백마의 후인들은 속속 악불위의 휘하에 몰려들었네. 하지만 악불위는 이내 실망할 수밖에 없었지. 왜냐하면 그의 휘하에 들어온 마인들의 실력이 자신의 기대에 크게 미치지 못했기 때문이었네. 삼십육마종의 후예들조차 백마혈전에서 죽어간 선대의 무공에는 한참 뒤처져 있었던 것일세. 이미 백마혈전을 통해 사패의 힘을 알게 된 악불위로서는 실망스런 일이 아닐 수 없었지. 그래서 그는 백마의 후예들이 강해질 때까지 기다리기로 했네. 그는 고수이면서도 무척 신중한 인물이었던 거지. 그리고 백마의 후예들이 성장하는 동안 그는 천마의 유훈을 어기며 마천을 다시 열고 스스로 마천의 천주가 되었네. 그는 자신의 무공과 능력에 큰 자부심을 가지고 있었던 모양이야. 스스로를 천마 묵화인과 견주었으니 말이야. 그는 굳이 마총을 열어 천마 묵화인과 삼십육마종의 모든 진전을 얻으려 하지도 않았네. 자신의 능력이 천마에 다다랐다고 자신했던 거지. 그런데 무슨 일이 있었는지 그가 갑자기 최근에 백마의 난에 참여치 않았던 삼십육마종의 후예 중 천마의 칠대신물을 가지고 있는 자들을 찾기 시작했네. 즉, 칠대신물의 회수에 나선 것이지. 더불어 자신을 마천의 천주로 받아들이길 요구했네. 당연히 신물을 가지고 있던 자들은 내놓기를 거부하고 강호에서 모습을 감췄지. 악불위의 무공과 그 수하들의 공격을 이겨낼 인물은 없었으니까. 나도 그중 한 사람일세. 그리고 그들은 오늘 날 찾아왔던 것이지."

고검은 악불위가 왜 최근에 와서야 천마의 신물에 관심을 가지게 되었는지 어렴풋이 짐작이 갔다. 그 이유는 아마도 고검이 이끌고 있는 무불장에 기인한 일일 터였다. 악불위와 마천의 마인들이 태호 노륙지에서 벌였던 황금선 사건에서 그들은 결국 황금선을 차지하지 못했고 또한 몇몇 뛰어난 고수들을 고검과 무불장의 고수들에 의해 잃었던 것이다. 아마도 황금선의 일에서 실패를 맛본 악불위는 마천의 힘을 온전히 추스르기 위해 천마의 마총을 열기로 결심했을 것이다.

"그가 칠대신물 중 어느 것을 가지고 있는지 알고 있소?"

고검의 물음에 관산해가 잠시 생각에 잠겼다가 고개를 저었다.

"짐작하기 어렵군. 솔직히 말해 나는 지금까지 그로부터 내 한 몸 숨기기에 바빴으니까. 하지만 적어도 이제 두 개 이상은 가지고 있다고 할 수 있을 걸세. 애초에 그의 가문이 가지고 있던 신물이 하나 있었고, 이제 나에게서 또 하나의 신물을 가져갔으니 말이야. 나머지 신물들이야 나도 그 행방을 잘 모르겠군, 누구의 손에 들어가 있는지. 어쩌면 마천의 후예들이 아닌 다른 사람들의 손에 들어가 있을지도 모르지."

말을 하면서 관산해가 날카로운 눈으로 고검을 응시했다. 마치 고검에게 그 일곱 개의 신물에 대한 어떤 비밀이 있는 것처럼. 고검은 관산해의 시선을 담담히 받아냈다. 그는 어차피 죽어가는 사람이 아니던가.

"일곱 개의 신물은 어떤 역할을 하는 것이오?"

고검이 관산해의 시선에 아랑곳하지 않고 물었다. 그러자 관산해가 여전히 고검을 깊은 눈으로 응시하며 말했다.

"한 장의 양피지에는 마총 주변의 지도가, 한 개의 검은색 부채에는 마총 주변에 설치된 절대진의 파훼법이 적혀 있는데 그 부채에서 진의 파훼법을 보기 위해선 하나의 구리거울이 필요하지. 하나의 보배로운 구슬은 마총의 마기를 이겨낼 수 있는 현기를 담고 있고, 한 자루 동검은 마총의 입구를 열 수 있는 거대한 열쇠이며, 하나의 황금열쇠는 천마의 시신이 들어 있는 천마동을 여는 열쇠일세. 그리고 내가 빼앗긴 흑죽간에는 바로 마총이 천하의 어느 지역에 있는지 알 수 있는 한줄기 시구가 적혀 있지. 이 일곱 가지의 신물은 마총을 여는 데 모두 필수적인 것들일세. 그중 하나만 없어도 마총은 절대 열리지 못한다네."

"당신은 그 죽간에 적혀 있는 시구를 보았겠구려."

"물론 보았지."

"그럼 마총이 어느 지역에 있는지 알겠구려."

그러자 관산해가 희쭉 미소를 지었다.

"글쎄. 알 것 같기도 하고……."

"마총은 어디에 있소?"

"확실치가 않아. 그 죽간에는 한 편의 시가 적혀 있는데 그 시가 어디를 가리키는지는 불분명했거든……."

“수십 년 동안 그 죽간을 지키면서 그 수수께끼를 풀지 못했단 말이오?”

“후후, 난 마총을 열 생각이 아예 없었거든.”

관산해가 빙그레 미소를 지었다. 하지만 그런 관산해를 보며 고검은 어쩌면 이 노인이 죽간의 수수께끼를 풀었을지도 모른다는 생각을 했다. 관산해의 얼굴에 드러나는 미소는 이미 뭔가를 알고 있는 자의 득의함이었기 때문이었다.

“짐작 가는 곳은?”

“내가 그것까지 자네에게 말해줘야 하나?”

“그걸 말해주면 지금 천마의 칠대신물 중 두 개가 누구의 손에 있는지 말해주겠소.”

“풋, 죽어가는 자에게 그게 무슨 소용이 있단 말인가?”

그러자 이번에는 고검이 빙그레 미소를 지었다.

“본시 인간이란 어떤 상황에서건 호기심을 이겨내지 못하는 존재가 아니오?”

“나이도 많아 보이지 않는 사람이 그런 이치까지 알고 있었나?”

“당신은 자신이 아는 것에 대해 대단한 자부심을 가지고 있는 듯하니, 아마도 자신이 모르는 것에 대해선 무척 큰 호기심을 가지고 있을 거요.”

“좋아. 제길, 말해주지. 내가 생각하는 곳은 청해 곤륜산일세. 물론 사천 청성산도 가능성이 없지 않지만 역시 심중이 기우는 곳은 곤륜산일세. 좀 더 확실한 것은 양피지에 그려진 지

도가 청성과 곤륜 어느 쪽의 지역과 일치하는지 살펴보면 알
겠지. 하지만 아쉽게도 나에겐 양피지의 지도가 없다네.”

“어떤 근거로 그 두 곳을 지목하게 된 것이오?”

“설마 내가 흑죽간에 씌어져 있는 시구절들을 일일이 자네
에게 풀이해 주기를 바라는 것은 아니겠지? 이보시게, 나에겐
그럴 시간이 없네. 난 죽어가고 있단 말일세.”

관산해의 말에 고검은 자신이 실수를 했다는 것을 깨달았
다. 흑죽간에 있는 시구를 풀이해 마총이 있는 지역을 추론해
내기 위해서 그동안 흑죽간의 주인들은 오랫동안 그 시구절을
연구했을 것이다. 그러니 수백 년 동안 연구된 결론을 지금 죽
어가는 자에게 자세히 듣고자 하는 것은 확실히 고검의 욕심
이라고 할 수 있었다.

“자, 이제 자네가 말해보게. 지금 두 개의 신물을 가지고 있
는 곳은 어딘가?”

“두 개의 신물은 마천의 후예들 손을 떠났소.”

“음… 과연 신물 중 타인의 손에 넘어간 것이 존재하는군.
누군가?”

“북천무맹이오.”

순간 관산해의 눈이 커졌다. 그리곤 허탈한 목소리로 중얼
거렸다.

“허, 결국 호랑이 아가리에 들어간 것인가? 신주마 악불위
도 안됐군. 아무리 그라 해도 북천무맹에서 그 신물들을 회수
하긴 어려울 거야. 그리고 일곱 개의 신물이 모두 모이지 않는

이상 마총의 문을 여는 것은 거의 불가능하다 할 수 있지.”

관산해가 한편으로는 통쾌해하는 듯하면서도 또 한편으로는 아쉬운 빛을 흘리며 말했다.

“그가 마총을 열지 않기를 바란 것 아니었소?”

“글쎄, 반반이라고나 할까. 그가 마총을 열어 마천의 진정한 주인이 되길 바라는 마음이 노상 없는 것은 아니었네. 그래서 천하의 주인이라 거들먹거리는 사패에게 마천의 힘을 보여주길 기대하는 마음도 있었지. 또 한편으로는 천마의 유훈을 거역하고 마천의 천주를 자칭하는 그가 좌절의 나락에 떨어지기를 바라는 마음도 있고… 후후, 나도 내 마음을 모르겠네. 하지만 이젠 그런 것이야 어쨌든 좋을 일일세. 나야 죽으면 그만이니까.”

그 스스로의 말처럼 관산해의 죽음은 거의 눈앞에 다가온 듯 보였다. 그의 동공이 실내를 밝히고 있는 호롱불처럼 심하게 흔들리고 있었다. 죽음이 가까워진 자의 눈, 고검은 잠시 망설였다. 이 늙은 마인의 최후를 봐줘야 하는 것인지, 아니면 이대로 그를 남겨두고 떠날 것인지.

‘굳이 그의 죽음을 볼 필요는 없겠지. 그는 그의 소원대로 자신의 집에서 죽음을 맞이할 것이니까. 어쩌면 홀로 조용히 죽기를 바랄지도 모르겠군.’

고검이 내심 결심을 굳히며 입을 열었다.

“난 이만 가보겠소.”

그러자 관산해의 눈이 또 한차례 흔들렸다.

"날 이대로 두고 말인가?"

"설마 나에게 당신의 임종을 지켜달라는 말을 하고 싶은 거요?"

"그게 아니라, 혹 내가 죽지 않고 살아날 수도 있다는 생각은 안 해봤나?"

"가능하오?"

"후후, 한 번 살아났는데 두 번은 못 살까?"

"하지만 난 당신이 다시 살아나기 힘들 거라 생각하오. 하늘은 두 번씩이나 죽은 자를 살릴 것 같지는 않으니까."

"하하하, 역시 똑똑해! 맞았네. 난 다시는 살아날 수 없을 걸세. 어쨌든 고맙군. 내가 원하는 곳에서 원하는 방식으로 죽을 수 있게 도와줘서. 물론 몇 가지 궁금증을 풀어준 것도 고맙고."

"나 또한 당신에게 여러모로 도움을 얻었으니 고마워할 필요는 없소. 그럼……."

고검이 목구멍까지 흘러나왔던 잘 있으란 말을 차마 입 밖으로 내지 못하고 그저 가볍게 고개를 끄덕여 보이고는 오두막을 나서려 했다. 그런데 그 순간 관산해가 나직하면서도 의미심장한 목소리로 고검을 불렀다.

"잠깐만!"

고검이 관산해를 돌아봤다.

"더 할 말이 있소?"

"자네, 내가 왜 순순히 자네에게 마천의 비밀들을 이야기해

줬는지 아나?'

　'이건 또 무슨 뚱딴지같은 소린가?

　고검이 깊은 눈으로 관산해를 바라봤다. 그러나 관산해의 눈에는 전혀 농을 하는 기색이 비치지 않았다. 그는 무척 진지한 시선으로 고검을 바라보고 있었다.

　"우린 서로 거래를 하지 않았소?"

　"후후후, 겨우 죽을 자리로 돌아오기 위해 마천의 비밀을 이야기해 줄 나라고 생각하는가?"

　생각해 보면 과연 관산해의 말이 옳았다. 천마의 유물을 목숨을 다해 지킨 그가 겨우 오두막에 돌아와 죽음을 맞이하기 위해 생면부지인 고검에게 마천과 천마, 그리고 악불위에 대한 비사를 이야기해 줬을 리는 없었다.

　"악불위에 대한 복수심 때문 아니오?"

　"물론 그것도 중요한 이유 중 하나지. 이곳에 나타나 나에게서 마총에 대한 정보를 얻으려 했다는 것은 자네가 곧 악불위의 반대쪽에 서 있는 사람이라는 것을 의미하니까. 하지만 그것만은 아니야."

　관산해의 말에 고검이 오두막을 나서려던 신형을 완전히 돌려 다시 관산해 앞으로 다가왔다.

　"그럼 내게 마천의 비밀을 이야기해 준 이유가 뭐요?"

　"후후후, 그건 어쩌면 자네도 마천의 후예일지도 모르기 때문일세. 아니어도 좋고. 하지만 악불위보다는 자네 같은 인물에게 마총의 인연이 이어지길 바랐기 때문일세."

“그건 도대체 무슨 말이오?”

“자네, 그 검 어디서 났나?”

관산해가 힘겹게 손을 들어 고검의 옆구리에 매달린 마검을 가리켰다. 마검은 고검이 만든 검집에 들어가 있으니 결국 보이는 것은 그 손잡이뿐이었다. 그런데 관산해는 마검의 손잡이만 보고도 고검의 검을 알아본 모양이었다.

“이 검이 무슨 상관이란 말이오?”

“끌끌끌, 물론 아주 큰 상관이 있지. 자네가 그 검을 어떻게 얻었는지는 모르겠지만 그 검을 잘 살펴보게. 특히… 그 손잡이를… 그러면 내가 왜 이런 말을 했는지… 알게 될…….”

관산해는 미처 말을 맺지 못하고 숨이 끊어졌다. 고검은 관산해의 죽음에도 불구하고 자신의 허리에 있는 마검을 바라보고 있었다. 아니, 정확하게는 마검의 손잡이를.

‘도대체 이 녀석은 내가 모르는 또 무슨 비밀을 가지고 있는 것인가?

고검이 마검의 손잡이를 꽉 움켜잡았다.

第七章

백산당(白山黨)

끝이 보이지 않는 황량한 불모지의 계곡. 그 계곡 사이로 추산과 그의 일행이 여러 날 동안 말을 몰고 있었다.

마연철은 과연 뛰어난 길잡이였다. 중원의 다른 지역에서는 모르겠지만 서역으로 이어진 하서회랑에서만큼은 마연철만한 안내자를 찾기 힘들 만큼 그는 능수능란하게 추산과 그 일행을 안내했다.

덕분에 기련산으로 향하는 일행의 속도는 무척 빨랐다. 좌우로 늘어선 거대한 산들, 그 사이로 서쪽으로 길게 이어진 황량한 길을 따라 일행은 쉬지 않고 말을 몰았다.

"오늘 밤은 저곳에서 노숙을 하십시다."

또 하루의 여행이 끝나갈 무렵 마연철이 황량한 불모의 산과 산 사이의 계곡을 가리키며 말했다. 그동안 마연철은 언제나 최고의 노숙지를 일행에게 제공했기 때문에 일행은 아무런 반대 없이 마연철이 이끄는 대로 작은 계곡으로 걸음을 옮겼다.

"어, 숲이네? 물도 흐르고."

계곡으로 들어서던 만불통이 놀란 음성으로 말했다. 하서회랑에서 숲과 물을 찾는 것은 쉬운 일이 아니었다. 초지는 제법 찾아볼 수 있었지만 혹한과 혹서의 기온이 반복되는 이 마른 대지에서 숲을 찾는 것은 극히 어려운 일이었다.

"후후, 이런 곳을 알고 있는 사람은 아마도 몇 안 될 겁니다."

마연철이 호기로운 표정으로 말했다.

"우리가 길잡이를 잘 선택했다는 것은 이미 오래전에 알고 있었네."

이미 함께 여행을 한 지 여러 날 되었기 때문에 마연철과 일행은 제법 친숙해져 있었다.

숙영지가 정해지자 주하령도 마차 밖으로 나왔다. 황량한 산들로 둘러싸인 계곡은 어느새 어두워져 있었다. 일행은 큼직한 바위가 둘러싼 공터에 자리를 잡고 노숙할 천막을 친 후 그 가운데에 모닥불을 피웠다.

모닥불 주변에 둘러앉은 일행은 난주에서 준비해 온 건량을 꺼내 요기를 하기 시작했다.

"그런데 기련산까지는 얼마나 남은 거죠?"

추산이 마른 육포를 뜯다가 문득 마연철에게 물었다.

"장액을 지났으니 이제 거의 다 왔다고 할 수 있네. 길은 두 가지일세. 일단 주천(酒泉)에 들어 잠시 쉬었다 가는 것과 하루 정도 지난 후 길을 틀어 직접 기련산으로 향하는 것. 물론 바로 기련산으로 이동하려면 무척 험한 길을 가야 할 걸세."

말을 하며 마연철이 주하령에게 시선을 주었다. 일행의 행보를 결정하는 것은 주하령이었기 때문이었다. 다른 사람들도 주하령에게 시선을 돌렸다.

"오늘이 며칠이죠?"

주하령은 엉뚱하게 날짜를 물었다.

"보름이에요, 아가씨."

주하령을 가장 가까이서 보필하는 묘실이 조용히 대답했다.

"보름이라… 주천으로 돌아서 가는 것과 바로 기련으로 가는 것은 얼마나 차이가 나나요?"

주하령이 마연철에게 물었다.

"뭐, 아무 일이 없다면 한 대엿새 정도의 차이지요. 그러나 지금 주천의 상황이 그리 좋지 않으니 혹 길이 지체될 수도……."

"역시 새외문파들의 분쟁을 말하는 건가?"

만불통이 묻자 마연철이 고개를 끄덕였다.

"그렇지요. 지금 하서회랑은 북쪽의 흑산당과 남쪽의 백산당이 서로 치열한 주도권 싸움을 하고 있는데 주천은 바로 그 세력 싸움의 중심지라고 할 수 있지요. 당연한 것이 감숙 서북쪽에서는 가장 큰 도움이니까요. 주천을 차지하는 자가 곧 새외의 지배자가 되는 형국이라……."

"그들은 어떤 자들인가?"

"알고 계시겠지만 모두 마교 분파들이지요."

"같은 형제끼리 싸운단 말인가요?"

추산이 의아한 눈으로 물었다.

"뭐, 사실 과거에는 천산마교 총단이 천하의 마교도를 통제하던 시기도 있었지만 그런 시절은 이미 오래전에 끝이 났다네. 작금의 강호에서 마교는 사분오열되어 같은 마교에 뿌리를 둔 자들이라도 서로 상쟁하기를 꺼리지 않는다네. 그건 중원의 사정도 마찬가지 아닌가?"

마연철이 되묻자 추산이 고개를 갸웃거렸다.

"중원에도 활동하는 마교의 세력이 있나요?"

그러자 만불통이 고개를 끄덕였다.

"당연히 있지. 다만 중원의 마교 역시 지금은 사분오열되어 과거와 같은 위세를 보이지 못하고 있을 뿐이네. 더군다나 사패의 시대가 시작된 이후에는 더더욱 그 세가 줄어들어 근자에는 마교도를 표방하는 자들을 찾아보기도 힘든 상황이기는 하지."

"하지만 이곳에서는 사정이 조금 다르지요. 마교총단이 있다는 천산이 가까울뿐더러 마교 출신의 고수들도 적지 않지요. 단지 예전처럼 마교라는 이름 아래 모이지 않을 뿐이지요. 어쨌든 흑산당이든 백산당이든 모두 마교의 후인들인데 그래서인지 그 무공들이 보통이 아니지요. 흑산당만 해도 우두머리인 등리모는 말할 것도 없고, 중원에 나가도 절정고수 소리를 들을 만한 고수가 오십이 넘고, 백산당 또한 만만치 않아서 그 당주인 천웅신과 그의 주위를 지키고 있는 사십사사자들은 무척 무서운 자들이지요."

"내가 듣기로 자넨 흑산당과 껄끄러운 관계로 알고 있네만……?"

"하하, 물론 조금 불편한 관계지요. 제가 예전에 흑산당에 들어가서 조금 분란을 일으켰던 관계로……."

"무슨 일이었나?"

"아 뭐, 자랑할 것은 못 됩니다. 그쯤 해두죠. 자, 상황이 이러하니 어느 길을 택하실지?"

마연철이 다시 자신의 문제가 화제에 오르는 것을 막으려는 듯 재빨리 주하령에게 물었다. 일행은 모두 마연철과 흑산당 사이에 벌어진 일을 궁금해했으나 본인이 입을 열지 않는 이상 계속해서 캐물을 수는 없는 일이었다. 그래서 화제는 처음으로 돌아와 어느 길을 따라 기련산으로 갈 것인가로 돌려졌다.

"바로 기련산으로 가지요."

주하령이 망설이지 않고 대답했다.

"잘 생각하셨습니다. 다른 때라면 주천에 들러 좋은 길로 가는 것이 정도겠지만 지금으로선 주천을 들러 가는 것이 결코 좋은 길이 아니지요. 자, 그럼 모두들 쉬십시오. 난 피곤해서 먼저 들어가 쉬겠습니다."

마연철이 들고 있던 육포를 입에 털어 넣고는 자리에서 일어나 자신의 천막으로 들어가 버렸다. 그러자 다른 사람들 역시 하나둘 자리를 털고 일어나 각자의 잠자리를 찾아들었다.

황량한 땅에도 아침 안개가 피어올랐다. 아니, 어쩌면 추산 일행이 노숙하는 계곡에서만 일어나는 일인지도 몰랐다. 숲과 물이 있으니 안개는 당연한 일이다.

추산은 새벽부터 깨어 있었다. 숲에서 흘러나오는 차가운 냉기가 깊은 잠을 방해했기 때문이다. 하지만 그렇다고 침낭을 벗어나지는 않았다. 체온에 의해 따뜻해진 침낭의 유혹을 매정하게 뿌리치는 것은 쉬운 일이 아니었기 때문이다. 하지만 그런 추산의 게으름은 오래 지속되지 못했다.

'뭐지?

추산이 언제 침낭 안의 온기에 미련을 두고 있었냐는 듯 훌쩍 침낭을 벗어나 재빨리 천막 밖으로 튀어나왔다. 안개에 둘러싸인 계곡은 고요했다. 일행 중 누구도 잠에서 깨어 천막 밖으로 나온 인물은 없는 듯했다.

'분명 누군가의 기척이 느껴졌었는데, 그것도 무척 강렬하고 기이한 기운이……'

추산이 자신의 침낭을 벗어난 것은 매우 이질적인 기운을 느꼈기 때문이었다. 자운 노사로부터 물려받은 천통지와 오랜 동행으로 추산 자신과 함께 여행하는 사람들의 기운은 이미 익숙해져 있었으므로 그가 느낀 기운이 일행 중 누군가의 기운이 아님은 확실했다. 또한 그저 계곡을 지나가는 짐승의 기운이 아닌 것도 확실했다. 적어도 추산은 사람과 짐승의 기운을 구분할 만큼의 능력은 지니고 있었다.

추산이 경계 어린 눈빛으로 세심하게 주변을 살폈다. 그러던 어느 순간 추산의 눈이 번뜩였다. 그의 시선이 향한 곳은 주하령과 그녀를 보필하는 묘실이 잠을 자고 있는 마차였다. 주하령과 묘실은 여행을 하는 내내 천막을 치고 잠을 자는 대신 그녀들이 타고 온 마차에서 잠을 자고 있었다.

‘누군가?’

추산의 머릿속에 짙은 의혹이 생겨났다. 이 이질적이면서도 괴이한 기운은 분명 주하령이 자고 있는 마차 쪽에서 나오고 있었다. 추산이 좀 더 자세를 낮춘 후 은밀한 움직임으로 주하령의 마차 쪽으로 다가갔다.

암중으로 흘러나오는 괴이로운 기운과 달리 마차 주변은 새벽의 고요 속에 잠겨 있었다. 하지만 추산의 전신으로 느껴지는 정체불명의 기운은 점점 더 그 강도를 더해가고 있었다.

그러던 어느 순간 추산이 주하령의 마차에 오 장여 안쪽으로 접근했을 때 갑자기 추산과 반대쪽에서 불쑥 두 명의 인영이 마차 위로 솟구쳤다.

‘못 보던 자들이다.’

주하령의 마차 위에 올라서는 두 명의 움직임은 극히 은밀했다. 제법 큰 체구의 인물들임에도 불구하고 마차는 아무런 진동을 일으키지 않았다. 마차 위에 올라선 두 사람이 재빨리 주변을 살폈다. 추산은 두 사람이 마차로 올라서는 순간 그의 곁에 있던 아름드리나무 뒤쪽으로 몸을 숨겼기 때문에 그들은 추산을 발견하지 못했다.

주변에 아무런 움직임이 없는 것을 확인한 두 사람이 서로를 보며 고개를 끄덕였다. 그리고는 그중 한 사람이 재빨리 마차 문을 열고 마차 안으로 들어갔다. 동시에 다른 한 사람은 마부석으로 내려앉더니 전혀 소리가 나지 않게 마차를 몰기 시작했다.

두 사람의 움직임은 너무도 교묘해 이 일련의 납치극을 벌이면서도 거의 완벽하게 소음을 만들어내지 않고 있었다. 덕분에 잠에 취해 있는 일행 중 누구도 마차가 괴한들에 의해 탈취당했다는 것을 눈치 채지 못했다.

마차 안에 타고 있던 주하령과 묘실 또한 괴한에 의해 제압당한 듯 마차 안에서도 어떤 소리도 들려오지 않았다. 그렇게 마차는 조용히 장내를 벗어나고 있었다.

'나서야 할 때군.'

자칫 마차가 속도를 내면 골치 아픈 일이 벌어질 수도 있기에 추산이 마음을 굳게 먹고는 훌쩍 나무 뒤에서 달려나오며 일갈했다.

"웬 놈들이냐?"

추산의 목소리가 차가운 새벽 공기를 뚫고 허공으로 흩어졌다. 그러자 천막 안에서 일행이 잠에서 깨어나는 소리가 들려

왔다. 그 와중에 추산의 신형은 어느새 마차를 날아 넘어 마차
를 몰고 있는 자를 향해 검을 뻗어내고 있었다.

"엿보는 자가 있었군."

마부석에 앉아 마차를 몰던 사내가 마차를 세우고 훌쩍 허
공으로 날아올라 추산의 검을 피하며 담담한 음성을 흘려냈
다.

탁!

일단 괴한을 마부석에서 몰아내는 데 성공한 추산이 그가
앉아 있던 마부석을 가볍게 찍고는 다시 허공으로 신형을 솟
구쳤다. 동시에 마부석을 떠난 괴인을 향해 자신의 절기인 유
성검을 떨쳐 냈다.

파팟!

하얀 새벽안개를 뚫고 다섯 줄기의 검기가 번개처럼 뻗어나
갔다. 다섯 줄기의 검기는 순식간에 공간을 격하고 날아가더
니 폭포수처럼 마부석을 떠난 사내에게 꽂혀들었다.

"엇!"

사내의 입에서 한순간 기겁성이 흘러나왔다. 추산의 유성검
은 시간이 지남에 따라 점점 더 발전해 지금에 이르러서는 능
히 강호일절로 불려도 부족함없는 경지에 이르러 있었다. 그
런 추산의 공격을 받은 사내가 황급하게 땅 위로 나뒹굴었다.

퍼퍼퍽!

추산의 검기가 사내가 굴러 지난 땅에 무섭게 박혀들었다.
그리고 그중 두 개의 검기는 각각 사내의 어깨와 옆구리를 관

통했다.

"으윽, 두고 보자!"

어깨와 옆구리에 깊은 검상을 입은 사내가 이를 갈며 협박하는 소리를 내뱉고는 안개를 뚫고 계곡의 입구 쪽으로 도주했다.

"흥, 두고 볼 필요가 어디 있느냐? 지금 보면 될 것을!"

추산이 냉소를 흘려내며 도주하는 사내를 추격하려는데 갑자기 마차 쪽에서 나직한 비명 소리가 들려왔다. 순간 추산의 머릿속에 마차 안으로 들어간 또 한 명의 사내가 퍼뜩 떠올랐다.

비록 묘실이 주하령을 지키고 있긴 했지만 급습을 받았다면 미처 침입자를 막아내지 못했을 수도 있었다. 더군다나 그녀들은 잠을 자고 있지 않았던가. 추산이 급히 방향을 틀어 마차 쪽으로 신형을 날렸다.

그 순간 추산 쪽으로 향한 마차의 문이 열리며 묘실이 마차 밖으로 튕겨져 나왔다. 마차 밖으로 튕겨 나온 묘실이 비틀거리며 추산에게 소리쳤다.

"아, 아가씨를!"

묘실이 외치는 소리를 들은 추산이 이것저것 가릴 것 없이 마차로 돌진했다. 추산이 득달같이 마차로 달려들었을 때 묘실이 튕겨져 나오면서 열린 마차 안쪽에서 한 사내가 주하령의 목을 향해 검을 겨누고 있는 모습이 들어왔다. 순간 추산의 검이 번개처럼 앞으로 뻗어나갔다.

팟!

단 한 줄기의 푸른색 검기가 빛과 같은 속도로 사내를 향해 날아갔다. 추산의 검에서 만들어진 검기는 도저히 믿겨지지 않는 속도로 주하령의 목에 검을 들이밀고 있는 사내의 팔과 목을 동시에 꿰뚫고 지나갔다.

"큭!"

사내의 입에서 한줄기 거친 신음성이 흘러나왔다. 동시에 추산이 마차 안으로 날아들었다. 순간 추산과 추산의 검기에 목이 관통된 사내의 눈이 마주쳤다. 사내는 마치 자신이 왜 죽어야 하는지 모르겠다는 듯한 표정을 짓고 있었다.

'뭐야, 이 표정은? 마치 억울하다는 표정이잖아.'

추산이 자신의 검에 죽어가는 사내의 표정을 보며 혀를 찼다. 검을 들어 주하령의 목숨을 위협하던 자가 자신의 죽음을 억울해하다니 기가 막힐 노릇이 아닌가.

"죽을 짓을 했으니 죽는 것이지."

추산이 사내가 눈빛으로 묻는 질문에 냉정하게 답을 내뱉고는 재빨리 주하령을 돌아봤다.

"괜찮아요?"

"전 괜찮아요."

주하령은 목숨을 위협받던 여인이라고 보기 힘들 정도로 담담했다.

"다만……."

"문제가 있나요?"

"혈도를 짚었어요."

과연 주하령의 말대로 그녀의 몸은 나무토막처럼 뻣뻣하게 굳어져 있었다. 추산이 재빨리 침입자에 의해 제압된 주하령의 혈도를 풀었다. 그러자 창백하던 주하령의 얼굴에 차츰 혈색이 돌아오기 시작했다.

"고마워요. 덕분에 목숨을 건졌군요."

주하령이 몸을 움직일 수 있게 되자 미소를 지으며 추산에게 말했다.

"아니, 지금 웃음이 나옵니까?"

죽을 고비에서 살아난 주하령이 미소를 짓자 추산이 기막히다는 듯 물었다.

"결국 안 죽었잖아요."

주하령이 담담히 대답했다. 그런 주하령을 보며 추산이 어이없는 표정을 짓고 있을 때 잠에서 깨어난 일행이 분분히 마차 주변으로 내려섰다. 두 명의 괴한이 마차를 점거하고 추산이 그 괴한들을 공격해 한 명을 도주시키고 또 한 명을 제거한 것은 무척 짧은 시간에 이루어진 일들이라 한바탕 소란에 잠에서 깬 일행이 급히 달려왔을 때는 이미 모든 상황이 끝나 있었다.

"무슨 일이 일어난 건가?"

만불통이 마차 안으로 머리를 들이밀며 물었다.

"침입자가 있었습니다. 아마도 주 소저를 노린 듯……."

"주 소저를 죽이려 했단 말인가?"

그러자 주하령이 추산 대신 대답했다.

"제 목숨을 노린 것 같지는 않았어요. 처음에는 묘 언니와 제 혈도를 제압하려 했으니까요. 그런데 그 와중에 묘 언니의 반격을 받고 또 추 대협께서 공격해 들어오니 그때서야 절 죽이려 하더군요. 그러니 처음부터 절 죽일 생각은 아니었던 것 같아요."

주하령이 큰일을 당한 여인답지 않게 침착한 목소리로 상황을 설명했다.

'정말 대단한 여인이야. 적에게 혈도를 제압당해 죽음의 문턱까지 갔다 온 여인이 이렇게 침착할 수 있다니…….'

추산이 새삼스런 눈으로 주하령을 보며 감탄하는 사이 주하령은 어느새 자리에서 일어나 마차를 벗어나고 있었다. 추산 역시 주하령을 따라 마차에서 내리자 막무위가 마차 안에 쓰러져 있는 괴한의 시신을 밖으로 끄집어 내렸다.

"아는 사람입니까?"

추산이 주하령에게 물었다. 손가락 두 개 굵기의 검상을 어깨에서부터 목 부위까지 입은 시신은 사십대 후반의 얼굴이었는데 얼굴에 두 개의 자상이 있는 것으로 보아 제법 거친 삶을 산 자가 분명해 보였다.

"처음 보는 사람이에요."

주하령이 망설이지 않고 고개를 저었다.

"그럼 이자들은 누군데 주 소저를 노린 걸까요?"

추산이 고개를 갸웃했다. 주하령을 납치하려 한 것을 보면 그녀를 알고 있는 인물들일 가능성이 제일 컸지만 주하령을 비롯해 그녀의 수행원들조차 죽은 자의 정체를 아는 사람이 없었다.

그런데 그때까지 말없이 죽은 자를 살피고 있던 마연철이 한순간 얼굴을 찌푸리며 입을 열었다.

"고약하게 됐군요."

마연철의 말에 사람들의 시선이 그에게로 향했다.

"아는 잔가요?"

추산이 묻자 마연철이 천천히 고개를 끄덕였다.

"멀리서 한 번 본 적이 있는 것 같네."

"누굽니까?"

"백산당 사십사 사자에 속하는 인물로 특별히 하서오객이라 부르는 자들 중 한 명이네."

"백산당이라고요?"

일행은 이미 마연철에게서 누누이 하서회랑의 패권을 놓고 다투고 있는 두 세력, 흑산당과 백산당에 대해 들어왔으므로 죽은 자가 백산당의 고수라는 마연철의 말에 놀라지 않을 수 없었다.

"그렇다네. 이자의 얼굴에 난 검상을 보니 확실한 것 같네."

"아니, 도대체 백산당의 고수가 왜 주 소저를 납치하려 한 거죠?"

"그거야 나도 정확하게 알 수는 없는 일이네만……."

마연철이 말꼬리를 흐렸다. 뭔가 짐작 가는 것이 있는 듯 보였다.

"짐작 가는 일이라도……?"

"백산당 하서오객은 무공도 무공이지만 다른 이유 때문에 유명한 자들이라네."

"다른 이유라면?"

"이들 하서오객은 백산당주 천웅신의 외아들인 천원갑을 호위하는 인물들이라네. 이들은 천원갑 곁에서 한시도 떨어지지 않는 자들로 알려져 있네."

"그렇다면 백산당주의 아들이 이곳 어딘가에 와 있다는 말입니까?"

추산이 놀란 눈으로 마연철을 보며 묻는 순간 마치 기다렸다는 듯 계곡 입구 쪽에서 십여 명의 인물이 일행이 있는 곳으로 진입해 들어왔다.

"제길, 예상대로 그자군. 난 얼굴 좀 가려야겠소이다."

마연철이 얼른 허리춤에서 회색 천을 꺼내 코 아래 얼굴을 둘둘 말았다. 마연철이 그렇게 얼굴을 가리는 와중에 계곡 입구에 나타났던 인물들이 일행의 십여 장 앞쪽에 다가와 걸음을 멈췄다.

"가장 앞쪽에 있는 자가 바로 백산당의 후계자 천원갑이오. 무공이 고강할뿐더러 성격도 포악해 새외의 고수들 모두 만나기를 꺼려하는 자요. 더군다나 호색한이라 마음에 드는 여인을 만나면 어떻게 해서든 손에 넣는 자로 알려져 있소이다. 오늘의 이 사단은 아무래도 그의 그런 호색한적인 성격이 만든 일인 것 같소이다."

마연철이 재빨리 천원갑에 대해 설명했다. 그의 말대로라면 백산당의 후계자 천원갑이 우연히 주하령을 보고 그 미모를 탐해 오늘의 일을 벌인 듯했다.

"누가 감히 백산당의 문도를 해하였느냐?"

마연철에 의해 백산당의 후계자로 지목된 자가 위압적인 목소리로 입을 열었다.

그의 나이는 사십대 초반으로 보였고, 중간 키에 단단한 몸을 지니고 있었다. 얼굴은 미남 소리를 들을 만했으나 그 눈이 깊이 파이고 눈꼬리가 살짝 위로 말려 올라간 것이 사이로운 기운을 흘리는 인물이었다.

"그대가 이자의 주인이오?"

추산 일행의 인솔자는 주하령이었으나 이런 험악한 일에 주하령을 내세울 수는 없는 일, 여송이 주하령을 대신해 앞으로 나서며 천원갑에게 되물었다.

"그렇다. 그는 나의 수하다. 네가 그를 이 지경으로 만들었느냐?"

천원갑이 여송을 노려보며 물었다.

"그가 죽은 것은 그 스스로가 자청한 일이오."

"무슨 해괴한 말장난이냐?"

"말장난이 아니오. 그는 감히 아가씨의 목숨을 해하려다 우리의 손에 죽은 것이오. 그러니 어찌 그의 죽음이 자신의 탓이 아니라고 할 수 있겠소?"

"흥, 그는 결코 저 여인의 목숨을 해하려 했을 리 없다. 왜냐하면… 왜냐하면 그는 내가 그녀를 죽이는 것을 원치 않는다는 것을 알고 있기 때문이다."

"그렇소? 그렇다면 당신의 수하는 당신에게 그리 충성심이 많은 인물이 아니었나 보군. 그는 분명 아가씨의 목숨을 빼앗으려 했소. 그래서 우리도 그에게 살수를 쓰지 않을 수 없었던 것이오. 물론 아가씨의 목숨을 노리지 않았다 해도 감히 아가씨를 납치하려 했던 것만으로도 죽어 마땅한 죄를 저지른 것이지만 말이오. 그런데, 혹 아가씨를 납치해 오라고 명한 사람이 바로 당신이오?"

여송의 추궁이 맹렬하고 날카롭다. 동시에 한줄기 경멸감까지 느껴졌다. 더군다나 그에게서 흘러나오는 기세는 절정의 경지에 오른 무인의 그것, 천원갑이 여송의 고강한 기세에 놀란 듯 살짝 뒤로 물러났다.

하지만 그것도 잠시 천원갑은 금세 자신감을 회복한 듯 입을 비쭉거리며 말했다.

"본시 강호의 영웅은 미인을 좋아하는 법. 난 그대가 모시는 소저의 미모에 반해 잠시 대화나 나눌까 하여 조용히 초청하려 했던 것뿐인데 사람의 목숨까지 해하는 결과가 나왔으니 참으로 난감한 일이군. 나로서도 이 일은 그냥 넘어갈 수가 없는 일이야."

천원갑은 여송의 추궁에도 마치 자신이 오히려 피해를 본 듯 대화를 이끌어 나가려 했다.

"참으로 안하무인의 인사로구나. 잘못을 저질러 놓고도 오히려 상대에게 그 잘못을 뒤집어씌우려 하다니. 그러고도 어찌 스스로 강호의 영웅을 자칭할 수 있단 말인가?"

여송이 아랫사람을 꾸짖듯 준엄한 목소리로 천원갑을 나무랐다.

"하하하, 서로의 의견이 이렇게 다르니 이번 일을 해결하기는 쉽지 않겠군. 어떤가? 이렇게 된 이상 양쪽의 수장이 만나 진지하게 대화를 나눠보는 것이 좋을 것 같은데… 오해가 있으면 오해를 풀고, 인연이 닿으면 인연을 맺는 것이 좋지 않겠나?"

말을 하는 천원갑의 시선이 주하령을 향해 있었다. 그는 주하령의 미모를 탐해 수하를 보냈다가 그 수하가 목숨까지 잃었음에도 불구하고 여전히 주하령의 미모를 탐내고 있는 듯 보였다.

"정말 안하무인이구나! 감히 이 지경에서도 그따위 헛소리를 지껄이다니!"

여송이 노성을 발하자 천원갑의 표정이 갑자기 차가워지더니 냉랭한 목소리를 흘려냈다.

"내 지금부터 한 가지 충고를 할 테니 잘 새겨듣거라. 보아하니 너희들은 중원에서 온 자들이라 이곳 사정을 잘 모르는 것 같구나. 내가 누군지 아는가? 난 하서회랑의 패자 백산당의 소당주 천원갑이야. 이 하서회랑을 지나는 자는 그 누구를 막론하고 우리 백산당의 허락을 받아야 한다. 그건 너희들 또한 마찬가지야. 그런데 너희들은 감히 이 천원갑의 초청을 거부하고 또 본인의 수하까지 살상했으니 어찌 무사히 하서회랑을 빠져나가길 바라겠느냐? 하지만 그럼에도 불구하고 이해심 많은 내가 너희들의 수장인 그 여인과 잠시 대화를 나눠 서로 오해를 풀 길을 열어주려 하는데 그 호의를 거절하다니, 정말 이 오지에 스스로의 무덤을 만들고 싶은 것이냐?"

천원갑이 자신의 신분을 드러내며 일행을 압박했다. 그러자 그의 말을 듣고 있던 만불통은 여송이 대답하기 전에 얼른 먼저 입을 열었다.

"백산당주도 참으로 불쌍한 위인이군."

그러자 천원갑의 표정이 사납게 변하며 만불통을 향해 냉갈했다.

"늙은이, 지금 뭐라고 씨부렁거렸느냐?"

"이 녀석아, 귀가 먹었느냐? 난 지금 네 아비가 참으로 불쌍하다고 했다."

"나의 아버님께서는 하서회랑을 지배하시는 백산당주시다. 그런 분이 어찌 거지 같은 꼴을 하고 있는 늙은이에게 동정을 받아야 한단 말이냐. 늙은이, 그 이유를 납득시키지 못하면 제일 먼저 늙은이의 목을 베겠다."

천원갑이 흉흉한 살기를 드러내며 만불통을 몰아붙였다. 그러나 만불통은 상대의 도발에도 전혀 흥분하지 않고 오히려 혀를 차며 대답했다.

"쯧쯔. 잘 들어라, 이 어린 녀석아. 네 아비는 지금 하서회랑의 패권을 놓고 흑산당과 치열한 격전을 벌이고 있는데 하나밖에 없는 아들이라는 놈은 앞뒤 분간 못하고 쏘다니며 아녀자나 희롱하고 있으니 그 얼마나 불쌍한 위인이란 말이냐? 보아하니 네놈의 나이도 젊다고는 할 수 없을 것 같은데 어찌 지금까지 철이 들지 않았단 말이냐. 참으로 불쌍한 천웅신이로다.”

천웅신은 현 백산당 당주의 이름이다.

“이놈! 감히 하서회랑에서 아버님의 이름을 함부로 부르고 백산당을 멸시하다니, 과연 노망이 든 게 분명하구나!”

“껄껄껄, 확실히 망나니 같은 놈이야. 어른이 훈계를 했으면 잘못을 깨닫고 용서를 빌어야지, 뿔난 망아지처럼 덤벼들다니. 내 네 아비를 대신해 오늘 네놈의 버릇을 단단히 고쳐 줘야겠구나.”

“네놈 목숨이나 걱정해라. 누가 나가서 감히 백산당을 모욕한 저자의 목을 베어오겠소?”

천원갑이 뒤를 돌아보며 물었다. 그러자 그의 뒤에 서 있던 십여 명의 인물 중 흑백이 묘하게 섞여 있는 수염을 기른 초로의 노인이 앞으로 나서며 대답했다.

“저들이 오제를 죽였으니 제가 나가서 오제의 복수를 하겠습니다, 소당주!”

“사 노사께서 나서신다면 저런 늙은이야 이미 죽은 목숨이지요. 그럼 노망난 늙은이를 사 노사께 맡기지요.”

천원갑이 초로의 노인에게 고개를 숙여 보이고는 뒤로 물러났다. 안하무인인 천원갑이 존대를 하고 고개를 숙여 보일 정도면 앞으로 나선 노인이 백산당에서 무척 존중받는 고수임을 짐작할 수 있었다.

"난 사승이라 하오. 이 새외의 무림인들은 나와 나의 네 형제들을 하서오객이라 부르오. 난 그중 맏이외다. 노인장의 이름은 무엇이오?"

백산당이 자랑하는 사십사사자 중 일인이며 천원갑을 호위하는 하서오객 중 맏이라는 사승은 과연 천원갑과는 그 인물의 그릇이 다른 위인이었다. 그는 침착하면서도 자신감있는 모습으로 만불통에게 정체를 물었다.

"끌끌끌, 그대도 늙은 나이에 고생이 많군. 저런 망나니 같은 놈을 상전으로 모시려니 얼마나 고생이 심하신가?"

만불통이 사승이 묻는 말에는 대답하지 않고 혀를 차며 사승을 동정했다. 순간 사승의 뒤로 물러난 천원갑의 눈에 다시 노기가 서렸으나 그는 애써 솟구치는 노기를 누르며 만불통을 상대하는 일을 사승에게 맡겨두었다.

"이름을 밝히지 않겠다면 굳이 두 번 묻지 않겠소. 하지만 난 이미 주인께 명을 받았으니 노인을 상대해야겠소. 준비하시오."

"흐흐, 준비랄 게 뭐 있나? 그저 시작하면 그뿐이지."

만불통이 땅을 짚고 있던 철곤을 어깨에 척 걸치며 시적시적 앞으로 걸어나오며 말했다. 순간 사승의 얼굴에도 작은 분노의 빛이 서렸다. 지금 만불통의 행동은 완전히 상대를 경시

하는 태도였다.

"조심해야 할 거요. 내 검에는 눈이 없소. 노인이라 하여 사정을 봐주지 않을 것이오!"

"하하하, 그런 걱정은 마시게. 나 또한 누가 사정을 봐주길 바라는 사람은 아니니. 그리고 자꾸 노인 노인 하는데 보아하니 그쪽의 나이도 노인 소리를 들어 억울할 게 없는 것 같군. 그러니 같이 늙어가는 처지에 너무 나이를 들먹이지 마시게."

"좋소. 어디 무공도 말솜씨만큼이나 대단한지 봅시다."

사승이 여전히 시적거리며 다가오는 만불통을 향해 번개처럼 쏘아져 나가며 허리춤에 매달려 있던 검을 잡아갔다.

팟!

그리고 사승이 자신의 검을 잡았다 싶은 순간 어느새 그의 검은 검집에서 벗어나 자신과 만불통 사이에 투명한 한줄기 빛줄기를 만들어내고 있었다. 놀랄 만한 속도를 자랑하는 발검, 극쾌의 묘가 담긴 사승의 검이 단번에 만불통의 허리를 잘라갔다. 그러나 만불통이 누구던가. 수십 년간 천하제이의 청부사로 불리던 노고수가 바로 그였다.

까깡!

맹렬한 충돌음이 일어났다. 어느새 만불통이 어깨에 메고 있던 철곤을 휘둘러 사승의 검을 막아냈던 것이다.

"음!"

사승의 입에서 한줄기 신음성이 흘러나왔다. 동시에 그의 신형이 튕기듯 만불통에게서 떨어져 나왔다. 그러자 이번에는 만불통이 사승을 따라붙으며 맹렬하게 철곤을 휘두르기 시작했다.

우우웅!

만불통의 철곤이 어지럽게 회전하자 장내가 온통 만불통이 만들어내는 철곤의 그림자로 가득 찼다. 사승은 철곤의 그림자 사이를 이리저리 빠져나가며 간간이 만불통을 향해 반격을 가했지만 싸움의 승기는 누가 보아도 만불통 쪽으로 기울어져 있는 것이 분명했다.

싸움의 양상이 자신의 생각과 다르게 진행되자 천원갑은 조금 더 뒤로 물러나 자신의 수하들 사이로 기어들어 갔다. 본능적으로 위험을 느끼고 있는 모양이었다.

"엇차!"

한순간 만불통이 위에서 아래로 무겁게 철곤을 내리찍었다. 그러자 사승이 재빨리 몸을 틀어 만불통의 공격을 피하면서 만불통의 가슴을 향해 검을 찔러 넣었다.

윙!

순간 아래로 떨어져 내리던 만불통의 철곤이 급격하게 방향을 바꿔 자신을 찔러오는 사승의 검을 아래에서 위로 쳐올렸다.

쾅!

강력한 격돌음와 함께 사승의 검이 만불통의 철곤에 맞아 허공으로 솟구쳤다.

"엇!"

사승의 입에서 다급성이 흘러나왔다. 자칫하면 자신의 검을 손에서 놓칠 뻔했던 것이다. 사승이 가까스로 허공으로 솟구쳐 오르는 자신의 검을 꽉 부여잡아 자신 쪽으로 끌어당기느라 잠시 몸의 중심을 잃었다. 그 순간 만불통의 몸이 무섭게 회전했다.

펙!

그리고 한차례 경쾌한 타격음이 일어났다. 어느새 휘둘러진 만불통의 오른발이 사승의 왼쪽 다리 뒤쪽의 오금을 가격했던 것이다. 순간 사승의 몸이 만불통의 타격에 더욱 중심을 잃고 눕혀지듯 허공으로 붕 떠올랐다. 그리고는 미처 신형을 바로 세우기도 전에 땅 위에 드러눕듯 떨어져 내렸다.

"핫!"

사승의 입에서 다급한 외침이 흘러나왔다. 자칫하다가는 개구리처럼 땅바닥에 내동댕이쳐지는 창피를 당할 상황이었으므로 그는 어떻게 해서든 신형을 바로 세우려 진기를 끌어 모았던 것이다. 그리고 그 덕에 사승의 신형이 허공에서 재빨리 반 바퀴 회전하며 가까스로 검으로 땅을 짚어 땅 위에 나뒹구는 수모에서 벗어났다.

하지만 그것으로 싸움의 승패는 끝나 있었다. 겨우 검에 몸을 지탱한 사승의 이마 위에 어느새 만불통의 철곤이 닿아 있었던 것이다.

"어떤가? 내가 늙기는 했어도 아직 죽을 때는 아니지?"

자신의 철곤 아래 이마를 대고 있는 사승을 보며 만불통이 물었다. 사승의 얼굴이 패배로 인한 수모로 붉게 달아올랐다.

"너무 상심하지 말게. 자네의 무공도 대단했네. 단지, 자네는 나를 잘 몰랐을 뿐일세. 그게 패인이야."

"노인장은 누구시오?"

사승이 만불통이 자신을 죽일 생각이 없다는 것을 깨닫고는 그의 철곤 아래에서 몸을 빼내며 물었다.

"내 이름을 알아서 자네의 마음이 편해진다면 말해주지. 난 만불통이라는 사람일세."

그러자 사승이 잠시 생각에 잠기는 듯하더니 이내 놀란 눈으로 만불통을 바라봤다.

"그렇다면 천하제이청부사로 불리었던……?"

"맞네. 이제 보니 자네도 중원무림의 소식에 밝은 모양이군, 내 이름을 아는 것을 보니."

"비록 내가 새외에서 활동하는 자이기는 하나 어찌 천하제이청부사 만 노사의 이름을 모르겠소이까? 음… 오늘은 한 수 잘 배웠습니다."

사승이 굳은 얼굴로 천천히 포권을 해 보였다.

"나도 오랜만에 좋은 상대와 즐겁게 겨뤄보았네. 그런데 자네는 자네의 주인을 설득할 수 있겠나? 솔직히 말하자면 난 자네의 주인이 우리의 길을 방해하지 말았으면 하네. 물론 하서 회랑에서 자네가 속해 있는 백산당이 패자의 지위에 올라 있는 것은 알고 있으나 우리 일행도 만만치 않은 전력이니 지금 자네들만으로는 우리의 앞길을 막을 수 없을 것일세. 괜한 오기로 피를 보는 일이 없었으면 좋겠군.”

만불통의 말에 사승이 자신없는 표정으로 슬쩍 수하들 틈에 서 있는 천원갑을 바라보고는 조용히 대답했다.

“말씀드려 보지요. 하지만……..”

뭔가 다른 말을 할 것 같던 사승이 이내 신형을 돌려 천원갑이 있는 쪽으로 걸어갔다. 그러자 만불통 역시 터덜거리는 걸음걸이로 추산 곁으로 다가왔다.

“수고하셨어요.”

추산이 만불통을 보며 미소를 지어 보였다.

“음, 생각보다 대단한 자였어. 애초에 날 무시하고 방심하지만 않았다면 싸움이 길어졌을 거야.”

“하지만 그렇다고 해도 어르신을 상대할 수는 없었겠지요. 그나저나 그가 저 나이만 들어 철없는 위인을 설득할 수 있을까요?”

“글쎄, 자신없어하는 표정이기는 했는데… 두고 봐야지. 보아하니 저 천원갑이라는 자는 제법 겁이 많은 듯하니 자신들이 수세란 걸 인정하기만 하면 뒤로 물러날 걸세.”

“그가 물러나지 않으면 한바탕 혈풍이 불겠군요.”

“쉽지 않은 싸움이 될 걸세. 저들의 무공도 무공이려니와 우리보다 숫자가 배는 많아.”

“두고 봐야죠.”

추산이 날카로운 눈으로 천원갑과 사승을 바라보았다. 사승의 말을 듣고 있던 천원갑의 표정이 여러 번 변했다. 어떤 때는 화가 난 모습이기도 하고, 또 어떤 때는 걱정스런 표정을 짓기도 했다.

그렇게 얼마의 시간이 흘렀을까. 천원갑이 떼쓰다 지친 아이처럼 무겁게 고개를 끄덕이는 모습이 보였다. 그러자 사승이 조금 밝아진 표정으로 천원갑에게 깊이 고개를 숙여 보이고는 다시금 앞으로 나섰다.

"너그럽게도 소당주께서 오늘의 일을 불문에 부치시겠다 하시오! 그러니 그대들도 소당주의 뜻에 깊이 감사하고 갈 길을 가시기 바라오! 그럼 잘들 가시오!"

사승이 모두에게 들릴 수 있도록 큰 소리로 말을 하고는 이내 신형을 돌려 천원갑의 곁으로 다가갔다. 천원갑은 아쉬운 얼굴로 주하령을 한 번 훑어보고는 이내 신형을 돌려 계곡을 벗어나기 시작했다.

백산당의 무리들 중 가장 뒤에 남아 있던 사승은 자신의 동료들이 멀어지자 신형을 돌려 만불통에게 가볍게 고개를 숙여 보였다. 아마도 자신이 한 말에 반발하지 않고 자신들을 보내주는 것에 대한 감사의 표현인 듯했다. 그런 사승에게 만불통 역시 가볍게 고개를 끄덕여 보이자 사승이 훌쩍 몸을 날려 장내를 벗어났다.

"단단히 버릇을 고쳐 줄 걸 그랬어요."

추산이 멀어지는 백산당의 무리들을 보며 중얼거렸다.

"이 정도로 끝내는 것이 좋네. 누가 뭐래도 이곳은 백산당의 안방이 아닌가? 괜히 그들과 분란을 일으키면 백산당 전체를 상대해야 할 수도 있는 일이네. 우리는 기련산으로 가는 것이 급한 사람들 아닌가?"

만불통의 말에 추산도 순순히 고개를 끄덕였다. 청부행이 아니라면 안하무인인 천원갑의 버릇을 고쳐 주고 싶었지만 지금은 주하령의 청부를 수행하는 것이 제일 중요한 일이었다.

"두 분께 감사드려요. 두 분 덕분에 제 목숨을 구하고 또 백산당의 고수들을 손쉽게 물리쳤어요. 그들이 길을 열어주지 않았다면 아마도 이번 기련행이 크게 어려워졌을 거예요."

주하령이 추산과 만불통의 곁으로 다가서며 가볍게 고개를 숙였다.

"고맙기는요. 이런 일을 대비해 본 장에 청부를 하신 거잖아요. 우리야 당연히 해야 할 일을 한 것뿐이에요."

추산이 고개를 저으며 말했다.

"비록 청부라 해도 목숨의 구원을 받은 것은 큰 은혜지요. 이 주하령, 추 대협의 은혜를 잊지 않겠어요."

"아, 뭘 이럴 것까지야……."

추산이 주하령의 말에 머리를 긁적이며 어색한 표정을 지을 때, 마연철이 다가서며 말했다.

"이러고 있을 때가 아닌 것 같습니다."

마연철의 표정이 사뭇 진지했다.

"무슨 문제라도 있는 것인가?"

만불통이 묻자 마연철이 몇 개의 점으로 화한 백산당의 고수들을 바라보며 입을 열었다.

"저들이 비록 어르신의 무공에 눌려 뒤로 물러나기는 했으나 백산당 소문주 천원갑의 성정을 보자면 이대로 물러나고 말 위인이 아닙니다."

"하면?"

"분명 다른 수단을 강구해서 이번에 당한 수모를 되갚으려 할 겁니다. 그러니 한시라도 빨리 이곳을 벗어나 기련산으로 향하는 것이 좋을 듯합니다. 아무리 백산당이라 해도 기련산까지 쫓아올 수는 없을 테니까요."

"설마 그자들이 자신들의 말을 어기고 다시 수작을 부리겠어요?"

추산이 마연철의 걱정이 기우라는 듯 말했다.

"그건 추 소협, 자네가 천원갑이라는 작자를 몰라서 하는 말일세. 그자는 결코 정인군자가 아니야. 소인배 중에서도 소인배지. 자신이 한 말쯤은 눈 하나 깜빡이지 않고 어기는 것을 식은 죽 먹기로 하는 위인일세. 더군다나 놈은 자신이 눈독을 들인 여인은 어떠한 방법을 동원해서라도 반드시 취하고 마는 성격이란 말일세. 그러니 그가 백산당의 다른 고수들을 동원하기 전에 얼른 그들의 세력권에서 벗어나는 것이 좋을 듯하네."

"오라지요. 그가 주제를 모르고 다시 오면 이번에는 반드시 그자의 버릇을 고쳐 주겠어요."

"물론 자네와 만 어르신의 실력을 모르는 것은 아닐세. 뭐, 나라도 일 대 일로 붙으면 그자 정도야 능히 버릇을 고쳐 줄 수 있네. 하지만 상대는 그 혼자가 아니라 백산당이 아닌가? 더군 다나 이곳은 백산당의 안방, 그들이 험로를 점하고 길을 막으면 우리는 무척 곤란한 지경에 빠질 수 있다네. 그러니 얼른 이곳을 떠나는 것이 상책일세.”

“마 대협의 말씀이 옳은 것 같아요. 일단 어서 이곳을 벗어나기로 하죠.”

주하령이 마연철의 말을 거들자 추산도 고개를 끄덕였다.

“그렇게 하지요. 뭐, 똥이 더러워서 피하지 무서워서 피하는 것은 아니니까요. 그럼 지금 바로 떠나죠.”

추산이 동의하자 마연철이 재빨리 입을 열었다.

“자, 어서들 떠날 준비를 하시오. 다행히 내가 이 근방에서 기련산 쪽으로 빠지는 비도(秘道)를 알고 있으니 서둘러 움직이면 저들의 눈을 피할 수 있을 겁니다.”

마연철의 말에 일행이 서둘러 노숙했던 자리를 정리하고 떠날 준비를 마쳤다. 그러자 마연철이 일행의 앞으로 나서서 사람들을 계곡의 입구가 아닌 계곡의 안쪽 깊숙한 곳으로 이끌기 시작했다.

第八章

험로난적(險路難賊)

추산은 주하령이 타고 있는 마차가 튼튼한 것이 무척 다행이라고 생각했다. 백산당의 소당주와 실랑이를 벌인 후 서둘러 마연철이 안내한 길은 지금까지의 길과는 달리 험하기 그지없었다.

가끔은 마차가 갈 수 없어 일행이 말에서 내려 바위를 치우거나 나무를 베어내야 할 정도로 험한 길이었다. 만약 마연철의 안내가 없었다면 절대로 들어서지 않았을 길을 일행은 묵묵히 전진하고 있었다.

"이 길로 가면 정말 기련산이 나오긴 나오는 건가?"

어느 때인가 또 하나의 거대한 바위를 밀어내고 마차가 지날 길을 만든 만불통이 퉁명스럽게 물었을 때 마연철이 대답했다.

"적어도 이틀은 빨리 기련산에 도착할 겁니다. 더군다나 그 망나니 녀석의 눈에 띌 염려도 없지요. 이 길을 알고 있는 사람은 정말 열 손가락에 꼽을 테니까요."

마연철의 장담은 사실이었다. 그렇게 엿새 동안 험로를 뚫고 전진하자 어느 순간부터 주위의 지형이 서서히 변하기 시작했다. 초록의 풀들이 눈에 띄게 많아지고 간간이 숲이 우거지기 시작했다. 산의 높이도 달라졌다. 이제 산은 그 정상이 어딘지 측량할 수 없을 만큼 높이 솟아 있었다.

물이 흐르는 계곡 또한 눈에 띄게 많아졌다. 하나같이 깊은 협곡을 만드는 물줄기들은 어딘가를 향해 용솟음치며 흘러내려 갔다.

"저 산을 지나면 산사람들이 망혼곡이라는 부르는 수백 척 깊이의 계곡이 있지요. 그 계곡을 지나면 드디어 우린 기련산에 들어섰다고 할 수 있을 겁니다."

마연철이 제법 높은 봉우리를 가진 산을 가리키며 말했다. 길은 그 산의 중턱을 끼고 돌아 후면으로 이어져 있었다.

"이곳부터는 마차를 타고 갈 수 없겠군요."

추산이 산으로 이어진 좁은 길을 보며 말했다. 그러자 마차 안에서 주하령과 묘실이 모습을 드러냈다.

"저희도 말을 타고 가지요."

주하령의 말에 추산이 놀란 표정을 지었다.

“말을 탈 줄 아십니까?”

“호호, 예전 난주에 살 때 배워두었지요. 청록원에서도 가끔 마음이 답답할 때면 말을 타고 산책을 나가곤 했었어요.”

기련산 앞에 도착해서인지 주하령의 표정은 한결 밝아 보였다. 싱그러운 산속의 공기와 투명한 햇살을 받은 그녀의 얼굴은 좀 더 신비로워 보였다.

‘참으로 종잡을 수 없는 여인이구나. 어찌 보면 얼음장같이 차가워 보이다가도 이럴 때 보면 천하에 다시없는 미인이고……’

추산이 주하령의 신비한 아름다움에 감탄하고 있을 때 막문위가 마차에 매여 있던 두 필의 말에서 마구를 벗겨내 주하령과 묘실 앞으로 끌고 왔다. 그리고는 미리 준비를 했던지 마차 안에 실려 있던 안장을 말 등에 올렸다.

그러자 주하령과 묘실이 망설이지 않고 훌쩍 말 등에 날아올랐다. 그 모습으로 보건대 두 여인은 말을 다루는 데 무척 익숙한 것이 분명했다.

‘말에서 떨어질까 걱정할 필요는 없겠군.’

추산이 두 여인의 기마술에 내심 안도할 때 마연철이 입을 열었다.

“그런데… 난 어디까지 가야 하는 것이오?”

애초 마연철을 고용한 목적은 일행을 기련산까지 안내해 달라는 것이었다. 그런데 이제 일행이 기련산에 도달했으니 마연철의 일은 끝난 것이나 마찬가지였다.

"우린 기련산 만불곡으로 가려 합니다만, 그곳을 아시나요?"

주하령이 마연철을 보며 물었다. 그러자 마연철의 얼굴에 놀란 기색이 드러났다.

"지금 만불곡이라 하셨소이까?"

"그래요."

"그러니까 주 소저의 부모님께서 만불곡에서 돌아가셨다는 말입니까?"

마연철이 다시 한 번 물었다.

"그렇게 알고 있어요."

주하령이 고개를 끄덕였다.

"하! 만불곡이라……."

마연철이 떨떠름한 표정을 지으며 탄식했다.

"그곳을 알고 있나요? 마 대협께서 만불곡의 위치를 알고 있다면 그곳까지 안내를 부탁드리고 싶군요."

그러자 마연철이 정색을 하며 말했다.

"물론 기련산 만불곡이 어디쯤에 위치하고 있는지는 들은 바 있소. 하지만 나 역시 만불곡을 가본 적은 없소이다. 그리고 아마 기련산 인근의 사람들 중에서 만불곡에 가보았다는 사람은 찾아보기 힘들 거요."

"왜 그렇죠? 만불곡이라는 곳이 그토록 험한가요?"

추산이 두 사람의 대화에 끼어들었다.

"험하기만 해서야 사람의 발길을 막을 수 있나? 본시 산사람들에게 험한 산은 오히려 귀한 약재를 선물해 주는 곳이니 산이 험할수록 귀한 약재를 찾는 사람에게는 양처라 할 수 있지.”

“그런데 왜 만불곡에 다녀온 사람이 없단 거죠?”

“그건 말일세. 만불곡을 찾아간 사람 중 살아 돌아온 사람이 없기 때문일세.”

마연철의 말에 추산이 놀란 눈으로 물었다.

“살아 돌아온 사람이 없다고요?”

“그렇다네. 본시 만불곡은 기련산의 가장 험한 봉우리인 한 단봉 아래 위치한 계곡인데, 그 넓이와 깊이가 끝없이 넓고 깊어 아무도 그 실체를 정확히 본 사람이 없는 곳일세. 그런 깊은 계곡에는 예로부터 영물이 많이 산다 하여 산사람들이 제법 많이 찾아들었지만 언제부턴가 그곳에 들어간 사람들이 돌아오지 못하기 시작했지. 그리고 그런 일이 계속되자 수십 년 전부터는 아예 산사람들에게도 금단의 지역이 되어버렸다네. 사시사철 운무가 가득하여 혹자는 지옥의 입구라고 부르기도 하지. 음, 주 소저가 그곳으로 가려는 줄은 몰랐구려. 나로서는 지금이라도 말리고 싶은 심정이외다.”

마연철은 본시 그 성정이 가벼운 사람이었지만 지금 주하령에게 하는 충고는 진심을 담고 있어 누구도 그의 말을 흘려듣지 못했다.

“만불곡이 위험하단 이야기는 저도 들어 알고 있어요. 그리고 그 만불곡을 찾아갔다가 돌아오지 못한 사람 중 두 분이 제

부모님이고요. 하지만 저로서는 가지 않을 수 없어요. 적어도 부모님의 시신은 찾아야 자식 된 도리일 테니까요."

"하지만 그곳은 새외에서 이름난 고수들조차 살아 돌아오지 못한 곳이오. 혹자는 사람이 아닌 괴물들이 살고 있다고 하기도 하고… 물론 그건 기련산 주변의 부락민들이 지어낸 이야기이긴 하지만……."

"어쨌든 일단 길을 나섰으니 되돌아가진 않을 거예요. 혹 그 만불곡 입구까지라도 동행해 주실 수 있나요?"

주하령이 단호한 태도를 보이자 마연철이 살짝 인상을 찌푸렸다. 그의 심정으로는 이쯤에서 안내를 끝내고 싶지만 받은 돈이 있으니 그도 쉽지 않은 일이었다.

"알겠소이다. 그럼 만불곡이 보이는 곳까지만 같이 가도록 하지요."

"감사해요. 그 정도만으로도 충분합니다."

주하령이 마연철에게 가볍게 고개를 숙여 보였다.

"뭐, 고마울 것이야 있소이까? 대가를 받고 하는 일인데. 자, 기왕에 가기로 한 것 얼른 길을 서두릅시다. 자칫하면 오늘 안에 저 산을 넘지 못할지도 모르겠소이다. 오늘 안에 망혼곡까지는 도달해야 편한 길이 될 것이오."

일단 만불곡까지 길을 안내하기로 한 마연철이 일행을 재촉했다. 해는 아직 하늘 높이 떠 있었지만 산중의 밤은 일찍 찾아오는 법이다. 일행은 마연철의 재촉에 밀려 서둘러 길을 떠나기 시작했다. 주하령과 묘실이 중원에서부터 타고 온 마차는 그 자리에 남았고, 두 사람은 각자의 말에 올라 산길을 오르기 시작했다.

 산등성이를 돌자 광활한 산준령이 눈에 들어왔다. 끝없이 이어진 산봉우리들이 병풍처럼 펼쳐져 보는 이를 압도했다.
 "저 산줄기 어딘가에 만불곡이 있단 말이죠?"
 추산이 험산준령을 바라보며 질린 듯 말했다.
 "그래요. 그곳에 제 부모님의 유해가 있겠지요."
 추산의 곁에서 길을 가고 있던 주하령이 만감이 교차하는 목소리로 말했다.
 "아마도 꼭 찾게 될 겁니다."
 "그래야지요. 다행히 추 대협께서 곁에 계시니 이렇게 든든한 수가 없군요."
 주하령이 추산을 보며 미소를 지었다. 순간 추산은 자신의 가슴이 덜컹 내려앉는 느낌을 받았다.
 '제길, 이 기분은 뭐지?'
 추산은 순간 떨떠름한 기분이 들었다. 그것은 추산이 평생 처음 느껴보는 느낌이었다.
 "청부를 받았으니 최선을 다할 뿐이지요."
 추산이 짐짓 마음속의 감정을 드러내지 않고 담담하게 대답했다.
 "그렇게 말씀하셔도 추 대협과 만불통 어르신이 제겐 큰 의지가 되는군요."

추산을 바라보는 주하령의 눈빛이 별처럼 반짝였다. 추산은
마치 자신이 주하령의 눈 속으로 빠져 들어가는 듯한 느낌을
받았다.

'제길, 이게 도대체 무슨 조화란 말인가?'

추산이 얼른 주하령에게서 시선을 거두며 재빨리 화제를 돌
렸다.

"저곳이 망혼곡인가요?"

그러자 앞에 있던 마연철이 추산의 물음에 대답했다.

"맞네. 저 깊은 계곡이 바로 망혼곡이네. 깊이를 알 수 없는
곳이지. 다행히 계곡을 건너는 구름다리가 놓여 있다네."

"다행이군요. 얼른 가죠. 서두르면 오늘 저 계곡을 넘어서
노숙을 할 수 있겠네요."

"아마도 그럴 걸세."

추산이 애써 주하령을 외면하며 앞으로 말을 몰아나갔다.
그러자 주하령이 잠시 생각에 잠겼다가 이내 고개를 젓고는
천천히 말을 몰았다.

다행히 망혼곡 쪽으로 내려가는 길은 경사가 가파르긴 했지
만 그래도 올라올 때보다는 평탄했다. 그래서 일행은 좀 더 빠
르게 망혼곡을 향해 다가갔다.

그런데 순조롭게 진행되던 일행의 여행은 기련산을 눈앞에
두고 커다란 난관에 봉착하고 말았다.

"잠시 걸음을 멈추시오."

냉랭한 한마디 음성이 추산 일행의 발걸음을 가로막았다.
어디서 나타났는지 일행 앞에 여섯 명의 중년인이 모습을 드
러냈다. 그들의 호흡이 제법 가쁜 것으로 보아 다급하게 이동
한 것이 분명해 보였다.

"뉘신데 길을 막는 것이오?"

여송이 앞으로 나서며 냉막한 목소리로 물었다.

"잠시 길을 멈추시오. 우리가 모시는 분께서 그대들을 만나
고 싶어하시오."

"그대의 주인이 누구이기에 우릴 만나고 싶어하는 것이오?"

"그건 주인님을 만나뵈면 자연히 아시게 될 거요."

"참으로 예의가 없는 자들이 아닌가? 자신들의 정체도 밝히
지 않고 막무가내로 길을 막다니! 썩 비키시오! 우린 갈 길이
바쁜 사람들이오!"

여송이 노한 얼굴로 호통을 쳤다.

"그럴 수는 없소. 우린 주인께 당신들을 잠시 잡아두라는 명
을 받았기에 주인의 명을 따르지 않을 수 없는 입장이오."

"흥, 당신들이 누구에게 어떤 명을 받았는지 모르지만 우리
와는 상관없으니 우린 갈 길을 가겠소."

여송이 냉소를 흘리고는 말을 몰아 길을 막아선 육 인의 중
년인 옆으로 비껴 지나려 했다. 그런데 여송이 막 여섯 중년인
옆으로 지나치려는 순간 그중 한 명이 번개처럼 검을 뽑아내
여송의 앞쪽으로 매서운 일검을 휘둘렀다.

히히힝!

순간 여송이 타고 있던 말이 놀라 앞다리를 들어 올리며 다급한 울음소리를 질러댔다.

"지금 뭘 하는 것인가? 이제 보니 행인의 길을 도검으로 막는 산적의 무리들이었구나!"

여송이 놀란 말을 진정시키며 노성을 터뜨렸다.

"뭐라 해도 좋소. 우린 주인의 명을 지키면 그뿐이오. 그리고 그리 오래 기다리지 않아도 될 것이오. 주인께서는 일각 안에 도착하실 것이니……."

검을 휘둘러 여송을 막은 사내가 여전히 차가운 음성으로 말했다. 그런데 그때 마연철이 추궁하듯 입을 열었다.

"이제 보니 네놈들은 백산당에서 나왔구나. 네놈들이 비록 의복을 바꿔 입어 정체를 숨기려 하나 그 소매 안쪽에 입고 있는 옷의 문양은 분명 백산당의 표식이렷다!"

순간 길을 막아선 여섯 사내가 흠칫 놀라는 표정을 지었다. 그리고는 재빨리 자신들의 소매 깃을 바라봤다. 그러자 과연 겉옷 안쪽에 받쳐 입은 회색빛 옷자락이 밖으로 비쭉이 끄트머리를 내밀고 있었다. 그리고 그 끝에 세 개의 붉은 불꽃이 수실로 새겨져 있었다.

본시 백산당은 마교에 그 뿌리를 두고 있기에 불을 무척 숭상하는 것으로 알려져 있었다. 그들의 소매 깃에 수놓인 세 개의 불꽃은 바로 불을 숭상하는 마교의 전통에 따라 만들어진 백산당의 표식이었던 것이다.

"우리가 어디서 나왔는지가 중요한 것이 아니오. 그대들은 잠시 이곳에서 주인께서 오기를 기다리면 되는 것이오."

"너희들이 백산당에서 나왔다면 너희들이 말하는 그 주인이란 바로 천원갑이 분명하겠군."

여송이 살기를 드러내며 말했다.

"그 역시 만나보시면 알 것이오."

중년 사내가 여전히 고압적인 자세로 말했다. 그러자 마연철이 주하령과 다른 일행을 돌아보며 말했다.

"아무래도 일이 급하게 된 듯하외다. 아마도 뒤에서 천원갑이 쫓아오고 있는 모양이오. 이들은 천원갑이 우리의 앞을 막으라고 미리 보낸 자들일 것이오. 천원갑은 우리의 실력을 알고 있으니 아마도 적지 않은 수하들을 데리고 올 것이오. 그리되면 그들을 물리치고 이곳을 벗어나기가 쉽지 않을 것이외다."

"흠, 그렇다면 그자가 졸개들을 끌고 오기 전에 이곳을 떠나면 되는 것이군."

만불통이 어려운 일이 아니라는 듯 말했다.

"하지만 천원갑이 저들을 보내 우리의 앞을 막으라고 했다면 저들 또한 보통 인물들이 아닐 터인데……."

마연철이 길을 막고 있는 여섯 사내를 보며 말했다. 그러자 추산이 만불통을 보며 말했다.

"일단 우리가 저들을 상대해 길을 열지요. 그사이 막 대협과 묘 낭자께서 주 소저를 모시고 먼저 망혼곡을 건너십시오."

"그게 좋을 듯하군."

만불통도 추산의 의견에 동의했다. 그러자 여송과 마연철 역시 고개를 끄덕였다.

"그럼, 길을 열까요?"

추산이 만불통을 보며 묻자 만불통이 씩 미소를 지었다.

"좋아, 한바탕 신나게 놀아보자구!"

호쾌하게 대답을 한 만불통이 지체하지 않고 신형을 뽑아 올려 길을 막고 서 있는 백산당의 여섯 고수들을 향해 날아가 며 소리쳤다.

"어디 얼마나 대단한 실력을 가졌기에 이 늙은이의 앞길을 막는지 보자!"

웅웅웅!

만불통의 외침과 동시에 그의 철곤이 바람을 가르며 육 인 의 백산당 고수에게로 떨어져 내렸다.

"조심하게! 소당주께서 경고했던 바로 그잘세!"

육 인의 백산당 고수 중 하나가 다급히 소리쳤다. 아마도 이 들은 천원갑으로부터 철곤을 든 노인을 조심하란 경고를 받은 모양이었다.

파팟!

그 때문인지 백산당 여섯 고수가 만불통과 정면으로 충돌하 지 않고 뒤로 몸을 뺐다.

횡!

그러자 만불통의 철곤이 그들이 있던 자리로 강력한 바람 소리를 내며 스치고 지나갔다.

“여기도 있다.”

막 만불통의 공격을 피해 몸을 뒤로 뺐던 육 인의 백산당 고수들이 신형을 바로잡고 만불통을 상대할 준비를 하려는 찰나, 갑자기 추산이 만불통의 머리를 뛰어넘으며 불쑥 솟아올랐다. 추산은 상대를 향해 일갈을 터뜨리는 동시에 번개처럼 검을 휘둘러 여섯 줄기의 강맹한 검기를 뻗어냈다.

파팟!

유성검의 쾌속한 검초가 눈 깜짝할 사이에 백산당 여섯 고수에게 닥쳐들었다.

“헛!”

추산의 예상치 못한 공격을 받은 백산당 고수들이 헛바람을 흘려내며 사방으로 비산했다. 덕분에 그들이 진을 치듯 막고 있던 길이 열렸다.

“먼저 가세요!”

추산이 주하령을 돌아보며 소리쳤다. 그러자 주하령이 추산을 향해 고개를 끄덕이고는 이내 말을 몰아 추산의 곁을 스쳐 지나갔다. 그 뒤를 따라 막문위와 묘실이 주하령을 호위하며 맹렬하게 말을 몰았다.

“놓치면 안 되네! 소당주의 엄명이 있었어!”

추산의 공격에 흩어졌던 육 인의 백산당 고수가 어느새 정신을 차리고 망혼곡을 향해 달려가는 주하령 일행을 추격하려 했다. 그러나 그들은 곧 추산 등 사 인에 의해 가로막혔다.

“당신들이야말로 이곳에서 당신의 주인을 기다리시구려.”

추산이 검을 들어 백산당 고수들을 가리키며 차갑게 말했다.

"기습으로 잠시 선기를 잡았다고 기고만장하는구나! 오늘 왜 본 백산당이 하서회랑의 지배자로 군림하는지 똑똑히 가르쳐 주마!"

육 인의 백산당 고수 중 한 명이 앞으로 나서며 노성을 터뜨렸다. 그러자 그의 동료들이 저마다 도검을 앞세우고 길을 막고 있는 사 인을 향해 다가왔다.

"흥! 너희 백산당이 이곳에서는 패자(覇者)일지 모르나, 무림은 한없이 넓고 고수는 모래알같이 많다. 오늘 하늘 위에 하늘이 있음을 알려주마."

만불통이 냉소를 흘려내며 가장 앞서 다가오는 백산당 고수를 향해 강력한 진기가 깃든 철곤을 휘둘렀다. 그리고 만불통의 공격을 시작으로 장내가 순식간에 싸움의 소용돌이 속으로 빠져들었다.

조용하던 산중에 때 아닌 광풍이 몰아쳤다. 산 위에서 불어오는 바람이 만들어낸 광풍이 아니라 무인들이 뒤엉켜 일으키는 도검의 바람이었다. 백산당의 여섯 고수의 무공은 뛰어났다. 천원갑이 만불통의 실력을 보고도 그들 여섯을 먼저 보낸 데에는 그만한 이유가 있었다. 백산당 여섯 고수는 중원무림에서는 볼 수 없는 기이한 검초와 도초를 사용했으며 살기 짙은 진기를 쉼없이 뿌려댔다.

하지만 시간이 지나면서 전세는 서서히 추산 일행 쪽으로 기울어졌다. 여송과 마연철이 각기 한 명씩의 백산당 고수를 상대하고 있었고, 추산과 만불통은 두 명씩의 적을 상대하고 있었는데 오히려 네 쌍의 싸움 모두 추산 일행 쪽으로 승부가 기울어지고 있었던 것이다.

"목숨이 아까운 줄 알면 그만 물러나라! 더 이상 우릴 방해한다면 피를 보게 될 것이다!"

만불통이 맹렬하게 철곤을 휘둘러 두 명의 백산당 고수를 밀어붙이며 소리쳤다.

"그대들의 무공이 대단한 것은 알겠으나 쉽게 보내줄 수는 없다! 목숨을 잃는 한이 있어도 소당주의 명을 거역할 수는 없는 일이니까!"

만불통을 상대하던 자 중 하나가 이를 악물고 거칠게 소리쳤다. 그리고 그때 일행이 지나왔던 산길 저쪽에서 수십 명의 인마가 모습을 드러냈다.

"안 되겠어요. 그가 오는 모양이에요. 더 이상 시간을 끌 수 없겠어요."

산길에 나타난 인마를 먼저 발견한 추산이 소리쳤다.

"제길, 피를 보고 싶지는 않았는데……."

만불통이 투덜거리며 흘낏 뒤쪽에 나타난 인마에게 시선을 줬다. 그사이 좀 더 가까이 다가온 인마들의 선두에 힘껏 말을 달리는 천원갑의 모습이 들어왔다.

"소당주께서 왔으니 그대들의 운도 이쯤에서 다한 모양이오."

　천원갑이 나타나자 수세에 몰리던 백산당 여섯 고수의 얼굴에 생기가 돌았다. 그러자 만불통이 한차례 볼을 씰룩이며 소리쳤다.

　"이 멍청한 인사들아, 그가 나타났다고 좋아할 때가 아니야! 왜냐하면 그가 나타났으니 우리도 살수를 쓰지 않을 수 없는 상황이란 말이야! 자기 목숨 걱정이나 하라고!"

　한차례 호통을 내지른 만불통이 자신이 상대하던 두 명의 백산당 고수를 향해 더욱 강력하게 철곤을 휘두르기 시작했다. 만불통의 곤법이 급격하게 격렬해졌다. 이전에는 그래도 손속에 사정을 두어 상대의 목숨을 노리지는 않았었는데 이제는 그럴 여유를 부릴 수 있는 상황이 아니었던 것이다.

　천원갑의 등장은 추산 일행에겐 큰 위협이었다. 그동안 상대했던 백산당 고수들의 무공이야 능히 추산 일행이 감당할 수 있었지만 지금 천원갑이 몰고 오는 백산당 고수들의 숫자가 문제였다.

　대충 보아도 이십여 명이 넘는 백산당의 고수들, 비록 추산 일행의 무공이 뛰어나다고는 해도 단 넷이서 스무 명이 넘는 고수들을 상대할 수는 없는 일이었다. 더군다나 이미 만불통의 무공을 견식한 천원갑이었으므로 그가 데려오는 고수들 또한 보통 인물들은 아닐 터였다.

　만불통의 강력한 공격에 그를 상대하던 백산당 고수 둘이 제각기 어지럽게 검을 휘두르며 뒤로 물러났다. 하지만 일단 독하게 마음먹고 공격을 시작한 만불통은 적이 쉽게 철곤의 영향권에서 벗어나는 것을 허락하지 않았다.

"타앗!"

만불통의 입에서 한마디 기합성이 흘러나왔다. 순간 그의 철곤이 거대한 바람을 일으켰다.

우우웅!

만불통을 중심으로 그의 몸 주위를 감싸며 돌기 시작한 철곤이 폭풍 같은 기파를 휘날리며 물러나는 백산당 고수들을 뒤덮었다.

콰콰쾅!

"큭!"

"헛!"

거대한 충돌음과 함께 철곤의 폭풍 아래서 두 마디 신음성이 흘러나왔다. 철곤의 기파에 휘말린 백산당의 두 고수가 흘려내는 신음 소리였다. 동시에 맹렬한 기파를 타고 선홍빛 안개가 번졌다. 두 고수의 입에서 터져 나온 선혈이 만불통이 만든 철곤의 기파에 휘말리며 붉은 안개로 변한 것이다.

"목숨을 취하진 않겠다. 하지만 또다시 길을 막으면 그땐 이 정도로 끝내지 않을 것이다."

만불통이 종잇장처럼 구겨지며 땅 위를 뒹굴고 있는 두 백산당 고수를 향해 차가운 경고를 내뱉고는 재빨리 신형을 날려 마연철이 싸움을 벌이고 있는 곳으로 향했다. 만불통을 제외한 나머지 세 쌍의 싸움 중 가장 팽팽한 균형을 이루고 있는 곳이 마연철 쪽이었기 때문이었다.

추산은 만불통이 두 명의 백산당 고수를 물리치고 마연철 쪽으로 날아가는 것을 보며 살짝 입술을 깨물었다.

두두두…….

그의 귓가에 무서운 속도로 돌진해 오는 천원갑과 그 수하들의 말발굽 소리가 들려왔다. 이제 그들은 지척에 도달해 있었다.

'더 싸움을 끌 수는 없겠어.'

추산의 눈에 한줄기 한광이 스치고 지나갔다. 그의 가슴에 독심이 일어났다.

"날 원망하지 마시오."

추산의 입에서 한줄기 냉랭한 목소리가 흘러나오더니 그의 검에서 두 줄기 청색 검기가 빛살처럼 뻗어 나왔다.

팟!

추산의 검에서 흘러나온 검기가 순식간에 그가 상대하던 두 명의 백산당 고수를 스치고 지나갔다.

"웃!"

두 백산당 고수가 제각기 다급성을 흘려냈다. 어느새 두 사람의 어깨와 허리에는 길게 검상이 만들어져 있었고, 그 상처로부터 적지 않은 피가 흘러나오고 있었다.

"핫!"

순간 추산이 나직한 기합성을 토해내며 번개 같은 속도로 두 사람을 향해 치달았다. 동시에 그의 검이 허공에서 번뜩였다.

“큭!”

순간 어깨에 부상을 입었던 백산당 고수가 다시 허벅지에 일검을 허용하면서 오 장여 뒤로 날아갔다.

“놈!”

한 명의 적을 일검에 오 장 뒤로 날려 보낸 추산의 귀에 한 마디 노성이 들려왔다. 순간 추산이 재빨리 신형을 틀며 왼다리를 뒤쪽으로 쭉 내뻗었다.

“큭!”

그의 발에 묵직한 무게감이 실리며 고통이 묻어나는 신음 소리가 들려왔다. 추산의 신형이 자신의 왼발이 움직이는 방향으로 재빨리 회전했다. 그러자 그의 눈에 자신의 발에 채여 피를 토하며 동료 곁으로 나가떨어지는 또 다른 백산당 고수의 모습이 들어왔다.

추산이 자신이 상대하던 자들에게 치명적인 부상을 입히며 싸움을 승리로 이끈 것은 그야말로 눈 깜짝할 사이에 벌어진 일이었다. 하지만 추산에게는 숨 돌릴 여유가 없었다.

“우우우!”

어느새 이십여 장 안쪽으로 닥쳐든 천원갑과 그 수하들이 거친 고함성을 내지르며 마치 화적 떼처럼 달려들고 있었다. 추산의 신형이 바람처럼 움직여 여송이 상대하고 있던 백산당 고수의 등에 일검을 꽂아 넣었다.

“악!”

그렇잖아도 여송에게 밀리고 있던 백산당 고수는 속절없이 추산의 일검에 어깨의 힘줄이 파열되며 한 손으로 어깨를 감싸고 주춤주춤 뒤로 물러났다.

"가죠. 이곳에서 저들 모두를 상대할 수는 없습니다."

추산이 여송을 보며 말했다. 강호의 싸움에서 남의 싸움에 참견하는 것은 무척 무례한 행동이지만 지금 추산과 여송에겐 그런 예법을 따지고 있을 여유가 없었다.

"갑시다."

여송이 고개를 끄덕였다. 그러자 추산이 흘낏 장내로 닥쳐드는 천원갑을 한 번 흘겨보고는 이내 몸을 날려 재빨리 말 등에 올라타 말을 몰기 시작했다. 여송이 그 뒤를 따랐고, 어느새 또 다른 백산당 고수를 제압한 만불통과 마연철 역시 지체하지 않고 추산과 여송의 뒤쪽으로 따라붙었다.

"추격해! 반드시 저놈들과 계집을 내 발아래 끌고 와!"

바람처럼 신형을 날리는 추산의 귓가에 악을 쓰는 천원갑의 목소리가 아련하게 들려왔다.

기련산으로 진입하는 관문은 여러 개가 있지만 그중 가장 험하다고 알려진 곳이 망혼곡이다. 폭 삼십여 장, 깊이는 알 수 없다. 시커먼 입을 벌린 계곡이 수십 리에 걸쳐 이어져 있었다. 그러니 애초에 이 망혼곡을 지나 기련산에 진입하는 것은 불가능한 일이었다. 나는 새라면 모를까 두 발로 땅을 딛고 사는 인간에게 수십 장 넓이의 끝 모를 깊이를 가진 망혼곡은 불가침의 영역이었던 것이다.

그러나 사람에겐 하늘을 날 수 있는 날개가 없는 대신 생각을 할 수 있는 머리와 무언가를 만들 수 있는 두 손이 존재한다. 그래서 인간이 접근하기에는 도저히 불가능할 것 같아 보이는 망혼곡에도 길이 생겨났다.

운중교(雲中橋), 망혼곡의 폭이 가장 좁아지는 지역에 놓인 다리의 이름이었다. 누군가 들으면 참으로 운치있는 이 다리의 이름은 그저 멋으로 지어본 이름만은 아니었다.

망혼곡을 지나는 이 다리는 이름 그대로 구름을 뚫고 반대편으로 이어져 있었다. 끝없이 이어진 깊은 계곡 아래에서 피어오르는 안개는 계곡 위쪽에 올라와 구름으로 변한다. 그리하여 망혼곡은 언제나 구름에 휩싸여 있었다. 운 좋은 여행객은 망혼곡의 이쪽에서 저쪽의 풍경을 구경할 수 있었지만, 대부분의 여행객들은 한쪽에서 다른 쪽의 풍경을 구경하지 못하고 발걸음을 돌리는 곳이 바로 이곳이었다.

그 안개구름을 뚫고 지나는 위태로워 보이는 하나의 다리. 완전히 별개로 존재하는 두 개의 세계를 하나로 이어주는 선 같은 이 다리를 사람들은 그래서 운중교라 불렀다.

운중교를 언제 누가 만들었는지 아는 사람은 없었다. 하지만 운중교는 언제부턴가 망혼곡에 존재했고, 그래서 망혼곡은 금단의 땅에서 사람의 발길이 닿는 곳이 되었다.

사람 허벅지만 한 굵기의 굵은 동아줄 두 가닥이 계곡 이편에서 저편으로 이어져 있고, 그 아래쪽으로 역시 제법 굵은 동아줄로 나무판자들을 엮어 사람이 지나가는 길을 만들어 매달왔다.

폭은 대략 반 장 정도, 양쪽에서 마주 오는 두 사람이 비껴지나가기 충분한 넓이였다. 하지만 실제로 이 운중교를 건너는 사람은 많지 않았다. 운중교가 위치한 곳은 끝 모를 깊이를 가진 망혼곡 위, 더군다나 운무를 휘모는 바람이 시도 때도 없이 불어닥쳐 운중교를 이리저리 흔들어댔다.

그러니 제법 넓은 운중교였지만, 그 운중교를 지나 망혼곡의 이쪽에서 저쪽으로 건너갈 만한 담력을 지닌 사람이 많을 리 없었다. 누군가 망혼곡 운중교를 지나면 그 사람의 용기가 인근에 회자될 정도로 사람의 왕래가 없는 운중교, 그 구름에 싸인 다리의 모습이 추산의 눈에 들어왔다.

두두두두!

등 뒤쪽에서 천지가 진동하는 듯한 수십 필의 말발굽 소리가 들려왔다. 천원갑이 이끄는 백산당 고수들의 추격하는 소리였다.

“서랏!”

“감히 백산당의 인명을 해하고 도주할 수 있다고 생각하였느냐?”

노성을 터뜨리는 추격자들의 고함 소리가 가깝게 들려온다.

“망할 놈들! 제대로 붙으면 뼈도 못 추릴 것들이!”

만불통이 불쾌한 목소리로 욕지거리를 흘려냈다.

“어쩔 수 있나요? 일행이 있으니 지금은 어서 저 다리를 건너는 것이 급선무죠.”

추산이 달래듯 말했다.

"제길, 나도 알고 있네. 하지만 저 작자들이 하는 말이 하도 가관이라서 말이야. 이번 일이 끝나고 나면 언제 한번 기회를 보아 오늘의 빚을 단단히 갚아주고 말겠어."

만불통은 단단히 마음이 상한 모양이었다. 하지만 그러면서도 달리는 말에 가하는 박차를 늦추지 않았다.

히히힝!

한순간 가장 앞에서 일행을 이끌고 있던 추산이 탄 말이 앞발을 높이 들며 걸음을 멈췄다. 그러자 추산이 훌쩍 몸을 날려 말 위에서 뛰어내렸다. 말이 멈춰 선 곳, 그 말발굽 아래로 끝 모를 계곡이 이어져 있었다.

"말을 타고 갈 수는 없겠어요."

운중교가 제법 넓기는 했으나, 끊임없이 바람에 흔들리고 있었다. 사람이 아닌 미욱한 생물인 말이 이런 수천 길 높이의 흔들거리는 줄다리를 건너가길 기대할 수는 없었다.

"말이 못 가면 걸어갈밖에! 이놈들, 수고했다. 괜히 여기 있다가 애꿎게 저놈들 손에 잡히지 말고 좋은 주인을 찾아가거라."

만불통이 자신이 타고 있던 말의 엉덩이를 힘껏 때렸다. 그러자 마치 만불통의 말을 알아듣기라도 한 듯 그가 타고 온 말이 망혼곡을 따라 남쪽으로 달려가기 시작했다.

"네 녀석들도 어서 가거라!"

마연철이 나머지 세 필의 말을 앞서 간 말 쪽으로 몰아냈다.

그러자 세 필의 말이 잠시 투레질을 하더니 이내 앞서 달리는 말을 뒤쫓기 시작했다.

"우리도 가죠."

추산이 남쪽으로 달려가는 말들에게 시선을 주고 있던 삼인을 재촉했다. 그러자 여송이 먼저 운중교 위로 날아올랐다. 그 뒤를 만불통과 마연철이 뒤따랐고, 추산이 가장 늦게 운중교 위에 올라섰다.

'아찔하군.'

운중교 위에 날아내린 추산이 끝없이 이어진 계곡의 아래쪽을 바라보며 생각했다. 아무리 무공을 익힌 무인이라고 할지라도 이런 높이에서는 본능적으로 공포감을 느낄 수밖에 없었다. 하지만 일행은 그 공포를 순식간에 털어버리고 서둘러 운중교를 건너기 시작했다.

"서랏!"

추산과 그 일행이 운중교를 건너기 시작한 지 채 열을 세기도 전에 천원갑이 이끄는 백산당의 무리들이 장내에 도착하며 노성을 토해냈다. 하지만 이미 추산과 그 일행은 운중교를 휘감고 있는 안개 속으로 사라진 뒤였다.

"한발 늦은 것 같습니다, 소당주!"

추격대에 포함되어 있던 하서오객의 일인, 만불통에게 일패도지했던 사승이 천원갑을 보며 안타깝다는 듯 말했다.

"무슨 소리요! 놈들이 다리를 건너 도주를 했다면, 우리도 다리를 건너 추격하면 그뿐이오! 추격하시오!"

천원갑이 노한 목소리로 말했다.

"하지만 저 다리는 겨우 한두 사람이 지날 수 있는 다립니다. 더군다나 다리의 중심부는 안개구름에 휩싸여 있습니다. 앞쪽에서 그들이 숨어 있다 급습을 하면 인명 피해가……."

"위험을 두려워해서 적을 살려 보낸다면 어찌 백산당의 고수라 할 수 있겠소. 더군다나 놈들은 도주하느라 정신이 없는 상황, 기습을 할 여유를 찾지 못할 거요. 뭣들 하는가? 어서 놈들을 추격하라! 계집년과 놈을 반드시 내 앞에 끌고 오라!"

천원갑이 냉엄한 목소리로 명을 내렸다. 망혼곡의 수천 길 낭떠러지 앞에 걸음을 멈춰 섰던 백산당 고수들이 천원갑의 재촉에 황급히 몸을 날려 운중교로 뛰어들었다. 그리고 금세 운중교를 휘감고 있는 안개 속으로 그들이 모습이 사라졌다.

그런데 백산당 고수들이 망혼곡을 휘감고 있는 운무 속으로 사라지자마자 날카로운 비명 소리가 그들이 진입해 들어간 구름 속에서 터져 나왔다.

"앗! 조심해! 기습이닷!"

"으아아악!"

"물러나라!"

몇몇 사람의 다급한 외침이 터져 나오더니 운중교를 따라 운무 속으로 들어갔던 백산당 고수들이 들어가던 속도에 몇 배나 되는 속도로 운무 밖으로 튀어나왔다.

"으아악!"

그리고 그 와중에 개중 몇몇은 운중교를 벗어나 수천 길 망혼곡 아래로 떨어져 내리며 단말마의 비명을 질러댔다.

"저, 저런!"

천원갑을 가장 가까이서 보필하고 있던 사승이 당혹한 얼굴로 안타까운 탄성을 흘려냈다.

"이런 죽일 놈들이!"

천원갑의 입에서도 거친 욕지거리가 흘러나왔다. 그사이 운중교로 진입해 들었던 백산당 고수들이 황급히 운중교를 벗어난 땅 위로 내려섰다.

운중교로 진입했던 백산당 고수의 숫자는 모두 십여 명. 그중 살아 돌아온 자는 여섯이었고, 나머지 넷은 수천 길 계곡 아래로 떨어져 불귀의 객이 되고 말았다.

"자신의 입으로 한 약속조차도 지키지 못하는 천가 놈아! 더 이상 우리 뒤를 쫓지 마라. 또다시 추격을 한다면 그때는 수하들의 목숨이 아닌 천가 네놈의 목을 반드시 베고 말 것이다."

백산당 고수들이 기습을 받아 일패도지한 후 미처 정신을 차리지 못하고 있을 때 그리 멀지 않은 운무 속에서 냉랭한 목소리가 흘러나왔다.

"이놈들! 내 반드시 네놈들의 목줄을 자르고 말리라!"

"흥, 과연 네놈에게 그럴 능력이 있을까? 그렇게 자신있다면 애꿎은 수하들만 희생시키지 말고 네놈 스스로 도전해 보려무나."

안개 속에서 조롱기 섞인 음성이 흘러나왔다. 상대의 조롱에 천원갑의 얼굴이 붉으락푸르락해지더니 들고 있던 검을 굳게 잡고 운중교 앞으로 다가갔다. 그러자 천원갑을 호위하고 있던 사승이 재빨리 천원갑의 앞을 가로막았다.

"소당주, 진정하십시오. 저놈들이 소당주님을 함정으로 끌어들이기 위해 술수를 부리고 있는 겁니다. 절대 저들의 수작에 넘어가시면 안 됩니다."

"나도 그쯤은 알고 있소. 하지만 이대로 놈들을 보낼 수는 없는 일이오."

"그렇다면……?"

"후후, 나에게도 다 생각이 있소이다."

천원갑이 입가에 득의한 미소를 지으며 천천히 운중교 쪽으로 다가갔다.

천원갑에게 한차례 경고와 조롱을 뱉어낸 후 더 이상 백산당 고수들의 움직임이 없는 것을 확인한 추산과 만불통이 빠르게 몸을 날리고 있었다. 서둘러 운중교를 건너가 깊고 울창한 숲으로 몸을 피하면 더 이상 백산당의 추격을 걱정할 필요는 없을 터였다.

한줄기 바람이 망혼곡의 깊은 계곡 아래에서 불어왔다. 그러자 운중교를 휘감고 있던 운무가 화선지에 퍼지는 먹물처럼 이리저리 흩어졌다. 운중교 역시 바람의 힘을 이기지 못하고 어지럽게 흔들렸다.

하지만 추산과 만불통 두 사람은 위태롭게 흔들리는 운중교에서도 중심을 잃지 않고 빠르게 앞으로 전진했다. 그리고 잠시 후, 두 사람은 드디어 짙은 망혼곡의 운무 속에서 벗어났다.

그러자 운중교의 또 다른 쪽, 그러니까 기련산으로 이어지는 쪽의 풍경이 한눈에 들어왔다.

"어이쿠야, 이건 정말 아찔하군."

운무가 사라지자 수천 척의 망혼곡 아래쪽이 아찔하게 눈에 들어왔다. 앞서 가던 만불통이 짐짓 몸을 떨며 입을 열었다.

"그러게 말이에요. 사람들이 건너기에는 오히려 운무에 휩싸여 있는 게 더 좋을 것 같네요. 적어도 밑이 보이지는 않을 테니까요."

"떨어지면 뼈도 못 추리겠어. 자, 어서 가자구."

만불통이 한 번 더 망혼곡 아래로 시선을 준 후 서둘러 몸을 날렸다. 그런데 두 사람은 그리 멀리 가지 않아 또다시 걸음을 멈춰야 했다. 주하령과 여송이 두 사람을 마중하기 위해 운중교 위에 나와 있었던 것이다.

"어서 오세요, 두 분. 수고하셨어요."

"수고는요. 그런데 왜 이곳까지 나와 계십니까? 위험하게……."

"두 분은 위험을 무릅쓰고 적을 막고 계신데 어떻게 우리만 편하게 기다릴 수 있겠어요."

주하령이 추산을 보며 빙긋 미소를 지었다.

'참으로 묘한 여인이야.'

추산은 주하령의 미소에 다시 한 번 가슴이 덜컹 내려앉는 충격을 받았다. 자신도 알 수 없는 이 정체 모를 감정에 추산이 슬쩍 눈살을 찌푸리는 사이, 만불통이 서둘러 길을 재촉했다.

"자자, 어서 갑시다. 저들이 비록 추격을 멈췄지만 곧 다시 사람을 보낼 것이오. 서둘러 숲으로 들어가 저들에게서 벗어나는 것이 상책이외다."

만불통의 말에 주하령과 여송이 고개를 끄덕이고는 급하게 신형을 돌려 운중교를 건너기 시작했다. 그런데 바로 그때, 안개에 휩싸여 있는 운중교의 반대편 쪽에서 커다란 목소리가 들려왔다.

"하하하! 어디 네놈들도 당해봐라!"

그리곤 잠시 후 거친 파열음이 들려왔다.

콰콰쾅!

동시에 네 사람이 서 있는 운중교가 심하게 요동치기 시작했다.

"이건!"

"저런 죽일 놈, 놈이 다리를 부숴 버리고 있어요! 어서 피해요!"

추산이 다급한 목소리로 소리쳤다. 네 사람이 누가 먼저랄 것도 없이 다리 위로 솟구쳐 올렸다. 그 순간 마치 밑 빠진 독의 물처럼 그들이 디디고 서 있던 운중교가 아래로 떨어져 내리기 시작했다.

第九章

과거의 문파

孤劍秋山

추산은 자신의 발끝이 허전해짐을 느끼는 순간 이미 일이 벌어졌음을 깨달았다. 추산이 들고 있던 검을 재빨리 검집에 꽂아 넣고 두 손으로 자신의 허벅지 두께만 한 굵기의 동아줄을 움켜잡았을 때 이미 운중교는 십여 장 이상 하강하고 있었다.

"조심!"

망혼곡의 이쪽 편에서 일행이 건너오기를 기다리고 있던 마연철의 다급한 목소리가 추산의 귀에 들려왔다. 그리고 그 순간 운중교는 거대한 그네가 되어 곡선을 그리며 망혼곡의 한쪽 절벽에 부딪쳐 갔다.

"이런 제길, 모두들 꽉 붙드시오."

가장 앞서 절벽에 부딪쳐 가던 만불통이 다급한 목소리로 경고했다. 만불통의 경고에 추산이 이를 악물며 운중교를 지탱하고 있던 밧줄을 힘주어 잡았을 때 거대한 충돌음과 함께 운중교가 절벽과 충돌했다.

콰콰쾅!

수십 장 길이의 운중교가 시차를 두고 맹렬하게 절벽에 부딪쳐 갔다.

"앗!"

그 순간 갑자기 추산의 머리 위에서 누군가의 비명 소리가 들려왔다.

"아가씨!"

동시에 여송의 다급한 고함 소리가 터져 나왔다. 추산의 고개가 본능적으로 뒤로 젖혀졌다. 그리고 그 순간 그의 눈에 바람에 휘날리는 주하령의 새하얀 옷자락이 들어왔다.

"손을!"

이번에는 만불통의 다급한 목소리가 들려왔다. 어느새 바람에 너울거리는 주하령은 여송을 지나쳐 만불통의 곁으로 떨어져 내리고 있었다. 아마도 무공이 약한 주하령이 운중교가 절벽에 부딪치는 충격을 이겨내지 못하고 잡고 있던 줄에서 손이 빠져 버린 모양이었다.

"아아!"

절벽 위 누군가의 안타까운 탄성이 아련하게 추산의 귀에 들려왔다. 그런데 그 순간 추산은 엉뚱한 생각에 빠져 있었다.

‘아름답다.’

줄을 놓친 채 옷자락을 휘날리며 떨어져 내리는 주하령의 모습에서 추산은 그녀의 위급함보다는 오히려 한 여인의 아름다움에 정신을 빼앗겼던 것이다.

주하령의 신형은 어느새 수평으로 뉘어져 있었고 그녀의 고개는 절벽 아래를 향해 돌려져 있었다. 추산은 떨어져 내리는 그녀의 모습을 완벽하게 자신의 시야에 담고 있었다.

“제길, 놓쳤어!”

그때 추산의 정신을 번쩍 들게 하는 만불통의 목소리가 들려왔다.

지이익!

동시에 주하령의 백의가 길게 찢어지는 소리가 흘러나왔다. 추산의 눈에 찢이긴 주하령의 옷자락을 잡고 있는 만불통의 허탈한 모습이 들어왔다.

‘급하다!’

추산은 그제야 주하령의 아름다움에서 깨어나 현실로 돌아왔다.

‘단 한 번의 기회다.’

주하령은 여전히 떨어져 내리고 있었다. 그녀의 동선은 이미 절벽에 붙어 있는 운중교를 일 장 정도 벗어나 있었기에 이대로 절벽에 매달려서는 그녀를 잡을 수 없었다. 추산이 살짝 어금니를 깨물었다. 그리고는 재빨리 운중교를 지탱하던 허벅지 굵기의 동아줄을 놓고 대신 다리의 나무판자들을 엮어놓은 가느다란 줄에 손목을 휘감았다.

"차앗!"

추산의 입에서 한마디 기합성이 흘러나왔다. 동시에 추산의 두 발이 강하게 절벽을 박차자 그의 신형이 절벽 밖으로 힘차게 튕겨져 나갔다. 허공으로 떠오른 추산의 코에 주하령의 향기가 느껴졌다.

"핫!"

순간 추산이 재빨리 신형을 틀며 줄을 잡고 있지 않은 오른팔을 휘저었다. 그러자 주하령의 부드러운 허리가 그의 오른팔에 감겨지는 것이 느껴졌다.

투툭!

추산이 주하령의 허리를 감싸 안는 순간, 추산이 잡고 있던 가느다란 밧줄이 두 사람의 무게를 이기지 못하고 굵은 동아줄로부터 떨어져 나오는 소리가 들려왔다. 하지만 다행히 운중교를 형성하고 있는 밧줄들은 하나하나 길게 엮어져 있었으므로 서너 개의 매듭이 트여도 두 사람은 다시 운중교에 매달릴 수 있었다.

쿵!

추산의 등이 강하게 절벽에 부딪쳤다. 두 사람의 무게를 견뎌낸 추산의 등에 은은한 통증이 밀려들었다.

"괜찮습니까?"

추산이 등에 밀려드는 통증을 참으며 주하령에게 물었다.

"또 목숨의 빚을 졌군요."

주하령은 의외로 침착했다. 그녀에게서는 조금 전까지 천 길 낭떠러지 아래로 떨어져 내리던 사람이라고는 믿을 수 없을 만큼 침착함이 느껴졌다.

'정말 이상한 여인이야.'

추산은 이 기묘한 아름다움과 담대함을 지닌 여인에게 새삼스럽게 감탄하며 고개를 끄덕였다.

"다친 곳은 없는 것 같으니 다행이군요."

"모두 추 대협 덕분이에요."

'제길!'

추산은 주하령의 몸에서 은은히 흘러나오는 그녀의 체향과 그녀의 신비한 웃음에 다시금 심장이 덜컹거리는 것을 느끼며 속으로 스스로에 대해 욕지기를 해댔다.

"괜찮나!"

그때 두 사람의 머리 위쪽에서 만불통의 목소리가 늘려왔다.

"괜찮아요!"

추산이 만불통을 보며 소리쳤다.

"다행일세. 그럼 어서 올라오게. 젊은 남녀가 너무 오랫동안 붙어 있으면 반드시 정분이 나는 법이야!"

이 난리를 겪고도 만불통이 여전히 농을 해댔다. 만불통의 농에 추산과 주하령 두 사람의 얼굴에 희미한 홍조가 깃들었다.

＊　　　＊　　　＊

흔적이 사천으로 이어질 때까지만 해도 고검은 그들의 목적지가 곤륜임을 의심치 않았다. 수십 년간 흑죽간을 보관해 온 관산해가 지목한 곤륜으로 이동하자면 사천을 경유하는 길이 가장 빨랐으므로 신주마 악불위가 이끄는 마천의 무리들이 사천에 들어선 것은 당연한 행보로 보였던 것이다.

'그런데 청성산이라……?

고검이 장정 서넛이 손을 잡고 둘러도 모자랄 것 같은 은행나무 위에 앉아 고개를 갸웃거렸다. 사천에 들어선 신주마 악불위는 고검의 예상과 달리 곤륜이 아닌 청성산으로 방향을 잡았던 것이다.

물론 청성산 역시 관산해가 지목한 마총의 후보지인 것은 맞았다. 하지만 관산해는 청성보다는 곤륜에 무게를 두었었다.

'흑죽간에 대한 그들의 해석이 관산해와 다를 수도 있겠지.'

곤륜과 청성 모두가 가능성있는 곳이라면 마천의 무리가 흑죽간에서 곤륜을 읽어내지 못하고 청성을 읽어냈다고 해서 이상할 것은 없었다. 고검이 머릿속을 비우며 피곤한 몸을 굵은 은행나무 가지에 기댔다.

은행나무 저편으로 한적한 시골 마을이 달빛 아래 고즈넉하게 누워 있다. 한없이 평화로운 풍경. 그 풍경 속에 강호에 일대 혈풍을 몰고 온 마천의 무리들이 잠들어 있을 것이다.

'청부를 계속하기로 한 게 좋은 결정이었을까?'

고검이 눈을 감으며 생각했다. 애초에 관산해로부터 마총의 실재 여부와 그 대략적인 위치까지 알아낸 것으로 고검은 풍도 가한으로부터 받은 청부를 완료했다고 할 수 있었다.

풍도 가한의 청부 내용은 마총의 실재 여부를 확인하는 것, 고검은 관산해로부터 그 마총의 실재 여부를 확인했고, 마총이 어떤 연유로 생겨난 전설인지, 그리고 마총을 여는 천마 묵화인의 일곱 가지 신물에 대한 상세한 내용까지 알아냈던 것이다. 이쯤이면 풍도 가한이 요구한 청부의 십 할 이상의 성과를 얻은 것이나 마찬가지였다.

그런데 상황은 기이하게 꼬여갔다. 조사의 결과를 풍도 가한에게 전했을 때 그는 전서를 통해 새로운 청부를 요청했던 것이다.

재청부(再請負). 청부대금, 금 이천 냥. 청부 목표 마총(魔塚)!

금자 이천 냥짜리 청부, 풍도 가한은 마총의 실재 여부를 확인해 준 고검에게 이번에는 마총을 찾아줄 것을 청부했다. 청부대금은 이천 냥, 무불장이 생겨난 이후 최대 금액의 청부였다.

풍도 가한의 재청부를 받은 고검은 잠시 망설일 수밖에 없었다. 마총의 실재 위치를 확인하는 것은 결국 신주마 악불위를 계속해서 추격해야 함을 의미할뿐더러, 결국에는 천하사패와 마천이 벌이는 추격전 속으로 좀 더 깊이 뛰어들어야 함을 의미했다.

더군다나 악불위와 천하사패의 간격이 좁아질수록 후방에서 그를 뒷받침하고 있는 무불장 고수들 또한 위험에 빠질 수 있었다. 마총이 실재하는 이상 마총은 천하무인들의 기보이기도 하지만 또한 큰 화를 불러올 수 있는 불덩이기도 했기 때문이다.

하지만 결국 고검은 오래 고민하지 않고 풍도 가한의 재청부를 받아들이기로 결심했다. 물론 무불장의 개파 이후 가장 비싼 청부이기 때문만은 아니었다.

고검이 손에 들고 있던 마검을 들어 올렸다. 오랜 세월 함께한 마검이 신체의 일부인 양 친숙하게 느껴졌다.

"내가 모르는 네 녀석의 비밀은 과연 뭐냐?"

고검이 마검을 응시하며 나직하게 물었다. 고검이 풍도 가한의 재청부, 그러니까 마총의 정확한 위치를 찾아달라는 청부를 받아들인 이면에는 관산해가 죽어가며 남긴 마검에 대한 묘한 의미의 말이 큰 영향을 미쳤다. 관산해의 말을 들은 이후 수십 년 간직해 온 검, 마검에 대한 의문을 풀고 싶은 욕망이 어느새 고검의 가슴속에 자라났던 것이다.

그리하여 고검은 풍도 가한의 재청부를 받아들였고 지금 청성산을 눈앞에 두고 있었다.

고검은 악불위와 그 수하들을 뒤쫓으며 수시로 마검의 비밀을 풀어보려 했으나 마검에 어떤 비밀이 숨겨져 있는지는 쉽게 밝혀낼 수 없었다. 검끝에서 손잡이까지 샅샅이 훑어보아도 역시 마검은 자신이 수십 년간 보아온 그 모습 그대로일 뿐, 새로운 비밀을 고검에게 드러내지 않았다.

"혹은 그가 죽어가면서 장난을 친 건 아닐까?"

고검이 씁쓸하게 미소 지었다. 어쩌면 고검은 죽은 관산해의 말장난에 놀아나고 있는지도 몰랐다. 관산해가 마검을 살피라 한 말은 그저 고검을 골탕 먹이려는 수작일 수도 있었다. 아니, 어쩌면 그럴 가능성이 마검이 어떤 비밀을 가지고 있을 가능성보다 더 커 보였다.

하지만 왠지 고검은 관산해가 자신을 상대로 장난을 친 것뿐이라고는 빋고 싶지 않았다. 오히려 그는 마검에 자신이 찾아내지 못한 어떤 비밀이 깃들어 있을 것이란 근거없는 확신 같은 것에 사로잡혀 있었다.

"간혹 네놈에게서 알 수 없는 생명의 기운 같은 것을 느낄 수 있었지. 사부께서는 그것을 네가 그동안 머금은 피로 인해 생겨난 마기, 혹은 사기라고 하셨지만 내가 경험한 네 기운은 그런 사기 이상의 뭔가가 존재하는 것 같았다. 그 기운이 바로 네 비밀일까?"

고검은 마치 마검이 자신의 친구라도 되는 양 중얼거렸다. 하지만 아무리 영험한 검이라도 한낱 쇳덩어리에 지나지 않는 마검이 대답을 할 리 없었다. 답은 아마도 고검 스스로 찾아야 할 터였다.

"후… 잠이나 자두자. 그래야 또 내일 그자들을 따라 움직일 테니까."

어지간한 고검조차도 신주마 악불위의 뒤를 쫓는 데에는 피곤함을 느끼고 있었다. 천하팔대고수의 뒤를, 그것도 만만치 않은 무공을 지닌 수하들과 함께 움직이는 그를 뒤쫓는다는 것은 보통 심력을 소비하는 일이 아니었다. 이런 일은 몸이 지치기 전에 정신이 먼저 지치는 법, 시간날 때마다 휴식을 취하는 일은 반드시 필요한 일이었다. 고검이 마검에 대한 의문을 잠시 접어두고 조용히 눈을 감았다.

'벌써!'

오래된 은행나무 위에서 잠이 들었던 고검의 두 눈이 한순간 번쩍 뜨여졌다. 눈꺼풀을 밀어 올린 그의 시선이 멀리 보이는 어둑한 마을을 응시했다.

아직 날이 밝으려면 한 시진은 더 필요한 시간, 그런데 그의 시선이 머문 작은 산골 마을에서 갑자기 십여 명의 인물들이 어둠을 뚫고 마을을 벗어나고 있었다. 마을을 벗어나는 자들의 모습은 고검의 눈에 익은 자들이었다.

신주마 악불위와 그의 수하들, 그들이 아침이 밝기도 전에 마을을 떠나고 있었던 것이다. 물론 그간 그들의 이동은 언제나 남들이 움직이지 않는 시간인 이른 새벽이나 늦은 밤에 주로 이루어졌지만 지금은 이른 새벽이라기보다는 한밤중에 가까운 시간이었다.

'일단 추적한다.'

고검이 결심을 굳히고 훌쩍 신형을 날렸다.

　새벽이 오기 전 길을 떠난 신주마 악불위와 그 수하들은 빠른 속도로 청성산에 접어들었다. 그들은 마치 청성산에 자주 와본 사람들처럼 능숙하게 산길을 따라 깊은 산속으로 들어가고 있었다.

'이 길은……?

고검이 고개를 갸웃거렸다. 지금 신주마 악불위와 그 수하들이 움직이고 있는 길은 그도 한 번 올라본 적이 있는 길이었다. 지금 악불위가 움직이고 있는 방향으로 전진하면 과거 청성산을 본산으로 무림에 일대 도풍을 휘날렸던 청성파의 옛터가 나오게 된다.

　들리는 소문으로는 지금이야 그 문도 수가 겨우 이십여 명에 지나지 않는 도관으로 전락했지만 어쨌든 청성파라면 무림의 역사에서 빼놓을 수 없는 명문대파였던 시절이 있었다. 그런데 지금 악불위는 바로 그 청성파가 있었던 곳을 향해 움직이고 있었다.

'쇠락한 청성파에 무슨 볼일이라도 있는 것일까?

고검이 의문 어린 시선으로 악불위 일행을 바라보고 있을 때 갑자기 하늘 위에서 한 마리 전서구가 빠른 속도로 날아와 고검의 어깨 위에 내려앉았다.

고검이 악불위를 쫓는 걸음을 멈추지 않고 전서구에서 전서를 빼낸 후 전서구를 하늘로 날려 보냈다. 전서구는 멀리 날아가지 않고 고검의 머리 위를 돌며 고검과 함께 악불위의 뒤를 쫓았다.

무맹 조사대 청성 진입!

고검이 펼쳐 본 전서에 쓰여 있는 전언은 사패의 움직임을 살피고 있던 왕민이 보낸 것이었다. 재청부가 시작되면서 사패의 움직임을 살피는 일에는 왕민뿐 아니라 미심까지 투입되어 있었다. 미심은 남련과 동궁의 움직임을, 왕민은 북천무맹과 서패천의 움직임을 살피고 있었는데, 왕민이 북천무맹 고수들의 움직임을 알려온 것이었다.
'벌써, 청성이란 말인가?'
사천에 들어서면서부터 북천무맹의 움직임은 놀라울 정도로 빨라지고 있었다. 물론 두 가지 이유를 생각해 볼 수 있기는 했다.
먼저 악불위의 뒤를 쫓는 사패의 고수들 중 북천무맹이 악불위와 마총에 대한 정보를 가장 많이 가지고 있다는 사실이었다. 물론 그들이 그 정보들을 손에 넣은 것은 고검이 관산해를 통해 얻은 천마 묵화인과 마천에 대한 정보를 전해주었기 때문이지만, 어쨌든 지금 상황에서 악불위와 마총에 대한 정보를 가장 많이 알고 있는 곳은 북천무맹이었다.

그들이 마총의 실재를 알게 되었고, 그 마총이 가지는 가치를 인식했다면 그들의 움직임이 빨라지는 것은 당연한 일이라고 할 수 있었다.

두 번째 이유는 그들이 지금 사천에 들어와 있다는 것을 들 수 있었다. 사천은 누가 뭐래도 서패천의 땅이다. 사천 성도를 기반으로 하는 서패천이었기에, 일단 악불위와 그 수하들이 사천에 들어선 이상 그들을 추격하는 데 있어 가장 유리한 쪽은 서패천이라 할 수 있었다. 또한 사패가 서로의 세력권에서는 공개적인 행보를 할 수 없다는 것을 고려했을 때 북천무맹으로서는 서패천의 눈을 피해 빠르게 악불위를 따라붙을 필요가 있었을 것이다.

'하지만 그 모든 것을 고려해도 너무 빠르군. 그들은 수개월 동안 언제나 악불위와 사오 일 정도의 거리를 좁히지 못했었다. 그런데 사천에 들어서자마자 기다렸다는 듯 악불위와의 거리를 좁히기 시작했어. 이제 그들은 악불위와 반나절 거리 안쪽으로 들어와 있다.'

이건 사천이 앞마당이나 다름없는 서패천조차도 엄두를 내지 못할 추격 속도였다.

'도대체 갑자기 어디서 그런 능력이 생겨난 걸까?'

고검이 고개를 갸웃거렸다. 하지만 북천무맹의 놀라운 추격 속도에만 정신을 두고 있을 수는 없었다. 어느새 멀리 거뭇하게 보이는 수십 채의 건물이 눈에 들어왔다. 그리고 악불위와 그 수하들이 망설임없이 건물 안쪽으로 들어가고 있었다.

'청성파라… 도대체 왜 청성파에 들른 것일까? 쇠락했다고는 하나 엄연히 그 후예들이 있을 터이고, 대대로 정파의 명예를 지켜온 곳이므로 악불위나 마천이라는 단체와 관계가 있을 턱이 없는데…….'

고검이 의아한 생각을 거두지 못한 채 속도를 죽이며 과거 영화로웠던 시절의 흔적이 남아 있는 청성파 전각들의 오른쪽으로 신형을 옮겼다. 그리고는 곳곳이 허물어진 이 장 높이의 담벼락을 가볍게 날아 넘은 후 가장 가까이 있는 건물의 지붕 위로 올라섰다.

파삭!

세월에 못 이겨 약해진 기왓장이 고검의 무게를 이기지 못하고 미세한 소음을 내며 바스라졌다.

'조심해야겠군. 잘못하면 눈치 채겠어.'

낡은 지붕의 기와는 추격자에겐 위험하다. 언제 어느 때라도 사람의 무게를 이기지 못하고 비명을 질러댈 수 있기 때문이었다. 고검이 재빨리 내공을 끌어올렸다. 그러자 몸의 하중이 순식간에 반으로 감소했다. 고검이 가벼워진 몸을 재빨리 움직여 청성파의 전각들이 둘러서 있는 중앙의 너른 마당 쪽으로 이동했다.

"어찌 되었느냐?"

고검이 마당이 내려다보이는 곳에 도착했을 때 그 아래쪽에서 거부할 수 없는 위엄이 느껴지는 목소리가 들려왔다.

'악불위군!'

고검이 본능적으로 몸을 낮췄다. 상대는 천하팔대고수다. 그를 상대할 때는 아무리 조심해도 과하지 않다.

"모든 준비를 완료해 두었습니다."

누군가 악불위의 물음에 답하는 소리가 들려왔다.

"좋아. 이제 밀영대의 연락을 기다리기만 하면 되겠군."

다시 악불위의 목소리가 들려온다.

'이건 뭔가? 설마 청성파가 악불위의 수중에 들어간 것인가? 그렇지 않다면 청성파 내에서 악불위가 자신의 수하들과 이렇게 자유롭게 대화를 나눌 수는 없는 일인데…….'

고검이 청성파를 자기 집 안방처럼 여기는 악불위의 행동을 의문스러워할 때 갑자기 몰락한 명문 청성파의 전각 위에 네 마리의 전서구가 날아들었다. 전서구들은 어두운 밤하늘을 한 바퀴씩 회전하고는 이내 악불위와 그 수하들이 서 있는 곳으로 내려왔다.

"연락이 왔습니다."

"그들의 위치는?"

"무맹은 반나절 안쪽에, 그리고 나머지 삼패는 하루에서 이틀 거리입니다."

"좋아. 모든 게 예상대로군. 이동한다!"

'또 어디로 가려는 건가? 아니, 그나저나 무작정 마총을 찾아 움직이는 게 아니었군. 사패의 움직임을 읽고 있었어! 역시 악불위란 건가?

고검의 등줄기에 식은땀이 흘러내렸다. 악불위는 마총을 찾아 움직이면서도 사패의 움직임을 눈에 보듯 읽고 있었던 것이다. 그때 다시 누군가의 목소리가 들려왔다.

"그들은 어찌할까요?"

"모두 몇이나 되는가?"

"스무 명가량 되는데, 여자와 아이들을 제외하고 도검을 쓸 줄 아는 자는 모두 여섯입니다."

"겨우 여섯이란 말인가?"

"그렇습니다."

"허, 사패가 등장하기 이전만 해도 강호의 호랑이로 불리던 청성의 문세가 어찌 이리 기울었단 말인가? 참으로 세월이란 무상한 것이야. 한곳에 가두어두고 무공을 할 줄 아는 자들은 혈도를 짚어두어라. 한 이틀 정도는 움직일 수 없도록……."

"차라리 모두 죽여 버리는 것이… 후환이 될 수도 있습니다. 또한 사패의 종자들에게 발견되어 허튼 말들을 해댈 수도 있고……."

"음… 일리가 있는 말이야. 몰락한 문파의 씨까지 말리고 싶지는 않지만 일말의 위험도 감수할 수 없는 상황이니 그리하는 것도 좋겠군. 하지만 흔적을 남기지 말아야 한다."

"알겠습니다. 마침 후원에 청성파에서 성역으로 만들어놓은 지하석실이 있습니다. 그곳에서 그들을 처리하고 석실을 봉쇄하면 아무도 그들을 발견할 수는 없을 겁니다."

"그렇게 하도록 하라. 나머지는 모두 출발한다."

"존명!"

악불위의 명이 떨어지자 청성파로 들어왔던 마천의 마인들과 청성파에서 합류한 십여 명의 인물들이 서둘러 청성파의 고각을 벗어나기 시작했다.

'어찌해야 하나?'

고검이 잠시 망설였다. 이대로 악불위와 그 수하들을 쫓아야 할지, 아니면 목숨이 경각에 달린 청성파 문도들을 구해야 할지 판단이 서지 않았다. 만약 청성파 문인들을 구하게 된다면 고검은 필히 악불위 일행과 적지 않은 거리가 벌어질 터였다. 그들이 이 청성산에서 마총을 찾고 있다면 청성파 문인들을 구하기 위해 허비해야 할 시간은 이번 청부를 완수하는 데 결정적인 패착이 될 수도 있었다.

'청부사는 청부에 목숨을 거는 것인데… 후, 하지만 역시 스무 명이나 되는 목숨을 그대로 죽게 놔둘 수는 없지.'

고검은 청성 문인들의 목숨을 구하는 것으로 결심을 굳혔다. 그가 대단한 협사이기 때문은 아니었다. 단지 그 자신이 겪은 수십 년 전의 멸문의 화(禍)가 생각났기 때문이었다.

청성파의 수십 채 낡은 전각들 중 그 동쪽에 위치한 대여섯 개의 전각은 아직도 생기를 지니고 있었다. 청성의 마지막 후예들이 거처하는 공간. 그 후예들이 싹을 틔워 꽃을 피우면 다른 수십 채의 전각도 다시 활력을 찾을 것이고, 그대로 스러져 간다면 머지않아 다른 전각들처럼 과거의 유물로 변해 버릴 그 공간으로 고검이 그림자처럼 스며들었다.

“모두 순순히 따라오라. 허튼짓을 하면 그 순간 한 사람도 남기지 않고 목을 베겠다.”

고검의 귀에 익숙한 목소리. 신주마 악불위에게 청성 문인들의 도살을 주장했던 자였다.

“여자와 아이들은 어찌하였소?”

아마도 청성파의 문도인 것으로 보이는 노년 사내의 음성이 들려왔다.

“지금 그들을 만나러 가는 거다.”

다시 마천에 속한 마인의 목소리가 들려왔다.

“약속대로 모두 무사한 것이오?”

“당연히, 나 고창은 허언을 하지 않는다.”

스스로를 고창이라 자칭한 사내의 말이 끝나는 순간, 고검이 귀를 기울이고 있던 전각의 문이 열리며 몇몇 인영이 밖으로 걸어나왔다. 검은색 복장의 오 인과 낡은 도복을 걸친 여섯 명의 사람들, 묵색 무복의 사내들은 손에 도검을 빼 들고 도복을 입은 여섯 사내를 에워싸듯 움직이고 있었다.

‘저들이 바로 청성의 마지막 후예들인 모양이군.’

고검이 흐릿한 어둠 속에서 여섯 명의 청성 문인들을 살폈다. 그중 가장 나이가 많아 보이는 인물이 오십대 중반쯤 되어 보였고 나머지 인물들은 모두 이삼십대의 젊은이들이었다.

청성 문인들을 에워싼 마천의 마인들 중에서는 특히 한 명이 눈에 들어왔다. 조금 마른 듯한 체구에 회색빛 머리를 한 자였는데, 가장 뒤에서 느릿하게 걸음을 옮기는 것으로 보아 그가 바로 이들의 우두머리인 고창이란 자인 모양이었다.

"서둘러라!"

고검의 예상대로 회색 머리의 사내 입에서 익숙한 목소리가
흘러나왔다. 그러자 그의 수하들로 보이는 나머지 사 인의 마
인들이 청성 문인들을 건물의 뒤쪽으로 몰아가기 시작했다.

고검은 그들의 뒤를 따르는 대신 훌쩍 몸을 날려 지붕 위로
올라선 후 재빨리 건물의 뒤쪽으로 움직였다. 덕분에 고검은
오히려 마천의 마인들과 청성 문인들보다도 먼저 건물 뒤쪽에
도달할 수 있었다.

청성 문인들을 앞세운 마천의 마인들은 건물 뒤쪽으로 돌아
와 고검의 앞을 지나쳐 건물 후원 쪽에 위치한 어두운 숲 속으
로 이동했다. 고검이 재빨리 신형을 날려 그들의 뒤를 따랐다.

숲 안쪽으로 들어간 마천의 무리들은 청성 문인들을 바위로
둘러싸인 작은 계곡으로 몰아갔다. 그러자 계곡 안쪽에 은밀
한 작은 공간이 나타났다.

"이곳은……?"

청성 문도 중 연장자로 보이는 오십대 중반의 사내가 걸음
을 멈추며 놀란 얼굴로 마천의 마인 고창을 바라봤다.

"후후. 왜, 이곳을 찾아낸 것이 의원가?"

"이곳은 본 파의 성지. 이곳에 식구를 가둬놓았던가?"

"후후, 만약 그대가 우리의 요구를 수용하지 않았다면 청성
의 성지가 청성 문도들의 마지막 무덤이 됐을 것이다. 자, 안으
로 들어가라!"

마인 고창이 청성 문인들을 공터 안쪽에 위치한 커다란 바위 쪽으로 이동시켰다. 그리고 잠시 후 마천의 마인 두 명에 의해 그 거대한 바위가 옆으로 이동했다. 아마도 바위 아래 바위를 이동시키는 기관이 설치되어 있는 듯했다.

바위가 옆으로 이동하자 검은 동굴이 일행을 향해 입을 벌렸다. 고창은 망설이지 않고 청성 문인 여섯을 그 동굴 안으로 밀어 넣었다.

고검이 재빨리 몸을 날려 계곡을 이루는 바위들 틈을 비집고 전진했다. 다행히 마천의 마인들은 밀어놓은 동굴 입구의 바위를 그대로 둔 채 동굴 안으로 들어간 후였다. 고검이 은밀한 움직임으로 동굴의 바로 앞까지 다가서자 동굴 안쪽으로부터 희미한 불빛이 새어 나왔다.

'동굴이 안에서 휘어진 모양이군.'

동굴이 휘어졌다면 그 또한 고검에게는 좋은 일이었다. 적어도 들어서자마자 적을 마주칠 일은 없을 테니까. 고검이 동굴 벽에 바싹 붙어 안으로 진입해 들어갔다. 본래 동굴의 벽은 습기를 머금고 있어 축축하게 마련인데 고검의 손에 닿은 동굴의 벽면은 건조하게 메말라 있었다.

'이건 누군가 정밀하게 만든 인공 석실이군. 청성파의 성지라 하더니 과거 청성의 문세가 강호를 진동시킬 때 구축한 석실이겠군.'

고검의 머릿속에 한 가닥 비감이 스치고 지나갔다. 이런 뛰어난 석실을 만들 만큼 흥했던 문파가 쇠락하여 이제 그 마지막 후예들이 멸절될 위기에 처하게 될 줄 누가 상상이나 했을 것인가.

고검이 동굴에 들어서서 십여 장 앞으로 전진했을 때 다시 동굴 안쪽에서 사람의 목소리가 들려왔다.

"장문인!"

"아버지!"

여인과 어린아이들의 목소리.

"모두들 무사했구나."

청성 문인들의 우두머리로 보이는 자의 굵고 낮은 목소리가 들려왔다. 안에 갇혀 있던 사람들 몇이 그를 장문인이라 불렀으니 필히 그가 당금 청성파의 장문인일 터였다. 그런데 그렇게 서로 살아 있는 것을 확인한 청성파 문인들의 반가움도 잠시, 갑자기 마천의 고수 고창의 차가운 목소리가 들려왔다.

"그동안 우리의 요구대로 일을 해준 덕에 우리는 소기의 목적을 달성할 수 있었다. 그래서 우리는 이곳을 다시 그대들에게 돌려주고 오늘 밤 청성을 떠날 생각이다."

"우리를 어쩔 생각이오?"

청성 장문인의 두려움이 묻어나는 목소리가 들려왔다.

"물론 약속대로 그대들의 목숨은 살려주겠다."

"정말이오?"

"말했지 않은가. 난 허언을 하는 사람이 아니라고… 그런데 한 가지 조건이 있다."

"또 뭘 원하는 것이오?"

"우리가 떠난 이후 어쩌면 우리의 행적을 쫓는 자들이 이곳에 들를지도 모른다. 그때 그대들이 우리의 행적을 그들에게 발설하게 되면 우린 아주 곤란한 지경에 처하게 되겠지. 해서 우린 그대들이 이 석실에서 적어도 이삼 일 정도 머물러 주길 원한다."

"그것이라면 약속할 수 있소."

청성파의 장문인이 고개를 끄덕였다.

"하하. 물론 그대는 그렇게 약속할 수 있겠지만 사람의 말이란 본시 믿을 것이 못 되는 것이라……."

"그럼 우리가 어찌하길 바라는 것이오?"

"그대들의 혈도를 폐하고 이 석실을 폐쇄시키겠다. 혈도는 이틀 뒤에 풀릴 것이고, 이 석실을 벗어나는 방법은 그대들이 스스로 찾아내도록!"

고창이 차가운 음성으로 말했다.

"그게 말이 된다고 생각하시오? 우리는 모르겠지만 아녀자들과 아이들은 이미 심신이 극히 허약해진 상태요. 혈도가 제압된 채 아무것도 먹지 못하고는 이틀을 버틸 수 없을 것이란 말이오."

"후후후, 대청성파의 후예들이 엄살이 너무 심한 것이 아닌가? 비록 쇠락했다고는 하나 명문의 전통은 남아 있을 터, 아무리 아녀자들과 어린애들이라도 어느 정도 무공을 익히고 있다는 사실을 부인할 생각은 말라. 무공을 익힌 자라면 그 정도

기간쯤은 능히 견뎌낼 수 있겠지."

"이들 중엔 정말 무공을 익히지 않은 사람도 있단 말이오."

"모든 사정을 봐줄 수는 없다. 혈도를 제압당한 채 이틀을 버텨 살아날 것인지, 아니면 지금 우리 손에 죽을 것인지를 선택하는 것만이 그대들이 지금 할 수 있는 유일한 일이다. 자, 어느 쪽을 선택하겠는가?"

고창이 서늘한 음성으로 청성 장문인을 억박질렀다. 그러자 청성 장문인이 이러지도 저러지도 못하고 대답을 망설였다.

"장문인, 그들의 말을 따르면 안 됩니다. 그들이 우리의 입을 막길 원한다면 분명 혈도를 제압한 후 우릴 죽일 겁니다."

망설이는 청성 장문인을 향해 젊은 축의 사내 한 명이 다급한 목소리로 소리쳤다.

"호오? 제법 기개가 있는 자가 있었군. 그런 자가 왜 지금껏 순순히 우리 말을 따랐는지 모르겠군. 그런데 우리의 제안을 따르지 않겠다면 그대는 지금 우리 손에서 자네의 동문들을 지킬 어떤 방법을 가지고 있는가?"

고창이 조롱하듯 물었다.

"우린 그동안 당신들의 모든 요구를 들어주었소. 당신들은 분명 당신들의 요구를 들어주면 본 문의 식솔들에게 위해를 가하지 않겠다고 약속했었소. 그러니 이제 그만 청성을 떠나주시오. 당신들의 일을 타인에게 말하는 일 따위는 결코 없을 것이오."

"후후후, 내가 말하지 않았던가. 사람은 믿어도 사람의 입은 믿을 수 없다고!"

"대청성파의 제자는 결코 허언을 입에 담지 않소."

"후후후, 나 또한 허언을 입에 담지 않는다. 그대들이 순순히 혈도를 내주면 결코 그대들의 목숨을 해치지 않을 것이다. 서로 모든 것을 확실히 하는 것이 좋지 않겠나?"

"난… 당신들을 믿을 수 없소."

"핫하하! 자신들은 믿으라면서 타인은 못 믿겠다니, 이런 억지가 어디 있단 말인가? 이것이 바로 명문정파입네 하는 자들의 전형적인 아집이 아니고 뭐란 말인가? 그런 아집 때문에 대청성이 오늘날 이렇게 몰락했다는 것을 왜 모른단 말인가?"

"청성을 모욕하지 마시오!"

젊은 청성 문도의 입에서 서슬 퍼런 목소리가 흘러나왔다. 그러자 고창이 차갑게 가라앉은 목소리로 대답했다.

"이것 봐, 애송이. 내 말 잘 들어. 그대가 말하는 대청성은 지금 어떤 모욕이라도 감당해야 할 위치다. 그대의 문파가 강호를 주름잡던 시기, 누군가는 청성의 힘에 눌려 그런 모욕을 감수했을 것이다. 강호는 그런 곳이야. 힘이 없는 자는 강한 자의 모욕을 견뎌야 하는 곳이지. 지금 청성은 힘이 없다. 그러니 강자가 주는 모욕을 견뎌라. 그게 싫다면 청성을 떠나든지, 스스로 자결하든지. 그럴 용기가 없으면 잔소리 말고 순순히 내 말을 들어. 알겠느냐? 다시 한 번 그 입을 열어 건방진 소리를 흘려냈다가는 단번에 목이 달아날 줄 알아라!"

"흥, 내가 그따위 말에 겁이라도 먹을 줄 알았느냐? 너희들이 아무리 힘으로 위압해도 청성은 청성이다. 대청성파의 명예를 어찌 너희들처럼 어둠 속에서 비열한 협박이나 일삼는 자들이 알 수 있을 것인가? 죽이려면 죽여라. 청성의 제자는 죽음을 두려워하지 않는다!"

젊은 청성 문인의 반발에 고창이 잠시 상대를 뚫어지게 바라보다 서늘한 음성으로 입을 열었다.

"장문인, 그대는 제자를 잘못 가르쳤군. 강호란 곳이 아집에 빠진 명예보다 생명이 중요한 곳임을 미리 가르쳤어야 했어. 또한 강자를 모욕할 때는 그만한 대가를 치러야 한다는 사실도!"

그러면서 고창이 허리춤에 차고 있던 검을 천천히 빼 들었다. 희미한 불빛 속에서 시퍼런 검날이 번뜩였다. 죽음의 냄새가 물씬 석실을 휘감았다.

"그만. 그대들의 조건에 따르겠소. 그러니 검을 거두시오!"

젊은 제자가 죽음의 위기에 처하자 청성 장문인이 다급한 목소리로 소리쳤다.

"사부! 그만 하십시오. 이런 수모를 겪고 살아가느니 차라리 죽음을 택하겠습니다. 하지만 그냥 죽지는 않겠습니다. 적어도 청성의 기개가 살아 있음을 보여줄 겁니다."

청성의 젊은 문인이 재빨리 자리에서 일어나 적수공권으로 마천의 마인 고창을 상대할 자세를 취했다. 아마도 병장기들은 이미 마천의 마인들에게 빼앗긴 모양이었다.

"물론 누가 말려도 네 죽음은 변하지 않는다."

고창 역시 젊은 청성파의 제자를 결코 살려둘 생각이 없는지 차가운 살기를 드러내며 으르렁거렸다.

"쉽게 죽어줄 것 같으냐?"

청성의 제자가 악을 쓰듯 외치며 두 주먹을 굳게 말아 쥐었다. 그의 몸에서 은은한 진기가 흘러나오기 시작했다. 그 진기에는 주변의 공기를 청량하게 만드는 현기가 깃들어 있어 과연 정종현문의 명성을 날렸던 청성의 흔적이 묻어났다. 다만 아쉬운 것은 그 진기가 너무 미약해 마천의 마인 고창이 흘려내는 무겁고 차가운 마기를 감당하기에는 턱없이 부족해 보인다는 점이었다.

"제법 현문의 정종을 익힌 듯하나, 그 정수를 얻지 못해 개미새끼 한 마리 죽일 힘도 얻지 못했구나. 그런 공력으로 감히 이 고창에게 대들었다니, 죽어도 남의 탓을 하지 못하리라!"

고창이 냉갈을 흘려내며 청성 제자를 향해 매섭게 검을 떨쳐 냈다. 그러자 청성의 제자 역시 고창을 향해 주먹을 앞세우고 달려들었다.

"안 돼!"

적을 향해 몸을 던지는 제자를 보고 청성 장문인이 다급한 목소리를 터뜨리며 제자의 옷자락을 잡으려 했으나 그의 제자는 이미 그의 곁을 떠나 고창이 만들어내는 검기의 그늘 아래로 기어들어 가고 있었다.

"놈!"

마인 고창이 자신의 품속으로 달려드는 청성 제자를 향해 사선으로 검을 그어댔다. 순간 그의 검(劍)은 눈 깜짝할 사이에 청성 제자의 목에 닿아 있었다.

"흥!"

순간 청성 제자의 입에서 한마디 냉소가 흘러나오며 그의 신형이 재빨리 회전했다. 그러자 고창의 검이 허무하게 허공을 갈랐다.

"받아라!"

순간 청성 제자가 팽이처럼 몸을 회전하며 만들어낸 힘으로 왼쪽 발을 들어 고창의 옆구리를 가격했다.

팟!

청성 제자의 움직임은 강호의 절대고수에 못지않게 신묘해 일대 마인의 풍모를 풍기는 고창의 옆구리에 정확하게 꽂혀들었다. 그런데 그의 발이 고창의 옆구리를 가격하려는 순간 고창의 신형이 갑자기 그의 발끝에서 사라졌다. 고창이 고절한 보법을 시전해 어느새 청성 제자의 발을 피하고 그의 뒤쪽으로 돌아가 있었던 것이다.

"제법이구나. 하지만 그 공력의 허접함이 권각의 오묘함을 뒷받침하지 못하니 결국 돼지 목에 진주일 뿐이다. 남은 것은 죽음뿐!"

고창에게 배후를 내준 청성 제자가 재빨리 고창을 향해 돌아서려 했지만 고창은 그럴 여유를 주지 않았다. 미처 청성 제자가 고창의 검을 찾기도 전에 고창의 검이 등 뒤에서 매섭게 청성 제자의 목을 찔러갔다.

"안 돼!"

청성 장문인이 절체절명의 위기에 빠진 제자를 보고 벌떡 일어나 앞으로 달려나오려는 순간 살기를 드러내며 싸움을 지켜보고 있던 마천의 마인 중 한 명이 기습적으로 청성 장문인에게 일장을 쳐냈다.

꽝!

"음……."

불의의 일격을 당한 청성 장문인이 고통스런 신음과 함께 비틀거리며 뒤로 물러나 석실의 벽에 부딪쳤다.

"장문인!"

그러자 청성의 문도들이 소리를 지르며 황급히 청성 장문인 곁으로 모여들었다.

"건아!"

청성 장문인이 문도들의 손길을 뿌리치며 소리쳤다. 그러자 청성의 문인들은 번뜩 자신들의 문도 한 명이 죽음의 위기에 몰렸다는 것을 깨달았다. 청성 문도들의 시선이 일제히 장문인을 따라 마천의 고수 고창과 무모한 싸움을 벌이고 있는 자신들의 동문에게로 향했다.

"아아!"

그리고 누가 먼저랄 것도 없이 그들의 입에서 안타까운 탄성이 흘러내렸다. 수일 전 청성을 장악하고 그들의 목숨을 위협해 왔던 마인들의 우두머리가 동문의 목덜미에 검을 꽂아 넣고 있었기 때문이었다.

　도저히 피할 수 없는 속도와 방향, 그리고 단 일검에 목을 잘라 버릴 만한 위력이 서린 검이었다. 고창을 상대하던 호기롭던 청성의 제자 역시 이미 자신의 목숨이 끝장났다는 것을 깨달은 듯 더 이상 살길을 찾으려 버둥거리지 않았다. 대신 그는 부릅뜬 눈으로 차가운 한광을 쏟아내며 거칠게 외쳤다.

　"아, 청성이여!"

　자신의 사문, 청성의 이름을 부르는 그의 목소리가 채 사람들의 귀에 전달되기도 전에 고창의 검이 그의 목덜미를 파고들었다. 청성의 제자는 차가운 검의 기운을 느끼며 부릅떴던 눈을 감았다. 그런데 그 절체절명의 순간 갑자기 장내에 예기치 못한 변화가 일어났다.

　창!

　닐카로운 충돌음이 석실에 울려 퍼졌다. 동시에 청성의 제자는 자신의 목덜미에 와 닿았던 적의 검이 옆으로 비껴 흐르는 것을 느꼈다.

　삭!

　소름 끼치는 검음(劍音)이 일었다. 하지만 그것은 청성의 제자가 죽음 속에서 생명을 구하는 소리이기도 했다. 그의 목을 꿰뚫을 것 같던 고창의 검이 무언가 강력한 기운에 부딪쳐 옆으로 튕겨져 나갔던 것이다.

　청성의 제자는 자신의 목덜미에서 피가 배어 나오고 있다는 것을 깨달았다. 하지만 그 부상이 자신을 죽음에 이르게 할 정도로 깊은 것은 아니었다.

청성의 제자가 급히 신형을 움직여 도대체 자신에게 무슨 일이 일어났는지 확인하려는 순간, 그의 신형이 누군가의 손에 떠밀려 삼 장여 뒤쪽으로 밀려났다. 대신 그가 서 있던 자리에는 마검을 움켜쥔 고검이 차가운 시선을 한 채 마천의 고수 고창을 응시하며 서 있었다.

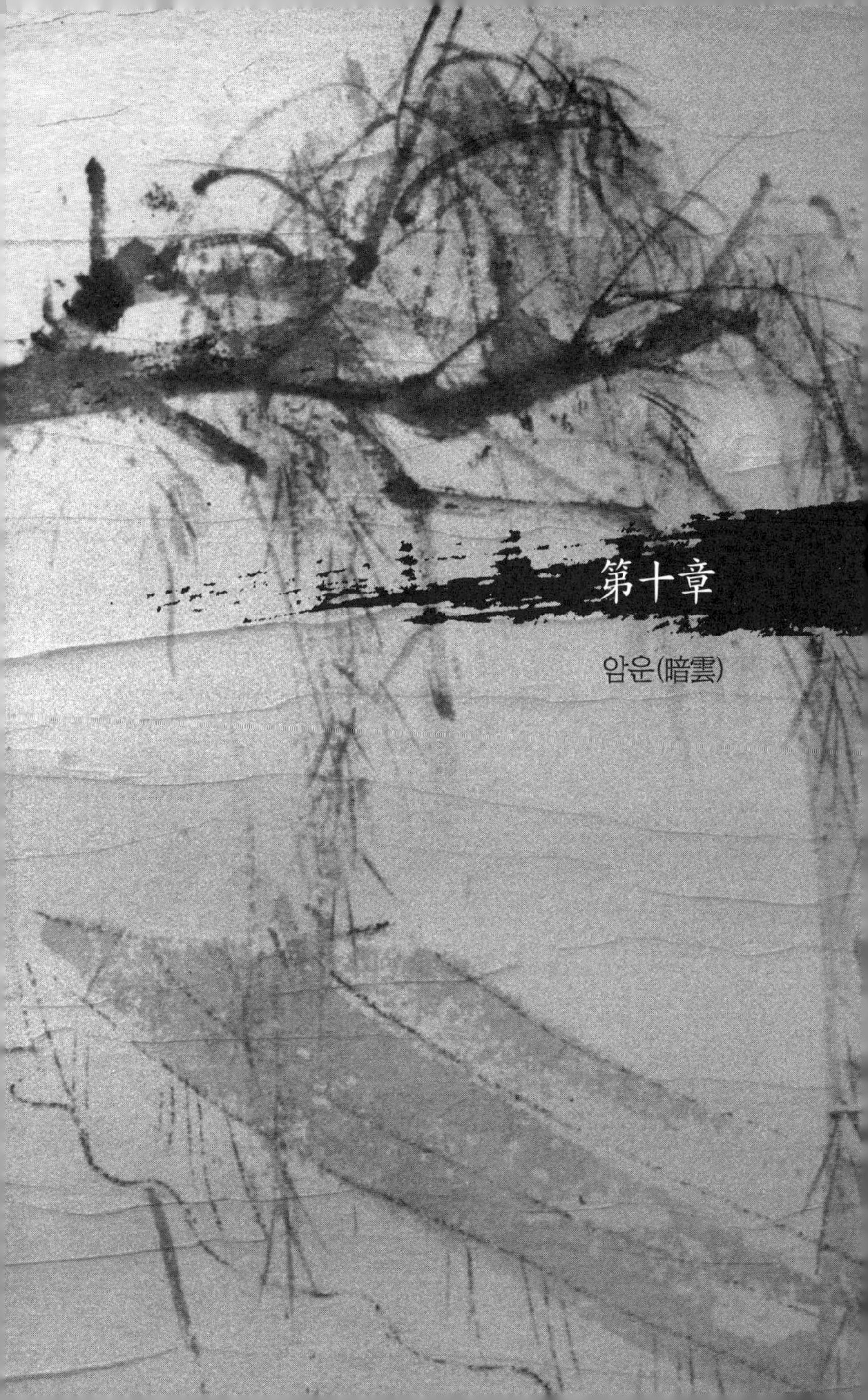

第十章

암운(暗雲)

“웬 놈이냐?”

고창이 자신의 검을 밀어내고 청성 무사를 구해낸 고검을
노려보며 노한 목소리로 소리쳤다. 그러나 고검은 자신의 신
분을 밝힐 생각이 전혀 없었다. 더군다나 그는 청성 문도를 구
해내기 위해 뛰어들기 전 검은 천으로 얼굴을 가린 상태였다.

대답할 필요가 없는 질문은 흘려보내면 그만. 고검이 대답
대신 들고 있던 마검을 매섭게 뻗어냈다.

팟!

전광석화 같은 속도로 고검의 검이 고창의 심장을 향해 닥
쳐들었다.

“놈!”

고검의 급작스런 공격에 고창이 차가운 욕설을 흘려내며 몸을 틀었다.

삭!

미세하면서도 날카로운 소음이 일어났다. 고검의 검에 고창의 앞가슴 옷자락이 베어지는 소리였다. 하지만 고창 역시 천마 묵화인으로부터 이어져 내려오는 마천의 정통 고수. 고검의 급습에 옷자락을 내주었지만 그의 몸에는 상처 한 줄 생기지 않았다. 대신 그는 자신을 스쳐 지나는 고검을 향해 번개같이 반격을 가했다.

고검은 자신의 등에 느껴지는 진득한 마기를 허공으로 몸을 솟구치며 흘려보냈다. 동시에 그의 신형이 허공에서 뒤쪽으로 한 바퀴 회전하며 거꾸로 선 채 두 다리로 석실의 천장을 삼사 보 걸어 이동했다.

가히 절정의 무인만이 보일 수 있는 보법. 고검의 움직임을 보고 있던 석실의 고수들이 모두 경악스런 표정을 짓고 있을 때, 석실 천장을 걸어 고창의 머리 위까지 이동한 고검의 신형이 아래로 떨어져 내리며 고창을 향해 마검을 떨쳐 냈다.

우웅!

처음 고창을 공격할 때의 쾌검과는 사뭇 다른 검음이 일어났다. 그리고 이런 중후한 검음이야말로 고검에게 가장 익숙한 검음이었다.

"음!"

허공에서 벽력처럼 떨어져 내리는 고검의 공세를 맞이한 고창의 입에서 한마디 나직한 신음성이 흘러나왔다. 비록 처음 공격처럼 빠른 것은 아니었지만 대신 이번 공격에는 거스를 수 없는 막강한 공력이 깃들어 있다는 것을 눈치 챘기 때문이었다.

하지만 고창 역시 스스로의 무공에 자신을 가지고 있었다. 대마천이 어떤 조직이었던가? 과거 천하무림의 종주라는 소림과 무당의 무공을 꺾어버린 천마 묵화인의 유훈이 깃들어 있는 조직이 마천이다. 그 마천에 속한 마인으로서 고창은 강호 누구에게도 양보치 않을 자존심을 지닌 인물이었다.

"핫!"

고창의 입에서 짧막한 기합성이 흘러나왔다. 동시에 그의 손에 들려 있던 도가 무겁게 자신의 머리 위로 치켜 올라갔다. 그 속도 역시 고검의 초식만큼이나 느렸지만 반대로 그의 두 발은 석실의 바닥에 깔린 화강암 속으로 조금씩 밀려들어 가고 있었다.

쿠쿠쿵!

그렇게 자신의 모든 진기를 쏟아 넣은 두 사람의 초식이 격돌했다. 당연히 지축을 뒤흔드는 거대한 충돌음이 터져 나왔다. 그 충격에 단단히 지어진 석실조차 흔들려 이곳저곳에서 흙 부스러기들이 돌과 돌 사이를 비집고 흘러내렸다.

우우웅!

그리고 그 혼란의 와중에 고검과 고창은 검을 맞댄 채 서로를 노려보고 있었다. 싸움은 초식의 대결에서 진기의 대결로 넘어갔던 것이다.

고검의 표정은 진기의 대결을 벌이는 사람이라고 생각지 못할 만큼 담담했다. 반면 고창의 얼굴은 붉게 달아올라 있었다. 그리고 석실 바닥에 박힌 고창의 두 발은 점점 더 깊이 바닥을 파고들어 가고 있었다. 누가 보아도 유불리가 명확한 싸움의 양상. 그러나 고창은 혼자가 아니었다.

"놈! 죽어랏!"

고창의 패색이 짙어지자 그의 동료 중 한 명이 싸움에 뛰어들었다. 그는 입에서 차가운 일갈을 토해내며 고창을 내리누르고 있던 고검을 향해 거침없이 자신의 도(刀)를 휘둘렀다.

그러나 협공을 받은 고검은 침착했다. 그가 상대해 본 고창의 무공은 비록 뛰어나기는 했지만 그렇다고 그가 노륙지에서 만났던 그의 동료들만큼 대단한 것은 아니었다. 고검은 등 뒤에서 또 다른 적의 기운이 느껴지는 순간 급격하게 검에 실은 공력을 증폭시켰다.

"욱!"

순간 고검과 검을 맞대고 있던 고창의 입에서 신음성이 흘러나왔다. 동시에 그의 무릎이 푹 꺾이며 그중 한쪽이 석실의 바닥에 닿았다. 덕분에 고검의 신형은 애초 고창의 동료가 협공을 가할 때보다 한 자 정도 아래로 내려갔다.

위잉!

그리고 그 찰나의 순간, 고검을 공격하던 자의 도가 고검의 머리 위를 스치고 지나갔다. 고검이 적의 급습을 피해낸 이 방

법은 그야말로 절묘해서 자신과 검을 맞대고 있는 적을 완벽
하게 진기로서 제압할 수 있는 공력과 자신의 등 뒤로 달려드
는 적의 속도를 정확하게 계산할 수 있어야만 시도할 수 있는
움직임이었다.

그렇게 기막힌 방법으로 상대의 기습을 피해낸 고검의 눈에
한차례 한광이 스쳐 갔다. 싸움을 길게 끌 수 없다는 것을 깨
달은 것이다. 한 번은 피했지만 두 번 피하는 것은 쉽지 않다.
더군다나 아직 싸움에 참여치 않은 적도 셋이나 있었다.

"모두 나서라!"

그때 이제는 완전히 석실 바닥에 무너져 내리고 있던 고창
의 입에서 거친 음성이 흘러나왔다. 더 이상 버틸 수 없다는
판단이 들었던지 그의 동료 전부에게 고검을 공격하란 명을
내린 것이다. 보통의 경우 무인이라면 스스로의 자존심 때문
에라도 수하들에게 도움을 청하지 않는 법, 그러나 고창은 그
런 자존심 따위보다는 목숨이 중하다는 것을 아는 위인이었
다.

고창의 명에 처음 고검을 급습했던 자와 다른 세 명의 마천
고수들이 일제히 도검을 빼 들고 고검을 공격하기 위해 앞으
로 나섰다.

'좋지 않다!'

고검이 내심 상황이 어렵게 변했다는 것을 깨달았다. 최상
의 방법은 상대하고 있는 적을 빨리 처리하고 나머지 적을 상
대하는 것. 하지만 비록 거의 끝을 본 싸움이지만 고창의 끈기

는 아직 그의 목숨을 지켜주고 있었다. 이런 때 네 명의 공격을 배후에서 받는다면 다 잡은 고기를 놓아주어야 할 수도 있었다.

'애초에 진기 싸움을 벌인 것이 실수였나?

이렇게 공력을 겨루는 싸움이 벌어지지 않았다면 오히려 좀 더 쉽게 상대의 협공에 대응할 수 있었을 터였다. 하지만 일단 진기 싸움이 벌어진 이상 고검은 고창에게 집중할 수밖에 없는 상황이었다. 그런데 그때 위태로워진 고검에게 생각지 않은 구원의 손길이 찾아왔다.

"이놈들! 우리도 있다!"

막 고검의 배후를 공격해 들어오려던 마천 사 인의 고수 앞을 한쪽에 몰려 있던 청성파의 문도 다섯이 막아선 것이었다. 그들은 비록 적수공권이었지만 그래도 대청성파의 후예들, 한순간 고검에게 시간을 만들어주는 역할은 충분히 할 수 있는 인물들이었다.

"오냐, 오늘 청성의 씨를 말려주마!"

자신들의 앞을 막아선 청성 문도들을 보며 네 명의 마천 고수들이 살기를 흘려냈다. 상대는 몰락한 무가의 후예들, 더군다나 도검 하나 들고 있지 못한 적수공권의 상대였다. 싸움의 승패는 이미 갈려 있는 것이나 다름없었다. 다만 문제는 시간일 뿐.

고검의 눈이 한차례 꿈틀거렸다. 그 또한 이 싸움이 시간의 싸움으로 변했다는 것을 깨닫고 있었다. 자신이 조금이라도 늦으면 자신의 배후를 지키기 위해 싸움에 나선 다섯 명의 청성 문인들은 전멸하고 말 터였다.

"흡!"

고검이 한차례 숨을 크게 들이마셨다. 그리고 다음 순간 숨을 내뱉으며 들고 있던 마검을 더 강하게 내리눌렀다.

"음……!"

다시금 고창의 입에서 나직한 신음성이 흘러나왔다. 그러면서 바닥에 대고 있던 고창의 한쪽 무릎이 살짝 뒤로 밀렸다. 동시에 고창의 중심이 흔들리며 그의 신형이 크게 기우뚱거렸다. 순간 고검의 오른쪽 발이 번개처럼 고창의 명치를 파고들었다.

우직!

고검의 빌끝에 뼈 부서지는 감촉이 느껴졌다.

"크억!"

고창의 입에서 격한 신음성이 흘러나오며 그의 신형이 고검의 발끝에 밀려 허공으로 떠올라 뒤쪽으로 날아갔다. 그런 고창을 향해 고검이 번개처럼 마검을 뻗어냈다. 순간 한줄기 번뜩이는 빛줄기가 마검으로부터 흘러나왔다. 그리고 순식간에 고창의 신형을 꿰뚫고 지나갔다.

쿵!

허공을 날아간 고창의 몸뚱이가 석실 벽면에 큰 소리를 내며 부딪치고는 맥없이 바닥에 떨어져 내렸다. 고창의 몸은 몇 차례 꿈틀대더니 이내 그 움직임을 멈췄다. 단번에 숨이 끊어진 것이다. 그렇게 고창을 순식간에 제압한 고검은 잠시의 여유도 없이 허공으로 몸을 솟구쳤다.

"죽어랏!"

누군가의 입에서 살기 어린 음성이 흘러나왔다.

"악!"

그리고 또 누군가의 입에서 신음성이 터져 나왔다. 혈무가 석실을 붉게 물들였다. 그 혈무 속에서 두 명의 청성 문도가 나뒹굴었다. 각기 한쪽 팔과 옆구리에 길게 검상을 입었고, 전신은 혈흔이 낭자했다.

허공으로 몸을 솟구친 고검은 망설이지 않고 그 혈무 속으로 뛰어들었다. 그리곤 유려한 움직임으로 한 바퀴 몸을 회전하며 마검으로 큰 원을 그렸다.

"큭!"

한마디 신음성이 마검이 지나간 길목에서 터져 나왔다. 고검의 검은 정확하게 청성 문도 둘을 피투성이로 만든 자의 허리를 베고 지나갔다. 고검에게 일검을 허용한 자는 그대로 그 자리에 무너져 내렸다. 고검은 무너져 내리는 상대의 몸을 훌쩍 날아 넘어 처음 마천의 무인 고창에게 적수공권으로 맞섰던 청성 문도 쪽으로 이동했다.

고창과의 싸움에서 이미 적지 않은 부상을 입었던 그는 한 명의 마천 고수를 상대로 거의 죽음 직전까지 몰려 있었다. 고검이 그의 뒤쪽에 날아내렸을 때 상대의 검은 이미 그의 목줄을 뚫어버리려 하고 있었다.

고검이 재빨리 왼손을 휘저었다. 그의 손끝에 청성 무사의 상의 자락이 잡혔다. 고검이 번개처럼 그 옷자락을 옆으로 잡아끌었다. 그러자 청성 무사의 상체가 급하게 옆으로 기울어졌고 그 사이로 언뜻 검을 내뻗고 있는 마천 고수의 얼굴이 들어왔다. 고검이 망설이지 않고 청성 무사의 어깨 너머로 검을 쑤셔 넣었다.

"욱!"

청성 무사의 몸에 가려 고검의 움직임을 미처 읽지 못했던 마천의 고수가 고검의 급작스런 공격에 속절없이 일검을 가슴에 허용하고는 고통스런 비명성을 흘려내며 주춤주춤 뒤로 물러나 석실 벽에 몸을 기댔다.

"두고 보자!"

순식간에 세 명의 동료를 잃은 나머지 두 명의 마천 고수가 자신들이 상대하던 청성 문도들을 놓아두고는 원한 가득한 위협을 남겨두고 몸을 날렸다. 아마도 더 이상 승산이 없다고 판단한 모양이었다.

"그들을 살려 보내면 안 된다!"

가슴에 심각한 부상을 입고 있던 청성 장문인이 다급한 목소리를 흘려냈다. 그러자 그때까지 적수공권으로 적을 상대하던 청성 문도들이 재빨리 죽은 마천 무리들의 병장기를 집어 들고 도주하는 적을 따라 몸을 날렸다.

"서랏!"

청성 문도들이 호기롭게 외치며 석실을 벗어났다. 그러나 마천의 두 고수는 이미 어둠 속으로 사라져 그 모습이 보이지 않았다.

"놈들을 살려 보내면 그 무리들을 이끌고 다시 돌아올 것이다. 반드시 놈들을 잡아야 한다."

고창과 맞섰던 청성 문도가 사라진 마천의 두 고수를 찾아 주위를 두리번거리며 소리쳤다.

"사형, 하지만 이미 놈들은 멀리 가버린 것 같습니다."

다른 청성 문도 하나가 난감한 목소리로 중얼거렸다. 그런데 그때 갑자기 석실 안에서 고검의 신형이 나타나더니 훌쩍 청성 문도들의 머리를 타 넘어 마천의 두 고수가 사라진 어두운 숲 속으로 달려 들어가는 것이었다.

"우리도 가자!"

청성의 문도들은 잠시 놀란 표정으로 고검을 바라보고 있다 이내 정신을 차리고 역시 몸을 날려 고검의 뒤를 따르기 시작했다.

고검은 일정한 거리를 두고 두 명의 마천 고수를 뒤쫓고 있었다. 만약 고검이 그들을 따라잡으려 했다면 이미 오래전에 그들의 발걸음을 멈춰 세웠을 테지만 고검은 적당한 거리를 유지한 채 그들의 뒤를 쫓기만 할 뿐이었다.

하지만 그렇다고는 해도 마천 고수들의 무공 또한 강호 일류의 수준을 넘어선 자들이었으므로 그 속도가 무척 빨랐다.

고검의 뒤를 쫓던 청성의 문도들의 모습은 이미 오래전에 사라진 뒤였다. 어쩌면 그들은 이미 이 추격전을 포기하고 청성파로 돌아가 버렸을지도 모르는 일이었다.

'잃어버린 시간을 찾을 수 있었으면 좋겠는데…….'

고검이 내심 생각했다. 고검이 도주하는 마천 고수들을 제압하지 않고 그대로 둔 것은 그들이 신주마 악불위와 마천의 주력고수들이 있는 곳까지 고검 자신을 안내해 주길 바라서였다.

도주하는 자들이 갈 곳은 그들의 주인이 있는 곳뿐이기에 고검은 두 마인의 뒤를 쫓는 것으로 그가 청성파의 마지막 후예들을 구해냄으로써 손해 본 시간을 만회할 수도 있었다. 그리고 적어도 지금까지는 고검의 의도대로 일이 진행되고 있었다.

마천의 두 마인은 고검의 추격을 아는지 모르는지 부지런히 숲을 달려나가고 있었다. 그들은 이 청성산의 지리를 무척 잘 알고 있는 듯 보였는데 봉우리와 봉우리 사이의 깊은 계곡에서조차 정확한 목적지를 알고 있는 사람들처럼 움직이고 있었다. 그들이 청성파를 접수한 게 얼마나 되었는지 모르지만 그간 이 청성산의 지형을 완전히 파악하고 있다는 의미였다.

'참으로 발 빠른 자들이 아닌가? 그들이 관산해로부터 흑죽간을 얻어낸 것이 얼마 되지 않았는데 어느새 청성파를 제압하고 청성산의 지형을 숙지하고 있으니… 분명 악불위와 함께 있던 자들의 움직임이 아니다. 사천에 미리 들어와 있지 않으

면 이렇게 빨리 움직일 수는 없지. 어쩌면 마천은 생각보다 훨씬 큰 조직일지도 모르겠구나.'

고검은 마천이라는 조직이 개개인의 무공은 뛰어나나 그 숫자는 많지 않을 것이라 예상하고 있었다. 길게는 마천 삼십육마종, 짧게는 백마의 후예들로 볼 수 있는 그들이었으므로 그 정통 세력의 숫자는 백을 넘지 않을 것이란 게 고검의 판단이었다. 특히 노륙지에서 그들의 움직임이나, 마천의 천주인 신주마 악불위가 직접 강호의 일에 관여하는 것을 보면 현재 악불위가 움직이는 마천은 의외로 소수의 마인들로 구성되어 있을지도 모른다는 것이 고검의 생각이었다.

그런데 악불위가 도착하기 전에 청성을 제압하고 악불위를 맞이할 준비를 하고 있던 자들이 있었다면 어쩌면 고검의 판단은 잘못된 것일 수도 있었다. 애초에 청성산이 마총이 존재할 수 있는 지역 중 하나라는 사실을 몰랐다면 청성산을 제압한 악불위의 수하들은 평상시에도 사천에서 활동하던 자들이란 의미가 된다. 그렇다면 그것은 곧 마천이 천하각지에 퍼져 있다는 말이 되는 것이다.

'하긴, 사천의 성도는 서패천의 본거지고, 천하를 꿈꾸는 자라면 당연히 천하사패의 본거지에 사람을 심어놓고 있었을 테지. 성도는 청성산에서 그리 먼 곳도 아니고……'

고검이 내심 마천이란 조직에 대해 이런저런 궁리를 하는 사이, 두 마인이 위태롭게 솟아 있는 절벽 사이로 난 작은 소로로 접어들었다.

'곤란하군.'

고검이 난감한 표정을 지었다. 지금 두 마인이 접어든 길은 절벽 사이의 외길이라 만약 그 길 어딘가에 마천의 무리가 있다면 필시 두 마인을 뒤쫓고 있는 자신의 행적이 드러나게 될 터였다.

'하지만 그렇다고 쫓지 않을 수도 없다.'

고검이 이내 결심을 굳히고 훌쩍 몸을 날려 두 마인이 사라진 절벽 사이의 외길로 진입해 들어갔다.

고검은 최대한 은밀하게 절벽 사이의 외길을 따라 올라갔다. 굴곡이 심한 길이었으므로 생각보다는 은신할 곳이 적지 않았다. 곳곳에 자라난 소나무들 또한 몸을 숨기는 데 도움을 줬나.

그렇게 이십여 장의 외길을 은밀하게 전진했을 때 갑자기 길이 넓어지면서 절벽 안쪽으로 십여 장 넓이의 공터가 나타났다. 길은 그 공터를 지나 다시 험한 절벽 사이로 이어져 있었으므로 공터는 마치 긴 험로 중간에서 만날 수 있는 적당한 휴식 공간이라 할 수 있었다.

'이건!'

하지만 고검은 절벽 사이의 공터를 앞에 두고 걸음을 멈췄다. 분명 누군가에게는 잠시 쉬어갈 수 있는 고마운 쉼터일 공터에서 정체를 알 수 없는 기이한 거부감을 느꼈던 것이다.

그리고 다음 순간 고검이 바람처럼 움직였다. 그의 신형이 공터를 둘러싸고 있는 높은 절벽들을 타고 올랐다.

파팟!

순간 그가 서 있던 곳에 날카로운 암기 십여 개가 매서운 파공음을 일으키며 꽂혀들었다. 절벽을 타고 오른 고검이 기이한 자세로 횡으로 이동하기 시작했다. 보통 사람이라면 촌각도 붙어 있지 못하고 떨어져 내릴 절벽을 고검은 마치 한 마리 거미처럼 바싹 달라붙어 이동하고 있었던 것이다. 그리고 어느 순간 그의 신형이 허공으로 솟구쳤다.

"놈!"

순간 고검의 신형이 날아가는 방향의 절벽 사이에서 한마디 노성이 흘러나오더니 다시 십여 개의 암기가 고검을 향해 닥쳐들었다. 고검은 날아오르는 속도보다 빠르게 허리춤에서 마검을 뽑아 들었다. 그리고 검을 뽑아 드는 순간 자신에게로 날아오는 암기들을 향해 둥근 원을 그려냈다.

우우웅!

마검이 예의 그 음산한 마음을 토해냈다. 그리고 거무스름한 검기의 막이 고검의 전면에 만들어졌다.

차차창!

고검을 향해 닥쳐들던 암기들이 째지는 듯한 비명 소리를 터뜨리며 사방으로 흩어져 갔다.

"핫!"

그리고 그 순간 암기를 떨쳐 낸 고검의 신형이 허공에서 한 바퀴 회전하더니 어느새 그의 검이 절벽의 한 부분을 향해 폭

사했다.

번쩍!

마검에서 흘러나왔다고 믿기지 않을 만큼 밝고 강렬한 섬광, 그 한줄기 빛이 눈 깜짝할 사이에 암기가 흘러나온 공간으로 파고들었다.

콰쾅!

쩌저적!

거대한 충돌음과 함께 절벽에 붙어 있던 바위가 절벽으로부터 분리되기 시작했다. 그때 고검은 어느새 공터로 떨어져 내려 차가운 시선으로 절벽에서 떨어져 내리는 거대한 바위덩이를 응시하고 있었다.

절벽에서 분리된 바위는 처음에는 느리게 움직이더니 이내 가속노가 붙자 거대한 파공음을 일으키며 무서운 속도로 땅 위로 떨어져 내렸다.

쿵!

땅으로 떨어져 내린 바위가 지면과 충돌하며 큰 소리로 땅을 울렸다. 그런데 바로 그 순간 다시 고검의 신형이 바람처럼 앞으로 쏘아져 나갔다. 고검은 마치 부딪칠 듯 절벽에서 떨어져 내린 바위에 접근했다. 그리고 그의 신형이 막 바위에 부딪치려는 순간 고검이 그림자처럼 바위를 거슬러 올랐다. 그리하여 그의 머리가 바위 위로 불쑥 숫구치는 순간 고검이 재차 손에 들고 있던 검을 위에서 아래로 내리그었다.

쿠우웅!

마검이 이번에는 좀 더 격한 울음을 울어댔다. 마검은 마치 바위를 쪼개려는 듯 바위 뒤쪽을 향해 떨어져 내렸다. 그런데 바로 그 순간 바위 뒤쪽에서 다급한 음성이 들려왔다.

"흡, 피해!"

동시에 고검의 검이 바위 뒤쪽을 강타했다.

"큭!"

한마디 신음성이 흘러나왔다. 동시에 누군가 번개처럼 빠르게 바위 뒤쪽에서 튀어나와 재빨리 우측으로 이동했다. 곁에서 보기엔 바위를 가격한 것 같았던 고검의 검은 기실, 절벽에 숨어서 고검을 향해 암기를 날리다 고검의 공격에 바위와 함께 공터로 떨어져 내린 적들을 향해 꽂혀들었던 것이다.

고검이 재빨리 땅에 떨어진 바위를 박차고 날아올라 바위 뒤에 숨어 있다 자신의 공격에 몸을 피한 자를 뒤쫓았다. 어두운 밤이었지만 도주하는 자의 모습이 눈에 익었다. 청성파에서 고검을 피해 도주한 자 중 하나임이 분명했다. 그렇다면 바위 뒤에 숨어 있다 고검의 검에 즉사한 자는 청성파로부터 도주한 둘 중 나머지 하나일 것이다.

고검이 도주하는 자를 추격하며 재빨리 주위를 살폈다. 그러나 다른 사람의 기척은 느껴지지 않았다.

'동료들 쪽으로 움직인 것이 아니었나?'

고검의 머릿속에 의혹이 일었다. 고검은 애초에 이들 두 사람이 악불위가 이끌고 있는 자신들의 동료들에게로 향하고 있다고 생각했었다. 그런데 지금 상황으로 보면 근방에 마천의 고수들이 있는 것 같지는 않았다. 그렇다면 애초에 이들을 따라 악불위가 있는 곳으로 가려던 고검의 의도는 틀어진 것이 된다.

'그의 말을 들어보면 알겠지.'

고검이 한 줌의 진기를 더 뽑아 올렸다. 그러자 그의 신형이 절벽 사이의 외길로 도주하는 적의 등 뒤로 바싹 다가섰다. 그런 고검의 기운을 느꼈음인지 도주하던 마천의 고수 역시 좀 더 속도를 내 고검으로부터 멀어지려 했다. 그 순간 고검이 재차 검을 휘둘렀다.

파아앙!

마검에서 뻗어나간 한줄기 검기가 도주하는 적의 두 다리를 잘라 버릴 듯 닥쳐들었다.

"흡!"

순간 마천의 고수가 흠칫하며 앞으로 달려나가던 신형을 허공으로 솟구쳤다.

콰쾅!

강력한 고검의 검기가 지면에 꽂혀들며 맹렬한 충돌음을 일으켰다. 동시에 뿌연 먼지가 허공으로 비산했다. 그 먼지를 뚫고 고검의 신형이 신룡처럼 솟구쳤다.

"놈!"

적을 추격해 허공으로 솟구치는 고검의 머리 위에서 한마디 노성이 들려왔다. 더 이상 고검을 따돌리지 못할 것이라 생각한 마천의 고수가 오히려 반격을 가해왔던 것이다. 상대의 차가운 살기를 느낀 고검이 재빨리 머리 위로 마검을 들어 올렸다.

창!

맹렬한 검과 검의 충돌음이 절벽 사이의 좁은 공간을 타고 퍼져 나갔다. 두 사람의 신형이 허공에서 잠시 정지한 듯 붙었다가 다시 번개처럼 떨어졌다.

일합의 격돌을 끝낸 두 사람의 위치는 정반대로 변해 있었다. 고검은 적의 공세를 뚫고 올라 상위를 점하고 있었고 반대로 마천의 고수는 고검의 강력한 공력에 밀려 땅 위로 내려서고 있었던 것이다.

상위를 점한 고검의 신형이 허공에서 빙글 한 바퀴 회전했다. 그러자 그의 신형이 가볍게 한쪽 절벽에 튀어나온 단단한 바위 위에 내려섰다. 그러나 고검이 그 바위 위에 머문 시간은 찰나에 지나지 않았다. 고검은 바위에 발이 닿자마자 다시 바위를 박차고 날아올라 무서운 속도로 적을 향해 떨어져 내렸던 것이다.

"후웁!"

고검의 표홀한 신법을 보고 있던 마천 고수가 자신도 모르게 깊은 심호흡을 해댔다. 아마 그도 지금 허공에서 떨어져 내리는 고검의 공세가 최후의 공격이 될 것이란 것을 예감한 모양이었다.

"죽어랏!"

마천 고수의 입에서 악에 받친 외침이 터져 나왔다. 동시에

그의 손이 번개처럼 품속에 들어갔다 나오더니 허공에서 떨어
져 내리는 고검을 향해 세 개의 암기를 던져 냈다.

파아앙!

마천 고수의 손을 떠난 암기들이 매서운 파공음을 일으키며
고검을 향해 날아갔다. 동시에 암기를 던져 낸 마천 고수 역시
암기의 뒤를 따라 고검을 향해 치솟아올랐다. 고검이 암기를
막아내는 빈틈을 노리겠다는 의도가 분명했다.

고검은 자신을 향해 날아오는 세 개의 암기를 차분하게 응
시하고 있었다. 물론 암기의 뒤쪽으로 검은 그림자를 만들며
날아오르는 마천의 고수 또한 고검의 시야에서 벗어나지 못했
다.

마천의 고수가 시도한 이 공격법은 무척 고명한 방법이라
보통의 고수라면 일던 몸을 피하고 볼 일이었지만 고검은 전
혀 몸을 피할 기색을 보이지 않았다. 대신 그는 마검을 머리
위로 들어 올리더니 그대로 날아오는 암기를 향해 내리그었
다.

쿠우웅!

마검이 공기의 저항을 뚫으며 거친 신음성을 토해냈다. 동
시에 마검의 검신 옆으로 반 장 넓이의 공기들이 기이한 기류
를 만들며 소용돌이치기 시작했다.

파팟!

그리고 마검의 기운과 세 개의 암기가 부딪치는 순간 미세
한 파공음이 일어나며 고검을 향해 날아오던 세 개의 암기가

사방으로 흩어져 거칠게 절벽의 바위틈에 박혀들었다.

"헛!"

그리고 그 순간 암기 뒤를 따라 고검의 허점을 파고들려던 마천의 고수 입에서 한마디 헛바람이 새어 나왔다. 자신이 필사의 힘으로 날린 암기를 튕겨낸 상대가 아무 일도 없었던 것처럼 처음의 강도 그대로 자신의 머리 위에 검을 떨쳐 내고 있었던 것이다.

마천 고수의 눈에 언뜻 두려움이 깃들었다. 허공에서 떨어져 내리는 고검의 검은 단번에 그의 머리를 바숴 버릴 듯 강력한 무게감을 지니고 있었다. 그러면서도 빛처럼 빠른 적의 공격. 하지만 그렇다고 그저 허무하게 죽음을 맞이할 수는 없었다. 마천의 고수가 본능적으로 허공에서 떨어져 내리는 고검을 향해 자신의 검을 찔러 넣었다.

한순간 고검의 마검과 마천 고수의 검이 스치듯 서로를 지나쳤다. 그런데 바로 그 순간 적의 머리를 반으로 가를 듯 떨어져 내리던 고검의 마검이 살짝 방향을 틀었다.

깡!

그러자 강력한 파열음이 일어나며 마검을 거슬러 고검을 향해 파고들던 마천 고수의 검신이 중간에서 뚝 부러져 나가는 것이었다.

"음……!"

생각지도 못한 고검의 변화에 마천 고수가 신음성을 흘리며 재빨리 뒤로 물러났다. 어쩌면 자신의 머리가 반쪽으로 갈라지는 대신 검이 두 동강 난 것은 그로서는 천운이라 할 수 있었다.

하지만 그 행운은 그리 오래갈 행운이 아니었다. 적의 검을 두 동강 낸 고검이 땅 위로 내려서는 순간 재차 신형을 뽑아 올려 독수리가 들짐승을 사냥하듯 마천 고수를 향해 날아갔기 때문이었다.

"이놈……!"

적이 자신을 사로잡으려 한다는 것을 깨달은 마천의 고수가 노성을 토해내며 어지럽게 두 손을 흔들었다. 그러자 그의 양 손에서 제법 묵직한 장력들이 고검을 향해 날아들었다.

"그대에게 묻고 싶은 말이 있소."

강력한 진기를 담은 장력이 자신의 전신을 향해 날아들고 있는 와중에도 고검은 담담한 목소리를 흘려냈다.

상대의 장력이 자신의 전신에 격돌하려는 순간 고검의 신형이 희미한 그림자를 만들며 좌우로 흔들렸다. 그러자 마천의 고수가 뻗어냈던 장력들이 허무하게 고검의 신형을 스쳐 지나갔다. 적의 장력을 흘려낸 고검이 재빨리 마천의 고수 앞으로 닥쳐들며 오른손으로는 마검을 휘두르고 왼손으로는 교묘한 각도로 상대의 혈도를 짚어갔다.

검 앞에서 생명을 구하려는 행동은 인간의 본능, 마천의 고수가 앞서 닥쳐드는 마검을 피하려고 힘겹게 몸을 틀었다. 물론 그의 목적대로 마검은 마천 고수의 목 부위를 아슬아슬하게 스치고 지나갔다.

하지만 그것이 마천의 고수가 할 수 있는 것의 전부였다. 상대가 검초를 흘려내는 순간 고검의 왼손이 재빨리 마천 고수의 마혈을 점유했기 때문이었다.

"큭!"

마혈을 점유당한 마천 고수가 한마디 신음성을 흘려내며 마치 물먹은 종이처럼 대지 위에 무너져 내렸다. 그리고 그 앞에서 고검이 예의 그 차가운 시선으로 상대를 내려다보고 있었다.

"악불위는 어디 있느냐?"

고검이 얼굴을 가린 검은 천 위로 서늘한 안광을 드러내며 땅 위에 주저앉은 마천의 고수에게 물었다. 그러자 마천의 고수가 고검에 대한 적의를 드러내며 되물었다.

"어디에 속한 자인가? 북천무맹의 종자냐?"

순간 고검의 눈빛이 살짝 변했다.

'왜 날 북천무맹의 사람이라고 생각하는 건가?'

"다시 한 번 묻지. 악불위는 어디 있느냐?"

고검이 일단 마음속에 이는 의문을 접어두며 재차 물었다.

"후후후, 네놈이 무맹의 종자라면 짚어도 한참 잘못 짚었다. 애초에 넌 우리가 천주가 계신 곳으로 이동할 거라 생각하고 우릴 추격했겠지? 하하하, 그러나 우린 그렇게 어리석지 않다. 당연히 네놈이 우릴 추격할 거란 걸 예상하고 널 천주가 계신 곳과는 전혀 다른 곳으로 유인한 것이다. 천주께는 약간의 시간이 필요하시니까. 그나저나 역시 북천무맹이군. 벌써 본 천을 따라잡았다니… 적어도 두 시진 정도는 걸릴 것이라 예상했는데…….”

마천 고수의 말에 고검의 안색이 어두워졌다. 확실히 그는 청성파의 문제에 관여하는 통에 악불위의 종적을 놓치고 만 것이다. 그것도 이들 두 사람의 유인에 걸려 악불위가 이동한 곳과는 상당히 먼 쪽으로 벗어난 것이 분명해 보였다.

“다시 한 번 묻겠다. 악불위는 어디 있느냐?”

“하하하, 네가 한번 힘써 찾아보려무나. 아마도 이 청성산 어딘가에는 계실 것이니…….”

마천의 고수가 통쾌하다는 듯 광소를 터뜨렸다.

‘더 나올 것이 없겠군. 어찌한다……?’

고검이 득의한 미소를 머금은 채 자신을 노려보고 있는 마천 고수를 보며 잠시 망설였다. 이런 인물의 입을 열게 하는 것은 결코 쉬운 일이 아니었다. 혹, 과거 무불장에 몸담았던 조오현 정도의 손속을 지닌 인물이라면 모를까.

‘하긴 조 노사께서 계셨어도 이자의 입을 열게 하려면 꽤 많은 시간이 필요할 것이다. 그사이 악불위는 좀 더 멀어질 것이고…….’

고검이 천천히 고개를 저었다. 이곳에서 마천의 고수를 잡고 시간을 끌고 있는 것보다는 빨리 움직여 악불위와 마천 고수들의 종적을 찾는 것이 더 낫다고 판단한 것이다.

“편히 가시오.”

불쑥 고검의 입에서 나직한 목소리가 흘러나왔다. 순간 상대를 곤란에 빠뜨린 통쾌함에 미소 짓던 마천 고수의 얼굴이 급격하게 굳어졌다. 지금 상대는 자신의 죽음을 입에 담고 있었던 것이다.

"놈!"

마천 고수가 반발하듯 욕지거리를 흘려낼 때 고검의 왼손이 가볍게 마천 고수의 머리에 올려졌다. 그러자 노한 눈으로 고검을 바라보던 마천의 고수가 급격하게 눈에서 생기를 잃고 툭 고개를 떨구었다.

"그나마 이렇게 편히 죽을 수 있는 것도 강호무림에선 복이 아니겠소? 날 원망치 말구려."

고검이 죽은 자의 모습을 잠시 내려다보다 이내 신형을 돌렸다.

청성파는 여전히 어둠에 잠겨 있었다. 도주한 두 명의 마천 고수를 제압한 고검은 다시 걸음을 청성파로 돌렸다. 악불위의 뒤를 쫓는 것은 애초에 그를 마지막으로 보았던 청성에서부터 시작해야 하기 때문이었다. 그리고 어쩌면 청성의 문인들에게 악불위의 행보에 대한 단서를 얻을 수도 있었다. 적어도 악불위가 마천의 고수들을 움직여 청성파를 제압한 것에는 분명 목적이 있을 것이기 때문이었다.

고검이 가볍게 청성의 담장을 날아 넘었다. 그리고는 재빨리 신형을 움직여 마천의 고수들이 청성파의 문인들을 도살하려 했던 청성파 후원 숲의 석실로 향했다.

'떠났는가?'

석실 앞에 도착한 고검이 난감한 표정을 지었다. 분명 청상파의 문인들이 있어야 할 석실에서 아무런 인기척이 느껴지지 않았던 것이다. 청성파의 문인들이 떠났다면 고검은 오로지 악불위와 마천의 고수들이 남긴 흔적을 따라 적을 추격해야 한다. 만약 청성산에 마총이 존재한다면 지금으로서는 도저히 악불위가 마총을 찾기 전에 그를 따라잡을 수 없을 터였다.

'난감하군.'

물론 이미 악불위가 청성에 들었다는 사실은 수일 전 풍도가한에게 전한 후였다. 아마 북천무맹의 조사대가 이토록 빨리 악불위에게 근접할 수 있었던 이유도 고검이 전한 소식 때문이었는지도 몰랐다. 그 정도만으로도 고검은 어느 정도 이번 청부의 목적을 달성했다고 할 수도 있었다. 하지만 고검은 스스로 아직 이 청부가 끝나지 않았다고 여기고 있었다.

'마총의 정확한 위치를 확인할 때까지는 청부가 끝난 것이 아니다.'

고검이 신형을 돌렸다. 인적이 없는 청성파에 더 이상 머물 이유가 없었다. 한시라도 빨리 악불위의 흔적을 찾아 추격하는 것이 급한 일이었다.

그런데 그렇게 악불위와 마천 고수들의 흔적을 찾아 나서려는 고검 앞에 갑자기 세 명의 인물이 나타났다.

"은인, 돌아오셨군요. 기다리고 있었습니다."

‘이들은?’

어둠 속에서 불쑥 모습을 드러낸 인물들. 그들은 바로 마천의 고수들에 의해 멸문의 위기에 처했던 청성파의 젊은 문인 중 삼 인이었다. 아마도 그들은 고검이 돌아올 것을 예상해 어둠 속에서 고검을 기다리고 있었던 모양이었다.

“모두 무사하시군요. 다행입니다.”

고검은 여전히 얼굴을 검은 천으로 가린 상태였다. 비록 청성파의 문인들이 그에게 적은 아니지만 굳이 자신의 신분을 드러내고 싶지 않았기 때문이었다.

“은인 덕분에 청성의 명맥을 이어갈 수 있게 되었습니다. 어찌 이 은혜를 갚아야 할지…….”

삼 인의 청년고수 중 마천의 고수 고창에게 무모하게 대들었던 젊은이가 고검에게 머리를 조아리며 말했다.

“제가 아니라 누구라도 그런 상황이면 도움을 주었을 겁니다.”

그러자 청성의 젊은 제자가 고개를 저었다.

“강호의 모든 사람들이 모두 대협과 같은 협의지심이 있는 것은 아니지요. 힘이 있는 자에게는 누구라도 인연을 맺기 위해 애를 쓰지만 힘이 없는 자에게는 도움이 아니라 도검을 들이미는 곳이 바로 강호 아니겠습니까. 그러니 어찌 오늘날 본문의 명맥을 잇게 해준 은인의 은혜가 작다고 할 수 있겠습니까. 후일이라도 은인의 은혜에 보답할 수 있도록 존성대명을 알려주실 순 없으시겠는지요?”

청성의 제자가 정중하게 고검의 정체를 물었다. 그러자 고검이 천천히 고개를 저었다.

"애초에 별로 내세울 게 없는 위인입니다. 그리고 지금은 모종의 일에 간여되어 있는 처지라 이름을 밝히기가 어렵군요."

그러자 청성의 제자가 아쉬운 빛을 내보이며 고개를 끄덕였다.

"굳이 신분을 밝히시지 않겠다면 더 이상 고집을 부리지 않겠습니다. 대신 이 물건을 은인께 맡기고자 합니다."

청성 문도가 작은 옥패 하나를 고검에게 건넸다. 옥패는 무척 귀해 보이는 물건으로 어두운 밤중에도 스스로 빛을 내어 자신을 밝히고 있었다.

"이건……?"

고검은 청성 제자가 건넨 옥패가 보통 귀한 물건이 아니라는 것을 알아채고는 부담스런 얼굴로 청성 제자를 바라봤다.

"그 물건은 과거 청성금옥이라 불렸던 것입니다."

"청성금옥이라… 제가 받기에는 너무 과분한 물건인 듯합니다."

고검이 옥패를 다시 청성 제자에게 건네려 하자 청성 제자가 급히 고개를 저었다.

"아닙니다. 그 옥패의 주인으로 은인만큼 어울리는 분은 없습니다. 본시 본 청성파에서는 그 청성금옥을 십 년에 하나씩 만들었습니다. 청성금옥은 그 자체만으로도 무척 귀중한 보물입니다만, 본 파에는 그 이상의 의미가 담겨 있는 물건이지요.

과거 본 문이 번성하던 시절, 천하무림인들은 그 청성금옥을
얻는 것을 큰 명예로 생각했었습니다. 왜냐하면 청성금옥을
지닌 사람은 본 파에 어떤 것이든 하나의 요구를 할 수 있기 때
문이었지요. 하지만 본 파의 세력이 약해지자 그 청성금옥의
가치도 예전만 못하게 되었습니다. 지금에 와서는 그저 옥 자
체의 가치만 거론될 지경이지요. 해서 은인께 지금 그 청성금
옥을 드리는 것이 본 파로서는 무척 부끄러운 일입니다. 힘이
없으니 은인께 큰 도움이 되지 못할 것이 분명하니 말입니다.
하지만 본 파의 진심이 들어 있는 선물이니 부디 거절치 말아
주십시오. 그리고 언제라도 본 파의 작은 힘이라도 필요하시
다면 주저치 마시고 그 옥패를 본 파에 돌려주시기 바랍니다.
우리 모두의 목숨을 거는 일이라 할지라도 기쁘게 은인을 도
울 것입니다.”

순간 고검은 가슴에 한줄기 서늘한 기운이 스치고 지나가는
것을 느꼈다.

‘청성은 죽지 않았다. 아마도 이 사람 대(代)에 청성은 다시
크게 번성할 것이다.’

고검은 내심 청성의 젊은 제자에게 감탄하며 순순히 청성금
옥을 품에 넣었다.

“알겠습니다. 지나친 사양은 대청성파의 명예를 오히려 떨
어뜨리는 것이니 선물 고맙게 받겠습니다. 그런데 대협의 성
함이 어찌 되시는지……?”

청성의 젊은 제자에게 호감이 생긴 고검이 물었다. 그러자

청성의 제자가 부끄러운 기색을 얼굴에 드리우며 얼른 대답했다.

"대협이라니, 가당치 않은 호칭입니다. 제 이름은 경봉이라 합니다."

"경 대협이셨군요. 오늘 경 대협을 보니 청성이 다시 예전의 명성을 되찾게 될 날이 머지않았다고 생각되는군요. 후일 얼굴을 가리지 않고 다시 뵐 날이 있을 겁니다."

"다시 청성을 찾아주시면 그야말로 청성의 큰 영광입니다. 꼭 다시 들러주시기 바랍니다."

청성 제자 경봉이 정중하게 포권을 해 보였다. 고검 역시 이 몰락한 명가의 제자에게 마주 포권을 해 보인 후 마음에 두고 있던 한 가지 질문을 던졌다.

"그런데… 그들은 왜 청성파를 침범한 것입니까?"

그러자 경봉의 얼굴에 차가운 살기가 일렁였다. 마천의 무리에 당한 수모가 다시금 떠오른 모양이었다.

"그자들이 본 문을 침범한 것은 오 일 전의 일이었습니다. 그들은 본 문의 식솔들을 인질로 삼고 몇 가지 요구를 했습니다."

"그들이 원한 것은 무엇입니까?"

"그들은 일단 본 파가 수백 년간 이곳에 터전을 잡고 살아오며 익혀온 청성산 곳곳의 지형을 자신들에게 제공할 것을 요구했습니다. 우리는 그들에게 이틀에 걸쳐 청성산의 모든 지형이 기록된 지도를 만들어주었지요. 그러자 이번에는 우리를 데리고 청성산 최고의 험지이자 본 파의 성역 중 한곳인 천혈곡으로 이동해 그곳에 거대한 진을 설치했습니다."

"지금 진이라고 했습니까?"

고검이 놀란 눈으로 경봉에게 물었다.

"그렇습니다. 처음에는 몰랐지만 나중에 보니 그건 분명 진이었습니다. 그건 수백 장 넓이의 천혈곡 전체를 뒤덮는 거대한 진이었지요."

순간 고검은 머리에 크게 뭔가를 한 대 맞은 것 같은 충격을 받았다.

'진(陣)이라. 진을 설치했다고? 그렇다면 악불위는 이 청성산에서 마총을 찾으려는 게 아니었단 말인가? 설마… 함정을?'

'마총(魔塚) 下' 편이 10권에서 이어집니다.

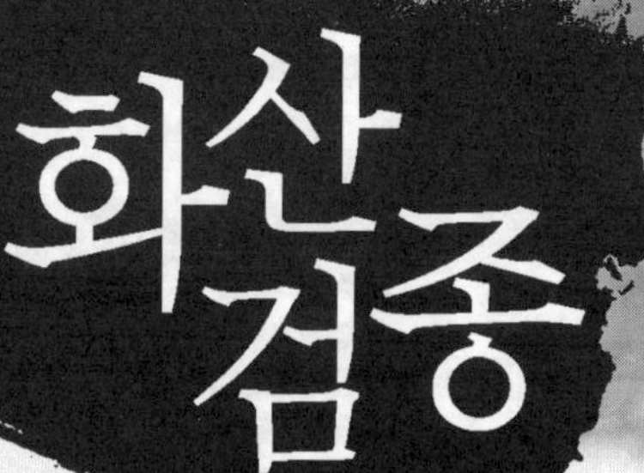

화산검종

華山劍宗

한성수 新무협 판타지 소설

문피아 최단기간 골든 베스트 1위!!
선호작 1위!! 평균 조회수 3만의
『화산검종』!!!

『무당괴협전』, 『태극검해』, 『만검조종』……
연이은 대작들의 감동을 넘어설 또 하나의 도전!!

한성수 작가가 야심차게 준비한
구대문파 시리즈의 출사표!!

그날 나는 죽었고 모든 것은 변하기 시작했다!

오 년 전의 싸움으로 내공이 전폐되고 목숨보다 소중했던
자하신공과 자하구벽검을 잃었다.
저주처럼 심장에 틀어박힌 구마련주의 마정을 품은 채
화산에 드리운 그늘을 벗기 위해 산을 내려온 운검.

하지만 그것은 끝이 아니라 또 다른 시작이었다!!

적포용왕

김운영
新무협 판타지 소설

『신마대전』『흑사자』의 작가 김운영.
그가 낚아 올리는 무협의 절정!
낚시 신동 백룡아! 장강에서 천존과 맞짱 뜨다!

적포천존(赤布天尊) 고금제일강(古今第一强)
인호타자연재해(人呼他自然災害)

40세 이후로 상대가 누구든 몇 명이든, 한 번도 패하지
않고 모두 이긴 적포천존. 70세 중반에 반로환동하여
무림인들을 절망에 빠뜨린 그가 말년에
제자를 만들어 말년에 호강할 계획을 세운다?!

천하에 두려울 것이 없는 '자연재해' 와
그의 제자들이 무림에 나타났다!

세상을 보는 또 하나의 창 - inthebook.net
유행이 아닌 자유추구 - chungeoram.net

Book-Publishing CHUNGEORAM

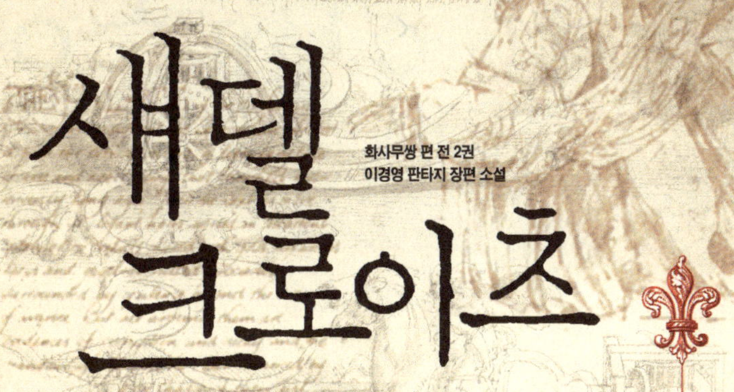

섀델 크로이츠

화사무쌍 편 전 2권
이경영 판타지 장편 소설

『가즈나이트』의 명성과 신화를 넘어설
이경영의 판타지의 새로운 상상력!

자신만의 독특한 세계관을 창조한 작가
이경영의 새로운 도전과 신선한 충격.

바란투로스의 특수부대 섀델 크로이츠의 리더 파렌 콘스탄.
야만족을 돕는 안개술사를 물리치기 위해 아시엔 대륙에서 온
불을 뿜는 요괴 소녀 카샤.
너무나 다른 두 사람이 운명의 길에서 만나다.
친구란 이름으로 시작된 모험, 그 앞에 놓인 난관과 운명의 끈은
어떻게 될 것인지……

"질투가 날 만도 하지.
요괴가 산신령을 엄마로 두는 건 흔한 일이 아니거든.
괜찮다, 파렌. 본좌가 아는 요괴들 전부 본좌를 질투하고 부러워하니까."
소녀는 손에 잔뜩 받은 빗물을 훌짝 마셨다.
파렌은 그 순수함에 웃음을 흘렸다.
그는 지금까지 자신이 봤던 그녀의 기이한 행동들을 어렴풋이나마 이해할 수 있을 것 같았다.
그렇게 친구가 된 둘은 그 길로 긴 여행을 떠나게 된다.

-본문 중에-

세상을 보는 또 하나의 창 - inthebook.net
유행이 아닌 자유추구 - chungeoram.net

Book Publishing CHUNGEORAM

학교에서는 가르쳐주지 않는
10대들을 위한 **인생수업**

작가 : 이빙 | 역자 : 김락준

10대들을 위한 나침반 같은 인생 교과서!
사회 초입에 들어서게 될 청소년들에게 들려주는
100가지 인생 이야기

내 인생의 방향잡기!
여행길에 오르기 전에 접해보자!

100가지 이야기, 100가지 명언

사람은 태어나면서부터 각기 다른 모습으로, 각기 다른 사고로 "인생" 이라는
여행길에 오르게 된다. 내가 지금 서 있는 이 위치에서 그리고 사회라는 공간에서
한 사람의 몫을 당당하게 해낼 수 있는 역량을 키워나가기 위해서는 어떠한 생각을
가지고 있어야 하는 걸까.

늦지 않게 준비하자! 스스로의 마음가짐이 자신의 미래를 결정한다!

설레는 마음으로 떠난 길일지라도 기존에 생각하고 있던 것과는 다르게 흘러가는
사회의 모습에 당혹스럽기도 할 것이다.

그러한 곳에 발을 들여놓기 위해 첫 발걸음을 막 뗀 청소년이라면 학교에서는
미처 배우지 못한 상황에 더욱이 큰 혼란스러움을 느낄 수밖에 없다.
시간이 흐를수록 사회가 한 인간에게 요구하는 것은 다양하고 세밀해지고 있다.
그러한 사회 속에서 자신만이 앞으로 나아가지 못해 제자리걸음을 하게 된다면 어떠할까.
그러한 사회 속에서 자신만이 앞으로 나아가지 못해 제자리걸음을 하게 된다면 어떠할까.
미리 대비를 하지 않는다면 당신 역시 그러한 현상에 빠지는 또 한 명의 사람이 되고 말 것이다.

책장을 넘기는 순간, 책과 당신의 공감대가 형성된다!

적응을 위해 도움이 될 만한
인생의 지혜와 경험, 깨달음이 한가득 담겨있다.
그 속에 담긴 100가지 이야기 그리고 그와 관련된 100가지의 명언은
가슴 깊이 새겨 놓고 되뇌여 보기에 충분하다.

세상을 보는 또 하나의 창 – inthebook.net
유행이 아닌 자유추구 – chungeoram.net

Book Publishing CHUNGEORAM

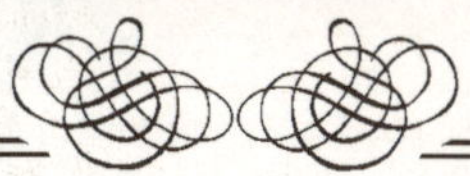

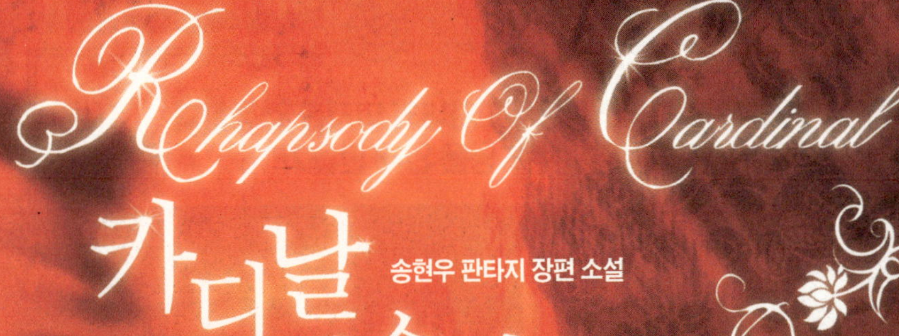

Rhapsody Of Cardinal

카디날 랩소디

송현우 판타지 장편 소설

놀라운 경험(the enormous experience)!
He created a completely new world.
It is a place who have never known and where never been able to imagine.
This splendid world will introduce the enormous experience for the
person only who reads.
그 누구에게도 알려진 것이 없으며 상상조차 할 수 없었던 새로운 세계를
작가는 완벽하게 창조해내었다.
이 멋진 세계는 독자들만이 체험할 수 있는 놀라운 경험으로 인도할 것이다.

판타지는 허구다? 아니다. 판타지는 일상이다.
우리의 삶은 연속된 판타지의 연장선상에 놓여 있고,
상상은 우리의 일상을 더욱 살찌운다.
『카디날 랩소디(Rhapsody of Cardinal)』를 경험하는 독자들은
더욱 풍부한 일상 속에서 새로운 삶을 경험할 것이다.
멋진 만남! 흥미로운 경험! 이것이 『카디날 랩소디』가 가진 장점이며,
작가 송현우가 독자들에게 바라는 꿈이다.

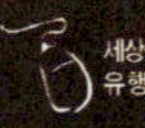 
세상을 보는 또 하나의 창 - inthebook.net
유행이 아닌 자유추구 - chungeoram.net

Book Publishing CHUNGEORAM